我不要你死于一事无成

给女儿的17封告别信

[阿富汗]法齐娅·库菲（Fawzia Koofi） 著　章忠建 译

Letters To My Daughters

中信出版集团 · 北京

图书在版编目（CIP）数据

我不要你死于一事无成：给女儿的 17 封告别信 /（阿富汗）法齐娅 · 库菲著；章忠建译 . -- 2 版 . -- 北京：中信出版社，2018.10（2025.12重印）
书名原文：Letters to My Daughters
ISBN 978-7-5086-9280-7

Ⅰ . ①我… Ⅱ . ①法… ②章… Ⅲ . ①自传体小说－阿富汗－现代 Ⅳ . ① I372.45

中国版本图书馆 CIP 数据核字（2018）第 168359 号

我不要你死于一事无成——给女儿的 17 封告别信

著　　者：[阿富汗] 法齐娅 · 库菲
译　　者：章忠建
出版发行：中信出版集团股份有限公司
（北京市朝阳区东三环北路 27 号嘉铭中心　邮编　100020）
承 印 者：三河市中晟雅豪印务有限公司

开　　本：787mm × 1092mm　1/32　　插　　页：8
印　　张：9.5　　字　　数：199 千字
版　　次：2018 年 10 月第 2 版　　印　　次：2025 年 12 月第 23 次印刷
京权图字：01-2011-4123
书　　号：ISBN 978-7-5086-9280-7
定　　价：42.00 元

献给

我的母亲——世界上最善良、最有才华的老师，
我的一对女儿——我生命中的星星，
阿富汗所有的女性朋友们

佳评推荐

库菲亲历的故事引人入胜，读来令人身临其境……她巧妙地勾画出一个在文化传统和标准上都历经变革的阿富汗，并阐述其对女性产生的深远影响，其笔触之细腻，是关于阿富汗女性生活的一般报道所不可企及的。……这确实是一个鼓舞人心、勇敢大胆的故事。

——《穆斯林媒体观察》

《我不要你死于一事无成：给女儿的17封告别信》向读者展现了一个不该被我们忘记和忽视的国家。

——《明州星报》

作为阿富汗最直言不讳的民主运动激进分子之一，库菲亲身经历并勇敢地揭露了在战乱年代，造成阿富汗许多无谓杀戮的根源。

——加拿大《环球邮报》

任何人都要努力，不要死于一事无成。这本书还没有开始售卖，就已经火了。

——新浪微博网友：扬子的爸爸

《灿烂千阳》是男人写的，比女人所写的亲身感受自然要逊色，但已经让我不忍看了，而这本《我不要你死于一事无成：给女儿的17封告别信》更让我期待，阿富汗的女性是世界上最悲惨的女性。

——新浪微博网友：孤身走世界的Ally

信仰超越了死亡，岁月沉淀了从容，
人生绽放出最夺目的光彩。

目 录

第二部分

后记

序言

就在给两个女儿写第一封信的那个上午，我正准备出去参加巴达赫尚省的一场政治会议。我是阿富汗国会议员，代表巴达赫尚省。这是阿富汗最北的一个省份，与中国、巴基斯坦和塔吉克斯坦接壤，也是阿富汗最贫穷、最偏远、文化最保守的地区之一。

巴达赫尚省的产妇死亡率和儿童死亡率是世界上最高的——这归咎于当地交通闭塞、居民极端贫穷，也与当地重传统轻妇女健康的文化有关。男人几乎从来不会把妻子送去医院治疗，除非她已经明显病入膏肓、危在旦夕。等妻子忍着临盆前的剧痛，骑着驴在崎岖的山路上颠簸着到达医院时，通常为时已晚，母亲保不住，孩子也没了。

那天，有人警告我不要前往巴达赫尚，因为据可靠消息称，塔利班分子计划在我的车子底下放一颗炸弹取我性命。塔利班不喜欢看到妇女在政府部门占据像我这么重要的位置，更憎恨我对他们的公开指责。

他们经常想要杀了我。

最近，这帮人比以往更猖獗了。他们威胁到我住所的安全，跟踪我上下班，企图在我的必经之路上埋下炸弹，炸毁我的车子，甚至还组织杀手袭击被派来保护我的警卫队车子。有一次，这样的袭击持续了30分钟，两名护卫警察当场牺牲。我当时待在车内，根本不知道自己是否还能活着出去。

塔利班分子和那些一心想堵住我嘴巴，不让我抨击阿富汗政治腐败和骄横领导阶层的人们，看到我就不爽，除非我死了。可是那一天，我根本不去理睬这样的威胁，就跟平常无数次的出行一样。如果不这样我就无法正常工作。但是，我能感觉到自己正受到威胁，而且心里也害怕。我经常如此。威胁要的就是这种效果，惯用这种手段的人深知这一点。

那天早上6点，我轻轻地唤醒才12岁的大女儿莎哈扎德，告诉她说，如果我这次出去几天后还没有回来，请她把这封信读给10岁的妹妹舒拉听。莎哈扎德与我四目对视，眼神里满是疑惑。我把一根手指贴到她的双唇上，接着吻了吻她和睡得正香的舒拉的额头，然后悄悄离开房间，把门带上。

离开孩子们，真是依依不舍。我知道，一出去就很可能被人谋害。但是，代表阿富汗最贫穷地方的人们的利益，是我义不容辞的工作职责。这份使命，再加上把两个漂亮的女儿抚养成人，是我毕生的追求。那一天，我不能让自己所代表的人们失望，也永远不会令他们失望。

2010年9月

第一部分

/ 从出生那天起，我注定是个“该死的人”。真主让我活着一定有他的理由…… /

亲爱的舒拉和莎哈扎德：

今天我要去法扎巴德和达尔瓦兹处理政治事务，希望很快就能回来见你们，但我不得不告诉你们的是：或许我不会回来了。

这次旅途中我已经遭遇多次生命威胁，或许下一次他们就会得逞。

身为母亲，我真的不忍心告诉你们这些事情。但是，请你们理解，如果我的性命能够换来阿富汗的和平，能够为这个国家的孩子们换来一个更加美好的明天，那么我牺牲得心甘情愿。

我之所以过这样的生活是希望你们——我的宝贝女儿们——能够自由地过你们想要的生活，实现你们所有的梦想。

如果我遇害，再也见不到你们，那么，我希望你们记住以下这些话。

首先是不要忘了我。

你们还小，还要去上学，而且还不能独立生活，所以我希望你们去跟赫蒂彻姑妈同住。她很爱你们，一定会代我把你们照顾得好好的。

你们有权支配我在银行里的所有存款，但一定要省着点儿用，要用在学习上。务必以学业为重。想要在这个男人主宰的国家里出人头地，女孩子非得接受良好的教育不可。

待你们毕业后，我希望你们去国外留学，通晓全球各种各样的价值观。这是一个广阔、魅力、神奇的世界，等着你们去探索。

一定要勇敢，不要对生活中的任何事情心存惧怕。

人总有一天会死，或许明年的今日就是我的忌日。如果我真的走了，那么请你们记住，我是为了一项崇高的使命而死。

不要死于一事无成。要以帮助他人、致力于改善国家和整个世界为荣。

亲亲你们，我爱你们。

你们的母亲

真主让我活着有他的理由

1975 年

从出生的那天起，我就注定是个“该死的人”。

在 35 年的生涯里，我无数次直面死亡，但至今仍然活得好好的。我不知道为何如此，只知道真主让我活着一定有他的理由。或许他想让我来管理这个国家，带领它走出腐败和暴力的深渊；或许他还想让我好好做一个母亲。

我父亲有 23 个孩子，我是第 19 个，也是我母亲生的最后一个孩子。母亲是父亲的第二个妻子，怀我的时候，她已有七个孩子，养育这么一群孩子使她疲惫不堪，偏偏在这个时候，父亲新娶了一个年轻的妻子，令她十分沮丧，所以她真的不想把我生下来。

我是在田间出生的。每年夏天，母亲都会和一帮仆人到附近最高的几个山峰上去放牧旅行。因为那里的草甜美可口，他们就在那儿放牧奶牛和绵羊。这是她能够出门的好机会，而且一走就是好几个星期。她负责安排整个行程，带上充足的干果、大米、食用油，够一帮人在外头吃上三个月。行前的准备和收拾是最激动人心的时刻，每一件事的准备工作都做到了极致，然后，大家才骑着马和驴起程，穿越山道，寻找更高的山峰。

母亲喜欢这样的旅行。骑马穿过一个个村庄，暂时摆脱家庭和家务的枷锁，呼吸着新鲜的乡间空气，她的神情也很明显地轻松了起来。

在当地有一种说法，一个女人越强大、越有激情，她穿上蒙面长袍骑在马背上就越好看。人们也常常夸奖说，没有人骑在马背上比我母亲更好看。她骑马的时候背部挺直，端庄高贵，自有一种风格。

但是，1975年我出生的时候，母亲并不怎么开心。13个月之前，她站在我们家的呼利大宅门口，观看一场婚礼。呼利大宅是一间单层的大房子，墙壁全是泥巴做的。母亲就站在大宅的黄色大门口，看着一群迎亲队伍沿着山路蜿蜒而下，迂回着朝我们村中心走来。新郎是我母亲的老公。我父亲正迎娶第七个妻子，一个才14岁的女孩。

每次他再婚，母亲总是很受伤——尽管父亲开玩笑说每次迎娶一个妻子，我母亲都会越发漂亮。在所有的妻子当中，父亲是最爱我母亲贝比简（字面意思：漂亮宝贝）的。但是，在我父母所处的山村文化里，爱和婚姻几乎完全不搭界。结婚是为了家庭、传统、文化，服从这一切比任何个人的幸福更为重要。在当地，没有人需要爱，没有人去感受爱。爱情只会招惹麻烦。人人都认为，幸福在于不加怀疑地履行个人的责任。我父亲想当然地认为像他这样身份的人有责任娶不止一个老婆。

那天，母亲站在呼利大宅大门后面的大石阶上，看着十几个人骑着马从半山腰缓缓而下。父亲穿着上好的白色夏尔瓦克米兹（一种及膝外衣）和棕褐色马甲，还戴了羔羊皮帽。他骑的是白马，马勒上挂着浅粉红、绿色、红色的羊毛流苏，晃来晃去。旁边是几匹小马，驮着新娘和她的男性亲戚。这些男人都穿着长袍，负责护送新娘到新家去。在这个新家里，她要跟我母亲和其他把我父亲当丈夫的女人一起相处。我父亲身材矮小，双眼瞳距短，胡子修剪得整整齐齐，此刻正大方地朝那些迎接他、观看婚礼盛况的村民微笑，并一一握手。村民们交头接耳，“瓦基勒·阿卜杜勒·拉赫曼来了”，“瓦基勒·阿卜杜勒·拉赫曼新娶了一个非常漂亮的妻子”。他的民众都喜欢他，是打心眼儿里喜欢。

父亲全名瓦基勒·阿卜杜勒·拉赫曼，是阿富汗国会议员，代表巴达赫尚省人民，就跟今天的我一样。在我们父女俩成为国会议员之前，我父亲的父亲阿扎姆沙阿是社区领袖，部落里的长老。据家里人回忆，在当地担任公职，参与政治一直是我们家族的传统和荣耀。可以这么说，政治就如流经群山和巴达赫尚省峡谷的河流，在我的血脉里静静地流淌着。

我的姓和名取自巴达赫尚省的库夫区和达尔瓦兹区。这两个地区偏僻多山，即使在今天，从省府城市法扎巴德坐汽车到该地也得花上三天时间，这还是在天气良好的情况下。到了冬天，山上的道路根本没法通行。

我爷爷的工作职责是帮助人们解决社会问题和实际问题，在群众和中央政府驻扎在法扎巴德的办公室之间建立联系，和省里的区域长官办公室一起向人们提供服务。他从山峦起伏的达尔瓦兹区到法扎巴德政府当局办事，唯一的出行方式就是骑驴或者骑马，通常需要花一个星期到十天的时间。他的一生中从来没坐过飞机，也没开过汽车。

当然，我爷爷绝不是唯一一个以这么一种原始的方式出行的人。

乡亲们来往大一点儿的镇的方式也是局限于骑马或步行。农民买种子、到市场上卖牲畜、病人去医院、因嫁娶而分开的家庭要互相往来探望，靠的也都是这两种方式。在这些山区，也只有暖春或者夏天的几个月才可以出行，而即使是在这段时间里也是险象环生。

最凶险的地方要数阿坦加横渡。阿坦加是一座大山的名字，阿姆河就从它边上流过。这条清澈的水道正好是阿富汗和塔吉克斯坦的分界线，虽然美丽，却也非常危险。春天，积雪融化，雨水充沛，河水暴涨，形成一系列湍急的水流，足以致人于死地。阿坦加横渡由一系列粗糙的木梯系在两侧的山上而成，供人们从一侧爬上去，从另一侧爬下来。

这些梯子的横档很窄，摇摇晃晃，又特别滑。脚下一绊，人就会直接落入水中，被湍流一冲，必死无疑。想象一下，你从法扎巴德购回一袋七公斤重的商品，要么是大米，要么是盐，也有可能是油，你们一家人全靠这些东西过一个冬天，你负重徒步走了一个星期已经疲惫不堪，此刻还要冒着生命危险，通过一个危险重重的关口，而这个地方或许已经夺去了你许多朋友和亲戚的性命，这是怎样的一种感受？

我的爷爷实在不忍心看着人们就这样年复一年地被夺去生命，于是就尽其所能要求政府建造一条像样的公路和安全一些的渡口。尽管他在巴达赫尚省比大部分人富有，但他只不过是个身居偏远乡村的地方官。他最远也只到过法扎巴德，没有办法也没有权利前往喀布尔，那里才是国王和中央政府的办公地点。

爷爷知道，在他有生之年是看不到什么实质性变化的了，于是就让最小的儿子接手他的位置去参加竞选。爷爷开始训练我父亲从政的时候，他才不过是一个小孩。多年之后，有一天，当我父亲经过了无数个月的不懈游说，终于实现了我爷爷的梦想，那就是在国会里成功说服政府在阿坦加隘口修建一条道路。

说起这条路，有一个非常著名的故事，讲的是我父亲和查希尔国王为了这个项目而吵架的事。父亲站在国王面前，说："国王陛下，这条路计划了多少年了？可如今什么行动都没有。你和你的政府官员虽然有规划讨论，但现在却不守诺言。"尽管国会那时由选出的代表组成，但真正掌握国家治理权的仍然是国王和大臣。很少有人当面批评国王，除非那人实在非常勇敢，要不就是莽夫。国王摘下眼镜，严厉地盯着我父亲看了好一会儿，说："瓦基勒大人，你最好记住，你现在是在我的宫殿里。"

父亲吓了一跳，意识到自己做得过了头，于是赶紧离开宫殿，他甚至担心在出去的路上就会被捕。但是，一个月之后，国王派来了公共工程部长到巴达赫尚省与父亲会面，并筹划修路事宜。部长到达之后，看了一眼山就说这项工程根本是不可能完成的任务，然后就没再多说一句话，准备打道回府。父亲领会地点了点头，接着让部长先跟他骑马走一遭。部长答应了，两人就并肩骑到隘口的顶端。就在部长下马的那一刻，父亲一把抢过他的坐骑，一个劲儿地往山下跑，把他一个人丢在山上过夜，让他尝尝村民平时被困隘口的滋味儿。

第二天上午，父亲回到山上接部长。部长勃然大怒，他身上被蚊子叮得满身红肿，还因为担心被野狗或者狼群攻击，吓得整夜都没合眼。但这样的一个晚上令他对当地居民的艰苦生活有了切身的感受。于是，他同意带工程师和炸药来给村民建一条通道。父亲建议修建的阿坦加通道至今还在。多亏了这项工程，多年来，成千上万的巴达赫尚人才得以幸免于难。

在我父亲还没成为议员，通道也还没修成之前，我爷爷早就任命这个小阿卜杜勒·拉赫曼为阿巴卜，也就是社区领袖。实际上这等于就把部落长老的权力赋予了一个才 12 岁大的孩子。父亲就这样开始承担起解决村民们的土地、家庭、婚姻争端的责任，谁家想要给女儿嫁个好人家、挑个好夫婿都会先跑来征求他的意见。过了没多久，他就开始跟法扎巴德的省政府官员会面，谈判卫生、教育项目，商量如何共同筹集资金。尽管他当时还只是个孩子，但这些官员深知，在我们的阿巴卜制度下，父亲得到了当地居民的大力支持，所以他们不得不做好与他打交道的准备。

早期的那些年月给了我父亲处理社区问题的机会，等他成人之后，很自然地就能领导社区了。他真是生逢其时，因为那个时候，阿富汗刚刚开始了民主化进程。1965 年，国王决定组建民主国会，允许人民投票选举地方代表，赋予他们从事国家决策的权利。

巴达赫尚省的人们此前一直觉得被中央政府忽视了，此刻突然得知自己的呼声能够得到中央的回应，非常激动。在选举中，我父亲被选为新的议会成员，是达尔瓦兹历史上第一个进入议会的人，他代表的人们不仅仅是阿富汗最穷的，也是世界上最穷的。

巴达赫尚人虽然贫穷，但非常自豪，坚持自己的价值观不动摇。他们像多变的高山气候一样狂野暴怒，也会像长在河岸上的花岗岩丛中的野花那般娇柔坚韧。

阿卜杜勒·拉赫曼就是其中的一员，所以他比任何人都了解当地居民。他一走上新岗位就全力以赴。

那个时候，巴达赫尚省与外界的唯一联系方式是通过收音机。

父亲从爷爷那里继承了村里唯一的一台收音机。那是一台笨重的俄国产木质无线电收音机，上面有个黄铜按钮。我父亲第一次在喀布尔国会发言的那天，所有村民都聚集到我们家来收听广播。

没有一个村民会开机、调音，除了我哥哥贾迈勒沙哈。因为丈夫当上了国会议员，我母亲满心自豪。她打开呼利大宅的大门，让村民到家中听他演讲，还打算叫贾迈勒沙哈为她打开收音机。

可是，我哥哥那天刚好不在家。惊慌失措的母亲跑遍村子去找他，就是找不到。父亲的讲话马上要开始了，呼利大宅里人越聚越多，表兄弟、表姐妹、村里的长者、妇女、孩子都来了。有些人甚至还从来没听说过收音机，所有人都想听听新代表在国会上的发言。母亲知道自己不能让父亲失望，但就是不知道怎么去弄那个新发明的玩意儿。

她朝收音机走去，试了一下所有的按钮，但是没成功。聚集起来的人们都眼巴巴看着她，满怀期待，她内心越来越紧张，越来越慌乱，竟至于要哭了。她想，丈夫的脸都要被自己丢尽了，要是贾迈勒沙哈在就好了。这孩子去哪儿了呢？绝望之际，她举起拳头猛地朝收音机上面砸了一下。神奇的是，收音机居然传来了断断续续的说话声。

她不相信自己有这么好的运气，不过，由于音量太小，没有人能听清里面在讲什么。她不知道如何是好。我父亲的第四个老婆建议拿一个扩音器来。女人们不知道那是什么东西，也不知道怎么用，只见过男人们曾经用过那玩意儿。他们搬来了扩音器，放到收音机旁，想尽了一切办法，把两个机器连接起来。最后居然成功了。整个村子的人都听到了我父亲在国会上的现场发言。母亲满心欢喜，甚是满足，她成功地经受住了父亲的种种苛刻要求。后来，她对我说，那一天是她生命中最快乐的一天。

很快，我父亲赢得了国会里最辛勤的议员的名声。巴达赫尚省依然穷得可怜，但是，那段时期却是阿富汗难得的好日子。国家安全，经济、社会总体上比较稳定，但这样的稳定局面却是我们的邻国不愿意接受的。阿富汗位于欧洲苏联、中国、伊朗、巴基斯坦之间，有人说，这样的地理位置对阿富汗自身来说是悲，对世界来说是喜。这话非常在理。只要问问玩过里斯克征服世界游戏的人，他就会告诉你，如果你赢了阿富汗，你就赢得了通往全球其他地方的通道。此话千真万确。那个时候正值冷战高潮时期，阿富汗的战略地位和地理位置已经预示了它日后的悲惨命运。

我父亲直言不讳、勤勤恳恳、慷慨大方、诚实守信，恪守伊斯兰教价值观，不仅在巴达赫尚省，就连在整个阿富汗都受人尊敬。当然，因为拒绝向权贵行磕头礼，又不喜欢像同侪那样玩弄权术，他在宫廷里招致个别人的反感。不过，最重要的是，他虽然是个守旧的政治家，却笃信担任公职和帮助穷苦的人们是崇高的事业。

他长年累月在喀布尔工作，主张修路、建医院、建学校，并成功争取到资金，完成部分工程，尽管某些工程一直没能争取到。居住在喀布尔的统治者们没把我们的省份当回事，所以父亲很难争取到中央的资助，这让他极为恼火。

据母亲回忆，在父亲每年国会休会回家前的一个月，她就开始准备迎接了——为他准备好各种甜食和干果、打扫房子、派仆人到山上捡足够柴火供父亲回家后做饭烧菜用。每到傍晚，一头头驴排成一排，背上驮着柴火，走进呼利大宅的大门，母亲会在那里牵引着它们把柴火运到花园角落里的一个木柴仓库。母亲做事自有一套风格，但她跟父亲一样拼命，只要还有一丝可以改进的空间，她都不会放过，总是追求完美。可是，父亲从来没有因此而感激她。在家里，他有时就是个暴君，母亲身上的瘀青就是拜他所赐。

父亲的七个老婆中有六个是出于政治目的而娶的。通过迎娶临近部落领导或有权势的长老的爱女，父亲巧妙地巩固了他势力范围内的权力基地。我外祖父是临近区的一位显赫长老，之前这个区还跟我父亲的村子打了一仗。父亲迎娶母亲之后，最终与那个区订立了一项和平协定。

只有个别老婆是他真正爱的，有两个还被他休了，多数都受他冷落。他一生中共娶过七个老婆，毫无疑问，我母亲是他最喜欢的一个。她身材娇小，长着一张俊俏的椭圆形脸，有一双褐色的眼睛，一头长发乌黑发亮，两道眉毛整整齐齐，皮肤白皙光洁。

我母亲最得父亲的信任，也是她掌管着保险箱和食品储藏室的钥匙，父亲政界朋友来访时的饮食都是她全权负责。她带领仆人和其他妻子，在呼利大宅的厨房里烹制出一道道喷香的烩肉饭、古斯特咖喱肉[①]、热腾腾的圆盘烤饼。

仆人和我的兄弟们站成一排，将滚烫的食物从厨房传到隔壁的会客厅入口，父亲就在里边招待客人。妇女是不允许进入这一男人专属的领地的。在我们的文化里，一个已婚妇女是不能够被亲戚之外的其他男人看的，因此，在这种场合下，我那些从来不需要做家务的兄弟也只好帮忙了。

---

① 古斯特咖喱肉：巴基斯坦地区饮食中的一道主要菜品，以肉为主要原料。——译者注

每当举行这样的招待会时，父亲总会要求一切都办得尽善尽美。米饭要煮得松软，饭粒与饭粒要分开，不能粘在一起。如果达到这个标准了，他会露出满意的微笑，为自己的好运气、有眼光挑选了最优秀的老婆而自豪。如果发现有几粒米饭粘在一起，他就会沉下脸，客气地向客人打个招呼，然后走进厨房，不由分说，一把抓起我母亲的头发，从她手里夺过金属长柄勺，朝她头顶击下去。母亲飞快地往头上举起手，试图保护自己。那双手就这样不知被打过多少次，伤痕累累的。有时她被打昏过去，等苏醒过来后，不顾仆人惊恐的眼神，抓一把热柴火灰压在头顶止血，然后又开始干活，确保下一次的米饭粒粒分开。

她默默地忍受着这样的暴打，因为在她的世界里，毒打意味着爱。她向我解释说："如果一个男人不打他的老婆，那就表示他不爱她了。他对我有期望，只有我令他失望时才打我。"在现在的人们看来，这话听上去怪怪的，可她就是这么想的，这是她生存下去的信念。

母亲决心满足父亲的期望，不仅仅是出于责任或因为恐惧，其实也是出于对他的爱。她是真心实意地崇拜我父亲。

正因如此，那天，当她看到父亲的第七个妻子的迎亲队伍从村子里蜿蜒走来的时候，她非常伤心。她站在台阶上，边上的一个女仆正拿着杵在一个大石臼里捣磨面粉。她竭力不让眼泪流出来，接着，突然夺过杵，在石臼里疯狂地捣磨起粉来。身为家中的女主人，她通常是不干这样的粗活的。

但即使是自怜，在今天这样的大喜日子里也是不允许的。她要负责这次婚宴的餐饮，并且确保新娘在阿卜杜勒·拉赫曼家吃的第一顿囊括了最佳美味和最优招待，这才能与父亲的身份相符合。如果她未能为自己的新情敌准备一场最丰盛的宴会，她的丈夫一定会生她的气。

婚礼中有一个环节就是为我母亲而设的。身为众多妻子中的头儿，她要去迎接新娘的队伍，然后把拳头紧紧地放在新娘头上，以显示自己的权力比新娘大，身份比新娘高，今后对方要听从她的命令。她抬头一看，新娘、新娘母亲和妹妹三人一进了呼利大宅的大门，就有仆人帮她们下马。她们脱掉了长袍，两个年轻的女人便在众人面前展现她们的美貌。两人都长着齐腰的乌黑头发，其中一个有一双绿色的眼睛，以自信的眼神直盯着我母亲，噘着嘴唇。我母亲不慌不忙，把拳头牢牢地放到她头上。那女子大为吃惊。我父亲咳嗽了一声，又马上笑开了。另一个女子满脸涨得通红。原来，我母亲认错了新娘，她把拳头放到新娘妹妹的头上去了。母亲惊讶地迅速缩回了双手，但已经太迟了，婚礼的队伍已经进屋准备吃喜酒了。她唯一的一次公开展示管家权力的机会就这么溜走了。

13 个月之后，我母亲来到一座偏僻小山上，在一间简易的木棚里生孩子。此时的她已经失去了最心爱的男人的宠爱，孤独可怜。三个月前，父亲新娶的年轻妻子给他生了个儿子，取名叫恩内亚特，有一张红扑扑的脸蛋和一双巧克力般的大眼睛，活蹦乱跳的。我母亲生完我就压根儿没打算再生。她怀孕期间，浑身难受、脸色苍白、筋疲力尽，正因为生了太多的孩子，她的身体也垮了。恩内亚特的母亲则完全不同：因为是第一次怀孩子，她胸部坚挺，脸颊红润，闪烁着幸福的光芒，看上去越发漂亮。

虽然我母亲怀有六个月的身孕，但她还是坚持着为产妇接生。就在恩内亚特呱呱坠地，呼吸生平第一口气的时候，贝比简抓起他的小手贴近自己的肚皮，轻声祷告自己也能生这么个男孩，然后赢回丈夫的宠爱。在我们的文化里，女孩被视为一无用处。即使在今天，妇女仍然祷告生男孩，因为只有男孩才让她们有身份，令她们的丈夫欢喜。

母亲生我的时候，疼痛持续了30个小时。我出生的时候，她已经呈半昏迷状态，听到我是女孩时，她几乎已经没有力气去流露那种失望的神情。我被抱到她跟前时，她竟然转过脸去，抱都不要抱。我身子小小的，皮肤乌青——我本来应该像恩内亚特一样健康可爱的。生下我之后，母亲处于生死边缘，没有人在意我是死是活，他们的注意力都集中在怎么拯救我母亲身上了，我被裹进一个棉布襁褓里，放到屋外炽热的太阳地烘烤。

我差不多在太阳地躺了整整一天，把嗓子都哭哑了，还是没有一个人来看我。他们完全是顺其自然，让我自生自灭。我的脸被太阳灼伤得那么严重，以至于青春期的时候，脸颊上的疤痕都还没褪去。

等到他们开始怜悯我，把我抱回屋内的时候，我母亲已经好多了。见我还活着，喜出望外，而看到我脸上的晒伤，又非常担忧，一改最初的冷淡，转而迸发出母爱的本能来。她把我抱在怀里，紧紧地搂着。等我终于停止哭泣了，她倒默默地抽泣起来，暗暗发誓以后再也不让我受一点点伤害。她似乎明白了：真主让我活着一定有他的理由，她应该好好爱我。

我不知道那天真主为什么饶我一命，也不知道为什么从那时起他在多个场合拯救我，但我知道那一定有他的道理。我也知道，真主是真诚地祝福我，让我从此成为贝比简最宠爱的孩子，并在我们母女之间形成一道牢不可破的感情纽带。

亲爱的舒拉和莎哈扎德：

在你们还小的时候，我就深切体会到在阿富汗做个女孩子真难。一个新生的女孩听到的第一句话往往是接生现场的人们对她母亲说的安慰话："是个女儿。可怜的女儿。"这句话怎么听都不像是一句迎接新生儿的欢迎词。

然后，等女孩到了上学的年龄，她根本不知道自己能否被允许上学。送她去上学？她的家庭够勇敢够富有吗？当她的兄弟长大了，他就能代表整个家庭，挣的薪水也可以帮助维持一个家，所以人人都希望让儿子接受教育。而在我们的社会里，女孩子唯一的前途就是嫁人。她们在经济上对家庭没什么贡献，所以，在很多人眼里，根本没必要让她们接受教育。

等女孩子到了 12 岁，亲戚和邻居开始在背后议论为什么她还没嫁人。"有人向她求婚了吗？""有谁准备娶她了吗？"如果没有人向她提亲，饶舌的人就会说她是个坏女孩。

如果家庭成员不理会这种闲言碎语，等女孩子长到 16 岁，也就是法定结婚年龄，还没给她找到一个婆家；如果让她自由恋爱嫁给某人，或者允许她不听从父母的安排（这是极罕见的），那么她或许还有一丝找到自己幸福的希望。但是，如果这个家庭有经济压力，又被闲言碎语怂恿，他们就会在她还不满15岁的时候把她嫁出去。那个一生下来就听到“是个女儿”的人此刻自己也成了母亲；如果她生的也是女儿，那么她的婴儿听到的第一句话也是“是个女儿”。就这样，一代传一代。

这就是我人生的开端，一个文盲妇女生的“女儿”。

本来做个普普通通的女孩是我的命运，很可能也是你们的命运。但是，我的母亲，也就是你们的外祖母，凭着她的非凡勇气，改变了我们的人生轨迹。她是我心目中的女英雄。

挚爱你们的妈妈

童年往事

1977 年

我的童年早期就像山上的黎明一样，金黄金黄的：阳光从帕米尔山脉照射下来，穿越峡谷，爬到我们村庄的土屋屋顶。我对那段时期的记忆已经模糊，就像电影里的镜头，一闪即过。屋顶就这样沐浴在橙色的夏日阳光里、白色的冬日大雪中，空气中弥漫着果树散发的芬芳，还有我母亲一头乌黑的长辫子散发的香气，而她满脸的微笑更是为景色平添了几分亮丽色彩。

我们居住的地方叫库夫峡谷，号称阿富汗的瑞士，草木青葱、土地肥沃，峡谷边上长着密集的黄绿色树林，我从来没有见过哪个地方还有这样浓郁的色彩。我们的房子正对着一条波光粼粼的蓝色河流，远处就是陡峭的山脉，沿着山脉是一排排高大的松树和榆树，刚好长在草木茂盛的岸边。

在我童年的记忆里，有驴叫声、有切干草的嗖嗖声、有河水的叮咚声，还有孩子们的欢笑声。直到现在，库夫仍然是唯一一个能令我一闭上眼睛就安然入睡的地方。

我们的屋前有一个花园，母亲把它修整得井井有条。我们在里面种了很多生活必需的作物和各种水果，如：胡椒、大南瓜、橄榄、桑树、桃子、杏、苹果。我们甚至自己养蚕，搜集蚕丝制作地毯。父亲很喜欢从国外进口树苗和种子，所以我们的花园里有阿富汗为数不多的几棵黑樱桃。那一天，黑樱桃幼苗运到时的情形，种下幼苗的场景，那种弥足珍贵的氛围，我至今还记忆犹新。

天气暖和时节的傍晚，女人们纷纷来到花园，在桑树底下，坐上半个小时——这是一天之中她们唯一放松的时段。每人都会带上一小碟吃的，大家围坐着聊天，孩子们在一旁玩耍。

那时候，许多村民穿的还是木鞋，因为去法扎巴德买双普通的鞋子还很困难，村里有个老人专门做木鞋。这种鞋子看上去就像雕刻出来的小型威尼斯刚朵拉[①]，坚固耐穿。他还会在鞋跟儿上敲一枚钉子，冬天的时候，妇女们出去打水，鞋子就可以扎进冰面，不至于滑倒。我那时最大的梦想就是拥有一双这样的鞋子，尽管穿上去并不舒服，而且也不是给儿童穿的。每当有女人来拜访，把鞋子脱下放在门口，我就过去偷偷穿上，然后一拐一拐地出去玩耍。有一回，我穿上一件刺绣连衣裙，是我母亲的一个朋友给我做的。我本来不该穿着它出门，可我不想换，还穿了一双木鞋，和我的小伙伴到井边玩。鞋子太大了，结果可想而知，我绊倒了，摔个仰面朝天，连衣裙也划破了。

但我真正的童年始于呼利厨房。这个房间墙壁上涂了泥浆，一端有三个柴火炉子，中间有一个大型塔努尔面包炉，另一端是一扇

---

① 刚朵拉：又名“公朵拉”，是独具特色的威尼斯尖舟，这种小舟外形别致、轻盈纤细，一直是威尼斯人代步的工具。——编者注

离地面很高的窗户。

跟大多数同时代的妇女一样，我母亲一天中大半的时间都是在厨房里度过的，打盹、炒菜做饭、照顾孩子。唯有在这个房间里，她拥有绝对的权威。

女人们每天要做三次面包，有时一天要做的面包多达五六十个。厨房里总是烟熏火燎的。在烤面包的间隙，她们还得准备午餐和晚餐。如果父亲有客人，四个炉子一起烧，散发出的热气真叫人无法忍受。每当这个时候，我们小孩子就特别兴奋，因为我会把朋友们带到厨房吃剩下的饭菜，这可以提高我的人气和威信。大多数村民比我家穷，有品尝美食的机会当然不会错过。我们这些孩子是从来不被允许靠近会客厅的，倘若有人胆敢往里面偷看，守卫门厅的保镖只要朝我们一瞥，大家就会四散逃窜，寻找避身之处。

因为没有男人们看着，厨房就成了妇女们闲聊的天堂，大家在这里可以放心地说笑，孩子们总能得到从架子上一排排的罐子里拿出来的干果和糖果。冬天的晚上，面包烤熟之后，我们就着塔努尔面包炉里的灰烬给双脚取暖，腿上盖着一条厚厚的毛毯，那情景毕生难忘。

每天夜里，我们展开睡垫，铺在厨房的地板上睡觉。妻子和女儿们没有自己的卧室，只有睡垫。男孩年纪还小的时候，也跟这些女人一起睡，一起生活。等他们长大一些，就会几个人共用一个卧室。母亲会给我们讲故事。首先，她从与家庭有关的故事讲起。她从不避讳谈自己的婚姻，讲第一次见到父亲时的感受，讲从少女时代到为人妻子过程中的艰难，因为成婚后要承担起很多责任。讲完这些，她又会跟我们讲起遥远的王后、国王、城堡以及为了荣誉不惜牺牲一切的勇士，我们总能听得津津有味。她还讲爱情故事，也讲大灰狼的故事，吓得我们尖叫。我一边听，一边看着窗外的月亮、星星。我敢肯定，自己看到的是整个天空。

我对峡谷源头的大山之外的世界毫无概念，也不关心。我只在乎我母亲爱我，我也爱她，我们是不可分离的。不知怎的，母亲似乎把从父亲那里失去的爱在之后的岁月里加倍给了我。自从听了我大姑妈佳达讲的事之后，母亲不再因为我是个女儿而耿耿于怀了。有一天，我父亲从外头回到村庄的时候，大姑妈对他说：“阿卜杜勒·拉赫曼，你妻子给你生了一只老鼠，一只小巧的红色老鼠。”他哈哈大笑，马上要求见见我，那是他头一回提出要看看新生的女儿。看到我被太阳晒得轻微灼伤，满脸疤痕后，他把头往后靠，露出难得一见的笑容，还对我大姑妈说：“不必担心，姐姐。她的妈妈有着优良的基因，我相信这只小老鼠长大了一定也可以像她妈妈那么漂亮。”

母亲听说这件事之后，高兴得哭了。在她看来，这表示父亲依然爱她，也等于是在向她说，不要因为没有给他生个儿子而觉得自己很失败。她后来经常讲起这件事，我听了不下百遍。

但是，那时的父亲态度冷淡，总让人感觉不可接近。那段时期，政治在阿富汗是一场危险的游戏，因为政权发生了更迭。1973 年，穆罕默德·达乌德可汗趁着沙哈国王在国外的时机，发动了和平政变，废除国王，自命为阿富汗第一任总统，还中止了宪法，解散了议会。

不久，我父亲就因为不服从新总统的领导而被囚禁了。他大力抨击新政权，向达乌德施加压力，要求恢复宪法和议会。政治上的反对声在全国此起彼伏，失业率上升，社会问题不断涌现，阿富汗的邻国，尤其是巴基斯坦和苏联，再次将政治触角伸到了阿富汗的国土。

我父亲很少在家，基本上都在喀布尔。他不在的时候，满屋的气氛也轻松许多，孩子们的笑声响彻房间。但是，当他回到家，整个大宅的女人们就会在走廊里紧张地来回穿梭，忙着给他的客人备酒菜，还要设法让孩子们保持安静，以免打扰到他。

父亲不在家的时候，我和朋友们通常还是很开心的，想怎么淘气就怎么淘气。我们肆无忌惮地从厨房的储物柜里偷偷拿一些巧克力出来吃，因为知道母亲全部心思都在父亲身上，无暇阻止我们。

对于父亲，我没有多少真正清晰的记忆。我依稀记得他常穿着一件白色夏尔瓦克米兹及膝长袍，外套一件褐色羊毛马甲，头戴一顶羔羊皮帽，双手紧紧地握在一起，放到背后。呼利大宅的屋顶又长又平，在那些日子里，他常常连续几个小时在上面走来走去。下午开始不停地踱步，一直到黄昏也不停歇，边走边思考，手一直放在背后，保持一个姿势不变。

即使是少不更事的年纪，我已感觉到父亲是个了不起的人物。无论他给我们带来多少压力和麻烦，也不管他对我们的打骂有多吓人，我依然对他充满敬畏，一个很重要的原因是他自己承受着更大的压力：既有维持一个大家庭的压力，也有政治压力，更有代表阿富汗最贫穷的人们的压力。他几乎没有属于自己的时间。在家的时候，位于我们呼利大宅后面的单层楼会客厅总是高朋满座：有人是来征求他的意见的；有人是来找他帮助解决家庭纠纷的；还有人捎来消息，说是大山里的部落叛变或是发生暴力事件；还有一些人穷困潦倒，迫切需要他的资助。他对所有人敞开大门，自己根本没有时间休息、娱乐。既然如此，怎么能怪他对家人苛求呢？

当然，我并不宽恕父亲毒打母亲，但是，在他们那个时代，社会风气就是如此。在其他方面，就社会传统而言，父亲绝对称得上是一个好丈夫。今天，我比任何时候更能理解父亲，因为我可以想象他的工作量。我能理解政治竞技场上的压力，能体会没有个人时间、身担要职和重任的滋味。我想，我母亲也是理解的，这也正是她为什么能默默忍受那么多的缘故。

按照父亲所信奉的伊斯兰教法中的法律制度，男人应该平等对待所有的妻子，不能厚此薄彼。我也认同伊斯兰教义所倡导的公正精神。单纯地就理论而言，这是建立在伊斯兰教伦理价值基础上的一种公平制度。但是，人的心不能总是遵循理论，在一夫多妻制下，这样的平等无法存在。怎么可能让一个男人不对一些妻子好一点儿，对另一些差一点儿呢？

父亲的套间取名巴黎套间，是他特意从喀布尔请来一名画家用手绘壁画装修的。房间的两扇窗户面朝杏树花园，夏天一到，一股清新的杏树芬芳悄然而入，任何空气清新剂都无法与这种自然的芳香相媲美。

父亲在家时，每天都要跟不同的妻子共睡一张床，唯一的例外是他的第一个妻子，哈利法。伊斯兰教教义规定男人最多只能娶四个妻子，父亲为了能娶到更多，跟最初的那个妻子离婚，让第二个妻子顶替了哈利法的位置。根据约定，离婚后的女方保留妻子的身份，经济由男方承担，但是失去了婚姻内的亲密关系，永远不能再跟丈夫一起睡。我至今还记得这个女人眼中的悲伤：本来作为原配，她很有权力和身份，却被迫过着无性的生活，使她的地位大打折扣。而我的母亲虽然是第二个老婆，却成了正室。哈利法从来没有生我母亲的气，也没对她不敬，我真想知道，我母亲第一次被我父亲带回家时以及被授予正室身份时哈利法是否感到很伤心，可怜的原配竟然被一个十几岁的黄毛丫头夺取了正室位置，这是怎样的一种滋味？

我想，我父亲最期待的还是和我母亲一起睡的晚上。母亲记得，在必要的婚内亲密行为结束之后，他们就会躺着聊天，一直聊到凌晨。父亲会向她讲述工作上的事，在喀布尔遇到的政治压力，还会教她怎么种地、怎么收割庄稼、怎么出售奶牛。父亲不在家时，她俨然是一家之长，所以当地人都称她是瓦基勒先生的副手，或者老板的代理人。

政治上的事务越难，父亲就越依赖母亲。只要家庭和睦，家中运行得有条不紊，他就能安心应对国会里的种种阴谋。经营农场和大小事务的是母亲，父亲不在时把家管理得秩序井然的也是母亲，解决各个妻子间争端的也是母亲。处理这些事务她没有一套自己的技巧可不行。

个别妻子，尤其是第三个妻子尼亚兹，嫉妒我母亲的地位，还试图挑拨我父亲和母亲之间的关系。这女人很聪明，但因为一生做的都是单调乏味的活儿，很有挫败感，所以也就不难理解为什么她嫉妒我母亲拥有的那么丁点儿的自由和权力。但她每次试图赢得父亲宠爱时总是碰壁，因为父亲根本不相信诽谤我母亲的任何言语，而且我母亲能够预测形势，采取回避策略，不给她任何机会挑衅。

母亲是个善良、宽容的女人。她本来可以把年轻的妻子们打一顿，让她们去干最粗重的活儿，但她却尽力营造幸福的家庭氛围，让所有孩子均得到平等的关爱，妻子们可以像姐妹或朋友般一起做事。有一次，我父亲的一个小老婆从厨房后面的一间上锁的地窖里——家庭食品储藏室——偷东西被发现，我母亲知道后，并没有禀告父亲，因为她知道，父亲得知内情后肯定会把小老婆毒打一顿。她悄悄地处理了这件事，也正因为如此，她逐渐赢得了其他人的感激和忠诚。

只有第六个妻子不是因为政治目的，而是因为出色持家能力而被娶进门的。她是个蒙古女人，长得特别漂亮，编织技巧高超，能够织出大小不一的地毯。她把这些技能毫无保留地教给我母亲。我曾经看到她们一连几个小时坐在一起，气氛融洽地编织着，手拿彩色的毛绒线有节奏地绕来绕去，穿来穿去。

我母亲最要好的朋友要属四太太哈尔。她称呼我母亲为阿帕，即姐姐。有一次，我母亲眼部感染，村里没有医生，于是一位年长的老太太建议说，如果谁能在每天早上用舌头舔一下母亲的眼睛，那么唾液里的天然抗生素就能医治好她的眼疾。哈尔太太毫不犹豫地就这么做了，每天早上用舌头舔我母亲那双肿得长脓的眼睛，一连坚持了八个星期，果然，正如那位长者所说，母亲的眼疾不治而愈。

母亲和三太太尼亚兹则没有这么好的关系，她们一直合不来。有一天，众妻子坐在地上吃圆盘烤饼的时候，她们两人吵了起来。

尽管我当时才 18 个月大，但不知怎么的，竟然也能隐约感觉到她们之间的敌意。我蹒跚着朝尼亚兹太太走去，拿起她的辫子猛地一拉。她惊讶地倒吸了一口气，接着便大笑起来，伸出双臂把我抱在怀里。她们两人不但忘记了刚才的吵架，还都大声笑了。“这孩子真聪明，贝比简。她跟你一模一样。”我母亲的敌手——尼亚兹太太一边这么说一边不停地在我脸上狂吻。

即使还那么小，我都能感觉到我们文化中妇女地位的不公平。我现在还记得那些不受父亲宠爱的妻子无言的绝望，也记得得宠的妻子们所经历的种种磨难。有一次，我亲眼看到父亲在走廊里追着母亲打。我飞奔过去，用脚踢父亲，想以此来保护母亲，他伸出一只手拎起我，用力地把我丢到一边。

还有一次，父亲在打母亲的时候狠狠地拔掉了母亲的一绺头发。一周之后，我舅舅来访，按照习俗，他都是跟家里的男人们一起来的，所以我母亲没机会跟他诉说究竟发生了什么事情。在他离开之前，我母亲为他准备了午饭，供他骑马翻山越岭长途跋涉时充饥。她很聪明，巧妙地在包裹里放了那绺被父亲揪下来的头发。我舅舅离开整整一个上午之后，在山林中的一块空地上停下来吃午饭时，打开包裹就看到姐姐的头发，他很快就明白是怎么回事。于是，他纵身上马，策马径直往我们家奔来，当面跟我父亲对质。他还向我母亲保证说，只要她想离婚，他们全家人都会支持。

这样的家庭支持是罕见的。通常，大多数家人都会叫女人不要抱怨挨打，应该默默忍受。如果受不了婚内暴力逃回娘家，女人的父亲常常会把她送回到毒打她的丈夫那里去。毒打成了婚姻生活里再正常不过的一部分。女孩子在成长的过程中见惯了母亲和祖母或外祖母挨打，所以等她们自己被打的时候，也并不觉得意外。

但贝比简不同。她跟父母住得近，每年都回去看他们，而且兄弟们也都很爱她。我舅舅坐在呼利大宅的花园里，对她说，只要她想走，随时都可以跟他离开。在长柄金属勺子的毒打下，她几近绝望。她常常沮丧至极，头疼得几乎要裂开，手也接近残废。每次丈夫娶了个新妻子对她而言都是一种羞辱，她已厌倦了这样的生活。她已经受够了，也认真考虑过离婚。

可是她知道，离开父亲也就意味着放弃至爱的孩子们。阿富汗和大多数伊斯兰教国家的文化一样，离婚之后，孩子随父亲而不是母亲。她提出先见见孩子们，然后直盯着孩子们的眼睛和脸。那时，她一句话也没说。可是多年后她告诉我，当时在孩子们的眼里看到了自己的倒影。她不能就那样扔下孩子们不管，放弃他们来结束自己的苦难生活，这样的代价于她未免太大了。

于是，她对我舅舅说，要留下来和丈夫孩子们一起，让他一个人回家去。舅舅不情愿地上了马，回了家。我不知道舅舅走后父亲有什么想法，他有没有因为母亲“不懂规矩”而再打她？抑或他意识到差点失去自己需要的女人而懊悔，然后变得温柔、和蔼？或许两者兼而有之。

我还记得姐姐们一个接一个嫁出去时的情形。第一个姐姐出嫁时，男方特地从沙特阿拉伯带来一套嫁妆。精美的服饰、珠宝装了好几箱子。这么多的嫁妆为的都是迎娶阿卜杜勒·拉赫曼的女儿。这些东西被运到呼利大宅后，被小心翼翼地打开，大家看到后，都发出惊讶的赞叹。那一天，姐姐成了一件重要的商品，一件被用来交易的珠宝。那是她生命中唯一一次那么受重视。

我还记得嫂子嫁到我家时的情形。当时她才 12 岁，跟我现在的女儿莎哈扎德一样大。我哥哥当时 17 岁。就这样的年龄，他们竟然要开始过夫妻生活。对我来说，让我 12 岁大的女儿在这么幼小的年纪就开始被迫过性生活真是不敢想象。嫂子当时还很小，母亲还得帮她洗澡，早上还要给她穿衣服。我在想，看到这个可怜的女孩遭到自己儿子生理上的摧残，母亲会有怎样的一种感受。小女孩她自己呢？会不会在受到这种不公的待遇之后惊恐得退缩？不过话又说回来，这就是阿富汗女人的生活和命运。媒人上门说媒后，女孩子就该嫁人了，不照做，就会使家庭蒙羞。或许，我母亲能做的就是安慰我嫂子，给她分配轻一点儿的活儿。她也知道，正如其他年龄大一点儿的女人一样，这个女孩也会毫无怨言地接受命运的安排。正是这样的一种文化阴谋，将这些女人束缚在沉默和默许中。没有人能够提出非议，也没有人能够改变现状。

然而，我却敢于向社会传统发起挑战，敢于挣脱这种束缚，尽管连我自己都没意识到。或许部分原因是我和七太太的儿子恩内亚特关系比较亲密。他只比我大了几个月，虽然小时候我们之间曾经竞争谁更受父亲的喜爱，但我们还是很快成了好朋友，我们的兄妹之情一直保持到今天。他调皮，喜欢搞恶作剧，我则比他有过之而无不及。我知道自己是个女孩，有些事情不好做，就常常让他去代表我做，尤其是一些调皮的事。和我们一起顽皮捣蛋的还有穆基姆，比我大三岁，是我同父同母的哥哥。我们三个人简直就是三个小火枪手。

我老是让恩内亚特陷入麻烦中。我们常常潜入果园偷苹果，要不就是我让他去父亲的储藏室偷东西，然后分给我的朋友们。记得有一次，我们去厨房偷杏子，把衬衫塞得鼓鼓的。他让我尽可能多拿些。我把腰带改系到藏杏子的部位，以便多装一些。然后我们偷偷溜回去，在花园台阶上遇到几个太太在准备做饭，我身上的杏子开始一个接一个地往外掉。我背对着墙壁，只希望她们不要朝我看，不巧的是，就在这时，一大堆的杏子掉到了地上。我羞愧难当。恩内亚特见我把事情搞砸了，气得要命。好在几个太太对此睁一只眼闭一只眼，只是朝我们哈哈大笑。我们常玩的另一个游戏是偷蛋糕，先从底部开始吃，吃出一个洞，再把蛋糕放回到架子上，没有人注意，直到他们拿去吃的时候才发现少了一圈。

最近，我让恩内亚特回忆他当年对我的印象，他以惯有的那种大哥式的讽刺幽默回答我说："你很丑，而且还非常令人讨厌。"

现在，恩内亚特和我的其他兄弟都非常出色，是女孩子们追求的对象。他们支持我从事政治，帮助我竞选，还尽可能保护我。但是，在成长的过程中，我知道他们是男孩，我只是个女孩，和库夫的其他家庭一样，在我们家，男孩子才是真正受器重的。男孩子的生日可以庆祝，女孩子的就不行，我的姐姐中没有一个人去过学校。女孩都是第二等的，我们的命运就是待在家里等着结婚，然后住到丈夫家去。

男孩子在家中占据领导位置，拥有一定的权力。兄长说的话或者命令往往比母亲的还管用。我母亲去地窖储藏室的时候，穆基姆会跟着她要糖果吃，母亲不会给他太多，因为这样的美食往往是给客人预留的，穆基姆就会生气，跺着脚离开储藏室。每每这时，母亲就会抓住我的手，看也不看，悄悄地把巧克力塞到我手中。如果穆基姆发现了，他会很生气，对我母亲说如果我吃了，他就不让我走出地窖。身为男孩，他有权控制我做什么，不准做什么，无论我母亲怎么跟他对着干。不能和朋友到外面玩是我无法忍受的，于是我就极不情愿地把糖果给了他一些，然后跑出去玩。

我还小的时候，经常听到“度和塔拉克”这个词。这是一个常用的贬义词，翻译过来的大致意思是“连个女孩都不如的东西”。当然，我是非常讨厌这样的说法的。在我不到五岁时，一个堂哥说我是度和塔拉克，还命令我给他泡茶。我站了起来，面对满屋子的人，双手叉腰，回答他说：“堂哥，我给你泡茶可以，但以后你再也不能这么叫我了。”在场的人被我这句话逗得哄堂大笑。

我也曾听到父亲亲口对我说这个词，不过也就那么一次。那天，他在花园里组织一场政治集会，想跟大家分享一些新闻。他在树上装了大喇叭，自己对着话筒说话。那是我们小孩子第一次听立体声，所以很好奇，就悄悄潜藏到树边偷听，尽量靠近喇叭而不被发现，但很快我就听得烦了，开始发出吵闹声。当时父亲正在讲话，被我的尖叫声打断了。他停了下来，朝我们转过身，盯着我看。我一下子愣住了，一动不动，仿佛过了好几分钟，接着便听到父亲咆哮：“度和塔拉克！丫头们！走开，你们这群小丫头！”

我们拼了命地跑。那之后，我非常怕他，甚至都不想再见到他。几周之后，我甚至还担心他要是看见我一定会生气得想杀了我。

在我童年的幻想中，我根本没料到很快被杀的那个人是他，也没料到我的金色童年很快就这样残酷地结束了。

亲爱的舒拉和莎哈扎德：

我是在20世纪七八十年代长大的。我知道那段时期对你们来说可能有点儿遥远。那时，世界各地政治变革此起彼伏，阿富汗人民正饱受来自苏联和无法无天的伊斯兰圣战游击队头领的压迫之苦。

在那些岁月里，阿富汗人民和我童年的灾难刚刚开始。革命爆发时我才三岁，正是一个孩子需要爱、安全感和家庭关怀的年龄。但是，那时候我大多数朋友的父母都在讨论移民去巴基斯坦和伊朗，准备到这两个国家避难。家长们所说的许多东西，像坦克和直升机，孩子们闻所未闻，只是在一旁听。

我们无意中听到一些诸如“侵略”“战争”“伊斯兰圣战游击队”的词语，但我们全然不懂它们的含义。虽然孩子们不懂，但从母亲们在夜里紧紧抱着他们的方式中，隐约觉察出有什么不对劲。

我很高兴你们不用经历那样风云变幻的时局，不用担惊受怕。作为孩子，本来就不该承受那样的苦难。

挚爱你们的妈妈

痛失父亲

1978 年

1978 年，伊斯兰圣战游击队员和苏联人开始在阿富汗采取军事行动。当时仍是冷战时期，苏联迫不及待地希望展示自己的实力，与此同时还企图实施一个扩张计划。阿富汗刚好位于莫斯科和巴基斯坦温水港之间，苏联早就想把海军舰队停放在那里，因此它很想控制阿富汗，便开始发挥大国的影响力，以达到这一目的。最终，它入侵了阿富汗。

之后几年，阿富汗的战士，也就是众所周知的伊斯兰圣战游击队员，击退了苏联人，成了民族英雄。但此刻，在人们的心目中，这些游击队员只不过是反对政府的叛军，活跃在北部的巴达赫尚省。

喀布尔的政权再次发生变动。篡夺王位、迫使国王流亡国外的达乌德当总统和哈菲祖拉・阿明接管了政权。紧接着塔拉基成了阿富汗第一位由苏联支持的总统，但几个月之后，苏联政府方面下令，让阿明杀了塔拉基。

阿明接管了政权，他是阿富汗历史上最残忍的总统之一，统领着一个苏联扶植的恐怖政权，逮捕和严刑拷打是家常便饭。他试图清除一切反对政府或者敢于对他说不的人士，包括知识分子和宗教领袖。这些人要么在夜里从家里被带走，要么直接被送到阿富汗最大的监狱——普利查希监狱，要么面临审问和严刑逼供，要么干脆被丢进河里。那段时期，阿富汗的河流暴涨，就是因为堆满了成千上万的尸体。这些人均遭到无缘无故的谋杀或者审判。

在这样的白色恐怖时期，父亲依然坚守岗位，力图帮助巴达赫尚省渡过这一难关。尽管面临酷刑和监禁之虞，他依然保持言无不尽的本色。或许政府知道，留他一条活命比让他死更有用，所以后来就命令他回到自己的省份，让他平息伊斯兰圣战游击队员之乱。政府跟他讲得很清楚，完不成任务就是死罪。

爱好和平的父亲相信自己能够和游击队员理论，毕竟他们也是阿富汗同胞。他深知时局充满变数，也看到了社会对公平正义的追求。这些游击队员来自他所在的巴达赫尚省，所以他深信自己能够消除他们的恐惧、倾听他们的抱怨、尽自己的力量帮助他们，以换取他们与政府的合作。

但是，父亲万万没想到的是，他以为自己很了解的阿富汗、爱国主义价值观、伊斯兰教传统以及他深信不疑的公平公正，已经湮灭殆尽。

他是怀着沉重的心情回到巴达赫尚省执行这项任务的。对于阿明政府他根本不喜欢，而且也不知道什么才是阿富汗人民的最佳选择。他召集了省里的长老，举行一个吉尔加会议（即部落首领和长老会议），向他们讲述自己在喀布尔的所见所闻：政府滥杀无辜，谁也拿他们没办法；政府阻止青年人接受教育，以防他们成为异己，这一制度令知识分子担惊受怕；政治上的异己遭到镇压。沙哈国王在位期间，阿富汗曾经是世界上发展最快的国家之一，滑雪胜地如雨后春笋而起，旅游行业蓬勃发展，现代电车公交系统再加上商业主导的民主制度，曾经是那么令人陶醉。可如今，看到阿富汗的社会现实，真叫人心碎。

一些跑到山上追随游击队员的阿富汗人真心觉得他们是为阿富汗的未来而战。尽管父亲是国家工作人员，但他理解并尊重游击队员的努力。他向长老们征求意见，吉尔加会议争论了好几个小时。一些人想加入反叛组织，另一些则希望支持政府的统治。最终，当地的迫切形势占据了上风。一名男子站了起来，清晰而又大声地说："先生，我们已经穷得不行了，再也打不起仗。我们应该去跟游击队员谈判，让他们下山来。"

大家最终还是同意去跟反叛分子谈判。父亲决心为他所代表的人们带来根本性的变化，且从不推脱，因此他深受支持者的喜爱。等到了谈判那天，他叫上全省各地的长老代表一个不受尊敬的政府去跟游击队员谈判的时候，没有一个人拒绝。他们都高高兴兴地一起去了。

就这样，一群长老在我父亲的带领下，骑上马，往叛乱分子的营地走去。美丽的帕米尔高原又高又险，肥沃、青葱的山谷转眼间就变成色彩斑斓的岩石——蓝色的、绿色的、橙赭色的，一切随光而变，接着便是高耸入云的雪峰高原。即使在今天，巴达赫尚省也没通几条公路，在那时只有供驴马走的山路，有些又窄又陡，人只好下来，紧紧抓住坐骑的尾巴，跟着走，还要闭上眼睛，在心里面祈祷前面的坐骑步履千万要稳健，不要有什么闪失。一旦失足，必死无疑——你会落入山腰，掉进冰冷的河流，被湍急的河水冲走。

经过一天半的艰苦跋涉，队伍终于抵达帕米尔的最高点，来到了一处天然平地，几乎与天相接。冬天的时候，省里的人们从四面八方聚集到这里来玩“布兹卡西”运动，也就是西方的马球的起源。这种运动很能考验骑马人和坐骑的技术。骑马的选手跑过去捡起一具奶牛尸体，然后将其放到场地上一块标了记号的目标区。只不过，在古代，尸体用的是囚犯的尸体。这项运动速度很快，惊险刺激，有时成百上千人骑马参赛，甚至会持续好几天。这项运动狂野、危险、机智，正如参与运动的选手，它把阿富汗勇士的本质特征表现得淋漓尽致。

父亲骑马上山的时候脑子里根本没有去想布兹卡西运动有多刺激。他头戴羔羊皮帽，骑着白马走在队伍的前面，依然像往常一样沉着冷静。突然，路中间闪出三个人，用步枪瞄准队伍。

其中一个大声喊道：“果然是你，瓦基勒·阿卜杜勒·拉赫曼。为了杀你，我等这个机会等了好久了。”

父亲冷静大声地回答说：“请听我说，阿富汗的政府很强大，不是你们可以战胜的。我来这里是希望劝服你们为政府效力，站到我们这边跟我们合作。我会倾听你们的诉求，将你们的意见传达给国会。”那人只是笑了笑，然后二话不说就开了一枪。接着，从山后又有几枪射过来。人群顿时大乱，手无寸铁的村民四散逃命。

父亲的马中了枪，痛得后腿一蹬，这一来父亲的脚就离开了马镫，掉落马背，被马拉着跑。受伤的马朝一条小河奔去，那小河就在布兹卡西运动场的边上。一些年轻人企图跟着父亲，但他大声劝他们逃命。“我是个长者，”他一边被马拖着跑，一边大喊，“他们会跟我好好说话的，但他们不会对你们手下留情。你们尽管快逃。”

游击队员在后面追，后来追上了我父亲。他们俘虏了他，让他做了两天的人质。我不知道他们有没有给他谈话的机会，听他理论，考虑他提出的条件，我也不清楚他们有没有打他，羞辱他。我只知道，两天后他们用一颗子弹射进他的脑袋，残忍地枪杀了他。

父亲牺牲的消息很快传遍全村，虽然位置偏僻，但消息还是传得很迅速。因为这里有一套发达的紧急消息传递系统，一路上，消息在小村与小村之间进行接力传递。一些与我父亲同行的人已经回到家，将马匹遭到射击的情况报告给了村民听。按照伊斯兰教的礼仪，人死后，24 小时之内必须朝着麦加方向安葬。我们家不忍心让父亲的尸体被孤零零地留在山腰，得不到安葬，他的尸体一定要运回来。而游击队员放出话来，警告我们说，谁胆敢把尸体取走，他们就杀死谁。没有人愿意冒着生命危险去取一具尸体。

英勇取尸的重任最终落到了一个女人身上。我的大姑妈佳达带了几件裙子，穿上长袍，对在场的男人们说，她将前往山中取回瓦基勒·阿卜杜勒·拉赫曼的尸体。看她疾步走出房间，径直朝山上走去，她的丈夫和我父亲的一个堂兄也只好跟了出去。

他们走了 13 个小时之后发现了父亲的尸体。原来，游击队员把它扔在村子与营地的半路上。

那时我才三岁半，清楚地记得他被害那天大家的悲痛。村中男男女女无不哭泣，村子里弥漫着恐惧和骚乱。那一晚，我躺在床上，翻来覆去，彻夜难眠，还竖起耳朵听。直到凌晨两点，我终于听到大姑妈走进村子高声说话的声音。她扛着父亲的棺材，然后啪的一声放到地上。

“瓦基勒·阿卜杜勒·拉赫曼回来了，大家都起来欢迎，我们把他带回来了，瓦基勒·阿卜杜勒·拉赫曼回来了。”

我从床上一跃而起，心想：他还活着，我父亲还活着。

一切都会恢复正常的。父亲回来了，他知道怎么恢复秩序，他还会安慰大家不要流泪。

我光着脚跑上街，看到母亲在哭泣，立刻停了下来，惊恐地紧紧抓住她的衣服。然后，我从她身旁望出去，便看到了父亲的遗体。他的头盖骨，就是挨了一枪的地方，被打飞了。

我号啕大哭，虽然不知道事情的严重性，但我很清楚，今后我们的生活将大不相同。

父亲的尸体被运回呼利大宅，摆放在巴黎套间，等待安葬。母亲前去看护尸体，一直守灵到第二天下葬。所有妻子中，她是唯一一个进去跟父亲遗体做最后道别的。在这个房间里，她怀上了我和其他孩子，也是在这里，父亲和妻子们曾经好不容易躺在一块儿说说话，营造一个完全属于自己的天地。母亲默默地肩负起父亲入殓前的准备工作，正如她在艰苦的生涯里默默忍受其他一切一样。她是那么有尊严，那么负责任。她没有尖叫，也没有号啕大哭，只是默默地按照真主的旨意替他擦洗身体，整理衣服。即使父亲已经走了，母亲也没有负他，正如他活着的时候一样。

到了上午，当地成千上万的人们涌入库夫向父亲的遗体告别。人们脸上的悲痛，加上对他们未来的担忧，使得整个气氛异常凝重，仿佛天就要塌下来砸到头上。

头发灰白、满嘴胡须的老人，戴着缠头巾，穿着绿色外套，坐在花园里哭得像小孩似的。父亲后来安葬在呼利大宅后面的一座小山峰上，朝向麦加和他所钟爱的库夫山的一个峡谷。

对村民来说，失去这么一位捍卫他们的事业、支持他们的诉求的人是他们人生的转折点，同时这也标志着政治动荡的开始。很快地，阿富汗就迎来了一场全面的战争。

对我们家人来说，父亲的去世意味着失去一切：我们的生活、我们的财富、我们的家庭领袖，乃至我们生存下去的理由。

亲爱的舒拉和莎哈扎德：

我还是个孩子的时候，没听说过“战争”“火箭”“受伤”“杀戮”“强奸”等字眼。令人悲哀的是，今天的阿富汗孩子对这些字眼再熟悉不过了。

四岁之前，我知道的都是描述幸福、快乐的字眼。

我真的很怀念一家人躺在叔叔家平坦的屋顶一起睡觉的夜晚。他的房子挨着我们的呼利大宅，在屋顶能看到最美丽的峡谷风景，所以大家都喜欢到那里去。我母亲、婶婶们，还有我的“小妈”（父亲的第四个妻子，也就是我母亲最好的朋友）坐在一起，讲着老掉牙的故事，直到半夜才罢休。

我们这些孩子安静地坐在夜空下，或者沐浴在昏黄的月色里，听这些甜美的故事入了神。夜间我们从来不关门，门外也没有站着像今天这样全副武装的警卫人员。那时候根本没有盗贼，也无需担心其他危险。

在那段时期里，生活在爱的包围中，我几乎不相信我的出生是在母亲对我的厌恶和悲叹中开始的，也根本没想到自己曾经被放到太阳地暴晒并差点儿死去。

我也从来没觉得自己的出生是个错误。我只感觉到自己被人爱着。

但这样的幸福生活持续不了多久，我不得不尽快成长。父亲的遇害只是降临到我家的一系列悲剧和死亡的开端。我的童年也随着我们被迫离开库夫美丽的花园而结束。我们告别了花园里清冽的井水和枝叶茂盛的大树，成了自己国土上无家可归的难民。

唯一不变的，是我的母亲，也就是你们外祖母的笑容。

挚爱你们的妈妈

第一次大逃亡

1979~1990 年

尽管母亲为失去心爱的男人痛苦不已，但父亲的死可以说在很大程度上促成了母亲的成熟与老练。

在最初的几个月里，母亲就展现出了天生的领导能力。她执掌家中大小事务，组织资源，决定孩子们的命运。正因为有了之前辅佐父亲的经历、高效的家庭管理能力和营造大家庭和谐的能力，才让她成功地带领我们走出那一段黑暗时期。不让任何一个孩子走散，确保他们的安全，是她的首要任务。那时也有很多人向她求婚，但是，出于当初不同我父亲离婚的同样原因，她拒绝了所有的追求者，因为她不想冒失去孩子的风险。

在我们的文化里，继父没有义务接纳女方在前一段婚姻中所生的子女。恩内亚特母亲的经历就是最好的证明。父亲死后，恩内亚特的母亲依然年轻，再加上有点儿轻浮，她改嫁给了一个曾经给我父亲牧养过奶牛的英俊男子。那男人去伊朗找过工作，刚从那边回来，带回来一些新奇的消费品，比如磁带录音机之类的玩意儿，这在我们这种乡下地方是根本看不到的。他向她求爱，对她讲了许多自己在伊朗的经历，还送她时尚的小玩意儿，最终俘获了她的芳心。

除了恩内亚特之外，父亲的第七个妻子还给他生了另外三个孩子：一个女儿，名叫娜济；两个儿子，分别是希达亚特和萨菲乌拉。她坚持要带着孩子们改嫁，但新丈夫就是不给孩子们吃穿。我母亲很同情她，于是几个星期之后就去拜访她。我母亲发现，三个孩子都在屋外的院子里哭泣，原来他们的继父不让他们进屋，让他们挨饿，衣服脏了也不给他们洗。母亲见到这番情景马上就带他们回家。

但是，那年轻的女人不肯放弃婴儿萨菲乌拉，于是，母亲只好把他留下，而正是这么一留，令她抱憾终身。几天后，萨菲乌拉发高烧，没人给他吃药，也没人安慰、照顾他，就这么孤零零而又凄惨地死去了。后来我们听说，他是一连哭了好几个小时，小脸蛋上满是苍蝇，而他的继父竟然不许他母亲去抱抱他。恩内亚特一直没有走出这一悲痛的阴影，为了纪念这个小弟弟，后来把自己的大儿子也取名为萨菲乌拉。

和我母亲非常谈得来的哈尔太太幸运多了。她改嫁给了当地的一名领袖，人很善良，没有孩子。他竟然视哈尔的两个孩子如己出，甚至在死后还把财产留给他们，这在阿富汗的文化里真是闻所未闻。

跟我母亲合不来的尼亚兹太太嫁给了一位老师，依旧住在库夫。尽管尼亚兹太太和我母亲有矛盾，但多年后，当我参选议员时，那位老师却给了我极大的帮助，为我安排交通，还在竞选途中一路护送我。这么庞大的家庭结构对西方人来说很难理解，但在我看来这是件好事：这种关系纽带超越了世代，消除了小分歧，跨越了地理隔阂。家毕竟是家。

祖尔迈沙哈，哈利法的孩子，也是我父亲最大的儿子，继承了呼利大宅。后来他遇害，二儿子纳迪尔——五太太（被我父亲休了的老婆之一）的儿子，继承了这所房子。他住在那里一直到现在。

父亲遇害几个星期后，我们甚至都没来得及做过多的哀悼，大山之外的世界就渐渐地向我们逼近了，政权迅速瓦解，局势恶化的不良后果很快就要降临到我们头上来。

父亲遇害之后没几天，凶手头目回来找我们。我们跑到饲养奶牛的野地里，躲在一块巨石后面，看着他们洗劫房屋，掳走一切能掳的东西：收音机、家具、锅碗瓢盆。

又过了几个星期，一天半夜里，我们正在叔叔的屋顶上睡觉，这帮人又来了。他们用步枪的枪托把我们叫醒，大喊大叫，要求我们把阿卜杜勒·拉赫曼的儿子交出来。我哥哥穆基姆当时才七岁，我们知道，如果这帮人发现了他，就会杀死他。我母亲情急之下想出了一个办法，把他交给住在隔壁的堂姐，堂姐把他藏在裙子底下。与阿富汗其他地方的妇女不同，巴达赫尚省的农村妇女里面会穿一条宽松的马裤，外罩一条长长的夏尔瓦克米兹裙子。多亏那条裙子，我哥哥才逃过了一劫。

我姐姐马里亚姆和我的一个嫂子，两人都才 16 岁，游击队员抓住她们一顿暴打，我叔叔试图上前阻止，被他们打退了回去。叛军（游击队员）带着两个女孩离开屋顶，朝呼利大宅走去。叔叔和几个堂哥堂弟大声对他们说，这是违反伊斯兰教规的暴行。根据教规，除了妻子和有血缘关系的女人外，伊斯兰男人不准去碰任何别的女人。

我们只好在屋顶上眼睁睁地看着他们打了这两个女孩一整夜，手枪落到她们身上，步枪枪托砸在她们身上，一遍又一遍地要求她们讲出武器的藏匿位置。两个女孩没有一个屈服，没有一个说知道。我母亲面如白纸，神情凝重，但什么也没说。他们还把刺刀放到我姐姐的胸口，慢慢地压进去，直到胸口开始流血。我们家有一条看门狗，名叫钱伯，被链条锁在呼利大宅的大门边。为了保护家人，它猛拉链条，挣脱束缚，朝那些恶徒奔去，大声狂叫。几个恶徒转身开枪射击，钱伯当场死亡。

那些游击队员一直打到黎明，直到山上响起了祷告召集声，他们这才离去，大概是回去做晨祷了。

两天之后，他们又来了，威胁说要把我们统统杀掉。这次他们胁迫纳迪尔说出藏枪的位置，母亲只能眼巴巴地看着。上一回女儿和儿媳妇虽然遭到毒打，但依旧没有说出藏枪的处所，当时她也只是静静地看着。她心里明白，如果枪没了，我们就失去了保护自己的武器。他们已经抢走了我们的一切，下次来就会要我们的命。

村里的男人看到游击队员的暴行后吓坏了，就派人给他们捎信说，如果他们还敢再来，村民就会拿起铁锹、鹤嘴锄、木棒等只要能用来当武器的物件，来保护女人。游击队员答应不再到村中恐吓，但他们想让阿卜杜勒·拉赫曼的家人死，他们的头头下令要除掉我们。在我短暂的生命里，我将第二次直面死亡，但最终我还是幸运地活了下来。

第二天早上，他们早早地来了。那时，哈利法和她的孩子们已经搬到了一个名为豪汗的村庄，父亲在那里有一间房子，比库夫区的还大，需要有人照看，所以我母亲是唯一一个留在呼利大宅的妻子。我的哥哥恩内亚特和穆基姆幸好在外面玩耍，所以能够躲到邻居家的屋子里避难。母亲一把抓起我，跑去躲进奶牛棚。邻居拼命地往我们头顶上堆牛粪作遮掩。牛粪气味难闻得令我窒息，那感觉简直就像是被活埋。我紧紧抓住母亲的手，吓得连咳嗽都不敢，就怕被他们听到。我们就那样一动不动地保持了好几个小时，气都不敢出，胆战心惊，唯一的安慰就是能感受到母亲的手紧紧握着我的手。我们听到他们的搜索声，有一次就在我们藏身点上方。只要他们轻轻拨弄牛粪，粪堆就会掉落，我们就会暴露无遗。天知道他们为什么没去拨弄牛粪呢？

等他们最终走了，我们马上从那里走出来，却发现外面已经是狼藉一片。母亲抓紧时间收拾衣服，她一把抱起我、两个哥哥和一个姐姐，拼了命地跑。我们穿过花园，进入干草地，跑到河岸边。我们什么都没带上，甚至连头都不敢回。

母亲每跑一步，似乎就离昔日的生活远了一步。所有的毒打、所有的疼痛、几年来为这个家和生活而付出的辛苦，这样的生活正随着我们向河岸逃生而结束。

正如我们所料，那帮人果然杀了个回马枪，还看到我们在逃跑。他们开始拼命追赶，他们比我们强壮，跑得也快，眼看就要追上来了。我跑得精疲力尽，开始磕磕绊绊，落在后面，拖了大家后腿。姐姐大声对母亲说："如果你不把她丢进河里，那帮人就追上来了，我们所有人都得完蛋。干脆把她丢进河里吧。"

母亲几乎要照做了。她抱起我，举在半空中，做出扔的动作，可就在刹那间，她盯着我的双眼看，想起了我刚出生不久时的承诺——永远不会让我再受一点点伤害。她从内心深处迸发出了一股强大的力量，抑制住了那股冲动的劲儿，不但没有扔下我，反而把我抱到肩上，以便牢牢抱着我逃命。我们已经落后了其他几个人，我也听到了那几个游击队员的脚步声越来越近，心想：他们随时都会追上我们，将我从母亲背上拉下，杀死我。时至今日，只要我一闭上眼睛，依然能够感觉到那冰冷、恐惧的一刻。

突然，一名苏联士兵出现在我们眼前。

这时，我们已经到达山谷的另一侧，这里是政府军掌控的领地，前来追杀的游击队员不敢再往前，转身回去了。我们累得瘫倒在地，终于可以喘口气了。母亲开始放声大哭。

接下来的几年里我们经常看到苏联人，那天见到的苏联士兵是第一个。他们是来侵略阿富汗的，尽管给某些地区带来教育和发展，但也对无辜的阿富汗人犯下了许多暴行。不过，这个苏联人对我还是友善的。他高个子，金黄色的头发，穿着制服，看上去挺帅气。他喊我过去，我迟疑不决地走上前去，他递给我一包糖，我接了，跑回来递给母亲。那是我母亲第一次从一个陌生人那里领受好意，但那绝不是最后一次。

刚开始，我们五个人住在河边一名叫拉姆拉的老师家里。他是我见过的最善良的人之一，双眼透露着热情，笑起来眼角起皱纹，灰白的胡子修剪得整整齐齐。他家很贫穷，实际上供养不起额外的人口，但是，他是我父亲政治上的支持者，他觉得瓦基勒的家人能到他两居室的房子里住是他的荣幸。

他家花园的一侧直接对着河流，我还记得跟他的女儿们玩水玩得很开心。我和他家的关系维持了很长一段时间。多年后，拉姆拉为了帮女儿解除一段强迫的婚姻关系，特地跑来向我求助。这段婚约是在他女儿还很小的时候订立的，但是，那个男的长大了之后施暴是出了名的，所以他女儿不想嫁给那个男的。男方家庭坚持要结婚，而拉姆拉支持女儿的决定。我在双方家庭之间做调解，最终，男方同意解除婚约。这样一来，拉姆拉的女儿就可以去追求自己的梦想——接受教育，将来做一名像父亲一样的老师。为了报答我，拉姆拉在我竞选时给予全力支持。如今，每当我造访该地，最开心的事莫过于和这个热情好客、富有爱心的家庭一起在河边吃上一顿简单的米饭和鸡肉餐。

在拉姆拉家待了两个星期之后，我母亲开始有点焦躁不安，她不知道接下来该怎么做，也不知何去何从。我们听到消息，说我们家房子被焚，一个姐姐还有一个嫂子遇害。不过，万幸的是，这些消息都不可靠，后来证实两人都还活着。

我还有两个哥哥，一个名叫贾迈沙哈，当时是个学生，另一个叫米尔沙卡伊，时任警察局长。游击队员袭击我们之前，他们两人就已经搬到省府法扎巴德去了。后来，他们听到我们有难的消息，马上租了一架直升机来接我们。

直升机一着陆，母亲抽噎着松了一口气。那是我第一次坐飞机，心情无比兴奋。我跑到了两个哥哥和一个姐姐前面，直升机内有两个木椅，我一屁股就抢了一个，舒舒服服地坐了下来，母亲和姐姐则坐到另一个椅子上面。因为恩内亚特和穆基姆没有椅子坐，我还得意地朝他们笑了笑。

米尔沙卡伊在法扎巴德租了间房子给我们住。他是警察，收入微薄，能做到这份儿上已经相当不易。房子是两居室泥土棚屋，当地居民给母亲配备了一些最基本的厨房用具，她在呼利大宅用进口瓷器餐具的时光早已成为历史。母亲开玩笑说我们住的是间玩具屋，实在太小了，她费了好大力气在墙上糊了纸、挂了花毯，房间才亮堂起来，也才像个家。

那个时候我已经七岁，可看上去依然是个典型的农村女孩：蓬乱的头发，脏兮兮的脸，鼓鼓的及膝长袍，长长的围巾老是在泥巴里拖着，脚上穿着一双惠灵顿长靴。我与这个大城市格格不入。

在“玩具小屋”里，我经常看到女孩子们上学。她们是那么聪明、阳光，叫我异常羡慕。我们家还从来没有哪个女孩接受过教育，因为父亲觉得没这个必要。如今父亲不在了，于是我问母亲我是否可以上学。她盯住了我，仿佛看了好几个小时，终于朝我微笑道：“可以啊，法齐娅宝贝，你可以去。”

其他人没有一个不反对的，尤其是我的几个兄长，但母亲始终坚持自己的立场。第二天，我跟着穆基姆去了他的学校，进了校长办公室，咨询他是否同意我上这个学校。办公室干净整洁，椅子都放了垫子。我觉得自己又矮小又肮脏，鼻子里的两行鼻涕进进出出，脸上东一块泥，西一块土的。突然我觉得尴尬，于是就用围巾拭去一大把鼻涕。

校长见了，皱紧了眉头，凝视着我。他一定在想，这么脏的乡下女孩也想到我这里来念书？“你是谁家的孩子？”他问我。当我自豪地说出自己是瓦基勒·阿卜杜勒·拉赫曼的女儿时，他惊讶得眉毛一扬。自从父亲去世之后，我们都落魄成什么样子了呀！和蔼的校长说我被录取了，第二天就可以到学校来上课。我记得自己当时是跑着回家告诉母亲这个好消息的，围巾在泥土里拖着，还把我给绊倒了。我心里满是兴奋，将父亲的死、家庭蒙难之痛、生活窘困等一概抛到九霄云外了。我法齐娅·库菲要上学了！

在学校，我专心学习，充分利用在这里的分分秒秒，所以很快我的成绩就赶上了其他女同学，成绩在班里不是第一就是第二。我们的课程很基础：半天综合学习，半天到当地的清真寺听阿訇讲授《古兰经》。我母亲尽管目不识丁，但对《古兰经》的学习非常热切。

夜里，我和哥哥穆基姆睡在母亲的床上，我们的日常生活都差不多：母亲每天都会问我们学了什么，我们把学到的一一说给她听，还给她背诵《古兰经》，不对的地方她都会一一纠正。这是她间接体验我们的教育的方式，而她对此也是乐此不疲。

等我去法扎巴德第一高中——帕米尔高中就读的时候，我已经是一个自信的女孩。为了与其他女孩保持一致，我剪短了头发。几个兄长看不下去了，可母亲说服了他们，还因为我有这样的信心和进步大加鼓励。

有时候我们也能看上电视。通过电视，我认识了英国的玛格丽特·撒切尔和印度的英迪拉·甘地，两人至今仍然是我心目中的政治英雄。那时，我会张着嘴全神贯注地看着荧屏上的她们，心想：一个女人居然能站在那么多人面前演讲，她的勇气和力量是哪里来的呢？一个女流之辈是怎么领导一个国家的呢？

有时，我和朋友爬上学校的屋顶去玩耍。慢慢地，我的视野开阔起来。我刚蹒跚学步的时候，站在呼利大宅的厨房里，看着天空，觉得那便是自己的全部世界；此刻，凝视着学校周边的大街，我想到的却是笼罩法扎巴德群山的天空。这个城市及周围的区域构成整个世界，一个我的世界。

在这里我非常快乐。遗憾的是，我 11 岁的时候，贾迈沙哈哥哥升迁去了喀布尔。我们不得不随他迁徙。搬家那天是我一生中最激动的一天，不仅仅是因为我可以搬到首都居住——这个只有在电视上看过的城市，而且还因为我可以转学到当地的高中大校园里学习。车在首都的大街上开着，我的心激动得几乎要跳出胸膛。

喀布尔与我想象中的首都一模一样：令人激动，喧嚣不已。我惊叹于黄色的出租车，车身两侧画有黑色带子；看到蓝色的米莉公交车上，女司机穿着时髦的蓝色迷你裙制服，我惊讶得目瞪口呆。（那个时候，电车被称为米莉公交车；靓丽夺目的女司机则被称为米莉。）绚丽夺目的商店橱窗里摆出了最时尚的商品，鳞次栉比的饭店里飘出喷香的烤肉味，身处其中的我欢喜得不得了。这个城市张开双臂欢迎我，叫我痴迷，而我也报以全身心的热爱。如今，我对这个城市的那份爱丝毫未减。

在喀布尔的三年是我童年里最快乐的三年。母亲也很喜欢这座城市，于她而言，在集市上购物的经历既刺激又难忘。或许乍一听没什么，但是，这样独立自由的时刻是她嫁给我父亲时想都未曾想的。我也享受着连做梦都未曾梦到的自由。我不但尝试各种新潮事物，还跟朋友们交流起了诗歌和文学。我们背着书包，面带自豪，一起沿着绿树成行的大道放学回家。

对我来说，这些同学特别成熟，魅力四射。他们住的是带有游泳池的房子，母亲梳着时尚短发，父亲和蔼宽容，身上散发着淡淡的剃须水香和苏格兰威士忌味道。有些女孩子甚至还化了妆，涂了指甲油。我的兄长绝不允许我碰化妆品。有一天，我在朋友家涂了一点儿，还借了条长袜和一条短裙。我就这样和朋友沿着马路悠闲地逛着，为自己的成熟外表沾沾自喜，恰好贾迈沙哈开车经过，他看到了我，然后放慢车速，从车窗里往外望。我来不及躲避，只好转过身面对着墙壁。我当时就像只鸵鸟，心想只要我看不到他，他也就看不到我。结果可想而知，他看到我了，后来还在家等我回去。正当他做出准备打我的姿势时，我马上跑开去躲了起来。我听到他哈哈大笑，还把母亲叫过去，跟她说起事情的经过。母亲听了也大笑起来，我则害羞得偷偷溜进餐厅去吃晚饭。

在喀布尔的生活无忧无虑，轻松惬意。不幸的是，外面的大世界很快就要跟我安全的小世界再次发生激烈的冲突。

亲爱的舒拉和莎哈扎德：

我还小的时候，总感觉自己的生活一直在变。每次我们找到一个安全的地方居住或者刚过上一段平静的时光，战争总是会来打破这种美好。

那些日子里，我讨厌改变。我只想待在同一个地方，同一个家庭，然后好好上学。我心怀伟大的梦想，但我也想过一种心满意足的生活。这也是我对你们的期望。我希望你们自由飞翔，追逐梦想，当然我也希望你们能有幸福的家，一个爱你们的丈夫，也能有朝一日享受到生儿育女的快乐。

在短暂的生命里，你们必须经历诸多改变，或许要远远超乎我的期望。在逆境面前逆来顺受比被迫做出改变要容易得多。但有时我担心自己让你们忍受了太多的委屈：我长期不在你们身边，还常常令你们担心我会遇害而使得你们孤苦伶仃。

有时候，忍受不一定是正确的处事方法。所有伟大的领袖都有一个共同点，就是有能力调节自己，适应形势，然后重新开始。改变并不一定都是我们的敌人，你们必须学会接受它，视其为生活的一部分。如果我们与“改变”结为朋友，欢迎它的到来，那么，下次它来造访我们的时候，或许就不会对我们那么残忍了。

挚爱你们的妈妈

最闪耀的星星陨落了

1991~1992 年

20 世纪 90 年代初，种族隔离制度在南非已经结束了，柏林墙也倒下了，庞大的苏联帝国也开始解体，冷战也接近尾声。

当时，游击队员已经成了久经沙场的老兵。他们跟入侵的苏联人展开了一场消耗战，终于在 1989 年成功地将苏联军队赶回莫斯科。苏联军队被迫羞愧地撤退，阿富汗人民上街高声欢呼、鼓掌。叛乱分子的士气高涨到了顶点，许多人视他们为英雄。当然，最著名的还是有着“潘杰希尔之狮”之称的艾哈迈德·沙阿·马苏德，他是公认的游击队领导人中最杰出的一位，也是击退苏联军队的幕后战略家，他的照片至今仍然出现在阿富汗各地。

苏联军队败走后，游击队员便急着攫取政权。他们派出军队横扫喀布尔。游击队员认为当权者是苏联的傀儡，尽管苏联军事力量已经撤走，政府依然跟莫斯科方面有非常密切的联系。时任总统的纳吉布拉确实给阿富汗带来了经济发展与社会进步，但是，因为他允许苏联军事力量驻扎在阿富汗，所以招致人民群众的极大不满。三年来，阿富汗军队均由他控制，把游击队员挡在千里之外，然而，他最终还是被打败了，政权也随之垮台。

人们期待政权更迭能够带来稳定和全新的纯阿富汗的政府，但叫人出乎意料的是，就在刚刚推翻旧政府后不久，游击队员开始起内讧。没有了共同的敌人，种族间的紧张关系渐渐浮出水面。尽管都是阿富汗人，但这些游击队将军操不同语言，来自不同地区，有着不同的文化观念。他们无法就如何分享权力达成一致。这些权力之争最终演变为阿富汗内战，这场血腥恶战足足持续了十几年。

16 岁那年，我从收音机里听到纳吉布拉总统企图逃离阿富汗时被逮捕的消息。我们听了大为震惊，也为国家的前途忧心忡忡。

那时我依旧住在喀布尔，也在那里上高中。事情发生时，我们正在与家乡巴达赫尚省和法扎巴德的亲戚们共度长假。

听到总统被捕消息的那天，我们还听到从法扎巴德北部的山上传来的枪声。政府军在山的一侧建立了阵地，包围了这个城市，而游击队员在另一侧也驻扎了下来。双方用步枪和机枪交火，偶尔还用上了炮弹。据我判断，游击队开火的次数比政府军频繁许多，政府军在枪和火药的数量上无法跟游击队相匹敌。

政府军似乎不怎么进攻，只在阵地防守。大量的政府军士兵已经逃掉了，许多人都不愿意对自己的同胞开战，而且他们也知道游击队员在之前的战斗中曾经对苏联士兵做过什么：折磨加杀戮。随着时间的推移，折磨的手段也不断翻新，恐怖残忍程度也越来越强。有时他们把人活活烧死；有时他们会问俘虏的年龄，然后用钉子按所得到的年岁数钉入其头盖骨；有时他们甚至将俘虏的头割下，浇上滚烫的油到剩下的躯体之上，热油一碰到神经末梢，无头尸体就到处乱转，持续好几秒，就像在跳舞，这种折磨方式被称为

"死人跳舞"。

政府军很清楚，这就是他们的新敌人，而且也不指望他们比苏联红军仁慈多少。于是，很多士兵脱下军装，复员过上平民生活。

经过两天的交战，游击队方面宣布接手新政府。投降和谈以及政权移交发生在两年前，即 1989 年的一次日内瓦会议上。所以，喀布尔的中央政府垮台的时候，没有几个人觉得惊讶。仿佛一夜之间，游击队员从山上的营地走下来，法扎巴德顿时全是他们的影子。我还记得，当时看到他们，心想这些人的脸煞白煞白的，真是有趣。他们住在山头的营地里，靠着稀少的口粮维持生命，好几年来都是天天作战。在我的印象里，士兵总是穿着光鲜整齐的军装，所以，当看到他们穿着工装裤和帆布胶底运动鞋，我觉得很诧异。

我心想，他们中的某些人怎样才能再次适应平民生活呢？其实，有这样疑惑的不止我一个。政府办公楼里现在突然全是这些人，这可把当地人吓着了。许多学校因此关门，因为家长不敢让女儿上学，怕她们遭到这些人的强奸。这些人之前还是战士，现在却趾高气扬地满大街行走。

但总体上，阿富汗的大多数人还是很高兴苏联人终于走了。他们期盼游击队员能够解决争端，组建一个像样的政府。

这段政治上的动荡时期是我一生中非常绝望的时期。当时我还是个少女，如果我想到市区走走，那么我不得不穿上蒙面长袍。这是我第一次穿蒙面长袍。这倒不是因为游击队员是宗教上的极端主义者，也不是说他们非要人穿蒙面长袍不可，穿蒙面长袍更多的是出于一种保护。外面那么多男人，几年来都在深山老林里打仗，没碰过女人，所以对一个少女来说还是不要在公众场合展现美貌为好。

过去，穿蒙面长袍是高贵身份的象征，还兼具实际功用。这种衣袍之所以如此设计，主要是为了遮挡烈日、沙尘、强风等恶劣的环境因素。

我知道，许多西方人士至今依然把蒙面长袍看作压迫女性和宗教激进主人的象征。对此我却不敢苟同。

我希望拥有穿我认为最合适的衣服的权利，但前提是遵循伊斯兰教教规。用头巾盖住头发，再穿一件宽松的束腰大衣，遮住双臂、胸口和臀部，这就足以合乎伊斯兰教提倡的在真主面前穿着庄重的要求。谁要是说女人必须完全遮住脸才是真正符合伊斯兰教规那就大错特错了，蒙面长袍绝对不是伊斯兰教的要求，人们穿它只是出于文化和社会的原因。

我也知道，在西方某些国家，蒙面长袍已经成为一大政治话题，甚至有政治家和领袖想通过立法禁止。虽然我认为所有政府都有权决定自己国家的立法和文化习惯，但我也信奉自由选择。我希望西方政府允许穆斯林妇女穿她们想穿的服饰。

有一天，母亲、姐姐和我穿上了最漂亮的衣服，准备去参加一场在我姨母家举行的晚会。我还化了妆，对自己的外表非常满意，而且，我有生以来罕见地发现自己原来可以这么漂亮。游击队员下山之前，我外出时通常只在头上戴一块头巾。现在，母亲坚持要我穿上一件她特意从邻居那里借来的蒙面长袍。我非常生气。长这么大，我还从来没穿过蒙面长袍，再说，今天穿的是最漂亮的衣服，还做了头发，化了妆，为的就是参加聚会，可她竟然要我用一件厚重的蓝色“麻袋”把自己裹得严严实实。

我坚决不穿，还跟母亲吵得很凶。母亲对我又是央求又是哄劝，甚至还威胁我说这是为了保护我。她说：“如果看到我没遮得严严实实，那些士兵保不准就打我的主意，所以我应该穿得保守点儿，以避免不必要的麻烦。”我大哭起来，怒火更加旺盛，因为脸上的妆容都被毁了。那一刻，我突然来了年轻人特有的叛逆精神。我说：“如果非穿蒙面长袍不可，那么我就不去姨母家了。”我坐在地板上，双臂抱在胸前，一副不肯妥协的模样。母亲最终还是说服了我，而我确实想参加聚会，而且还是花了很长时间准备的，不去实在可惜。于是，我极不情愿地拿起蒙面长袍套在身上，第一次这样走在法扎巴德的街上，感觉这是一个完全陌生的新世界。

透过蓝色小网眼，我感觉被周围的一切所包围。山似乎就在我肩上，仿佛世界在变大的同时也变小了许多。在厚厚的蒙面长袍之下，我的呼吸喘息声儿变得很响，身子也越来越热，仿佛就要得幽闭恐惧症了。我甚至觉得自己就像被活埋——那块厚厚的尼龙布几乎要把我闷死。那一刻，我觉得这样的穿着很不人道。我的信心消逝得无影无踪，人突然变小了，不重要了，孤立无援了，好像穿上蒙面长袍的那一刻，我曾经努力开启的生活大门突然又关闭了。学校、漂亮的衣服、化妆、派对——这一切对我来说不再有丝毫意义。

从小到大，我看到母亲总是穿着蒙面长袍，但我总觉得那是属于她们那一代人的东西。这一文化传统正在渐渐消亡。我从来没觉得有必要遵循这个传统，家里人也从来没要求过。我只把自己当成是阿富汗新一代女性中的一分子，穿蒙面长袍的传统既不代表我的个人意志也不代表阿富汗的意向。和母亲不同，我接受过教育，但我并不满足于此。我拥有的是机会和自由，其中一项自由便是选择穿或者不穿蒙面长袍，我选择了后者。

这倒不是因为我过去或者说现在穿蒙面长袍有什么问题。蒙面长袍是一种传统服装，在我们的社会里能够在一定程度上保护妇女安全。全世界各地的妇女总是时不时地需要应付某些来自男人的不必要的关注，对某些女性来说，穿上蒙面长袍就是躲避男人目光的方式之一。我所反对的是人们强迫妇女穿什么样的衣服。当塔利班政府立法规定妇女必须穿蒙面长袍的时候，我就非常不满。在西方社会，如果一个政府用下令的方式要求所有的女性从青春期开始一定要穿迷你裙，那么她们会有什么样的反应？在阿富汗，伊斯兰教规和文化传统提倡的端庄仪表要求是很高，但也不至于严格到让每一位女性都要把自己藏到尼龙衣袍底下。

到了姨母家，我马上脱掉蒙面长袍，心里无比轻松。这次经历让我很震惊，也令我对自己的生活和国家的前途感到担忧。在派对上，我没有尽情玩耍，而是独自一人在一旁回想刚才路上的可怕经历。我仿佛还被围困在那移动的小空间里（指蒙面长袍），难受得要窒息。与此同时，我也在寻思怎么回家才好——我多么希望能够以闪电般的速度回去，不要碰上任何熟人。蒙面长袍已经成了我生活的一部分，这是连我自己都不敢承认的事实，更别说是其他人了。

我怀念起了喀布尔，学校，还有那里的朋友。喀布尔机场已经被游击队员关闭，我们真真切切感受到了被首都孤立开来的感觉。我极其担心在那里发生的一切。虽然游击队员的政权现在是合法政府，但他们内部在彼此厮杀。几名将军掌控着不同的部门，虽然全面内战还没爆发，但是，根据喀布尔传来的消息判断，局势越来越混乱。令我尤其揪心的是学校，即使它还没有在战火中被摧毁，那么也很有可能关门了，而我也永远不可能再回去上学。

那时，我们时刻留意收听收音机，确保不错过一则新闻，但很难分辨哪些消息是真哪些是假。游击队政府很聪明，控制了广播和电视。播音员向听众保证说，一切正常，风平浪静，但我们知道无论是电视还是收音机上的内容都是政治宣传。有一天我和母亲听到收音机里说学校开放了，女孩子能上学了。但事实上，家长都不愿意将女儿送去上学，因为他们没有安全感。

可我在电视上看出了变化。原先漂亮聪明的女新闻播音员突然间从荧屏上消失了，取而代之的是穿着邋遢的妇女，裹着围巾，结结巴巴地播着新闻。

阿富汗曾经有一批极受尊敬的晚间新闻女主播。她们聪明干练，极富魅力，干起工作来很有职业素养，是我这样的女孩子的榜样。我喜欢听她们播国际新闻，也喜欢她们那不断变化的发型。她们夺人眼球，接受过教育，事业成功，但她们突然间从荧屏上消失令我很是担心。

有一天，我被眼前发生的这一切弄得焦躁不安、担惊受怕、心神不宁，我双眼噙泪地来到母亲跟前，把肚子里的苦水一股脑儿倾倒出来。她静静地听着，等我说完了，她说我可以在法扎巴德找个学校临时读书。

我想念喀布尔，想念我朋友家豪华的房子。但是，能够重新回到学校念书更让我感到高兴，尽管这所位于法扎巴德的学校规模小、思想狭隘，但在当时的我眼里，它是那么大、那么气派。

不管怎样，我还是说服自己坚持穿蒙面长袍。我渐渐习惯了被包围的感觉，但就是受不了闷热。法扎巴德没有公交车，我只好顶着烈日上学放学。汗水从我身上滴滴答答滚落，再加上不透气的服装包裹，我的皮肤上竟然冒出了黑色疙瘩。

日子虽然艰辛，但我还是结交了许多朋友。能够重返课堂，人生又充满了诸多机会，我真的很开心。放学后，老师们邀请我参加一些园艺课程，不仅可以学习植物学知识、繁殖知识，还可以学到土壤养护知识。在巴达赫尚省，即使是在今天，人们掌握的生物和耕作知识依然很基础。这门课我很感兴趣，可母亲却不让我再去。即使穿了蒙面长袍，她还是担心我这个青春少女有可能吸引游击队员的游离的目光。只要我在户外多待一分钟，就很有可能增加一次不必要的求婚风险——游击队员的求婚不是想拒绝就能拒绝的，后果相当严重。如果你拒绝，他们肯定用强迫手段来达到目的。在母亲看来，上学是不得不冒的风险，也是她唯一允许我去冒的险。放学后学习花草种植就不一样，那是一种奢侈，她漂亮的女儿完全可以不去冒这个险。

游击队员的到来在许多方面改变了我的户外生活，但让我没料到的是也改变了我在家中的生活。在我回来上学一个月之后，同父异母哥哥纳迪尔有一天突然出现在家门口。自从他还是个孩子的时候就参军去打苏联人算起，我已经 15 年没见到他了。此刻站在客厅里的这个男人已经是游击队的一名指挥官，他和手下的士兵负责通向库夫的军需路线，确保该地的战士有足够的武器和火药。这对游击队员来说是一个相当重要的角色，将军一般不轻易让人占据这个位置。

看到纳迪尔，母亲非常高兴。当然，她也坦率地表示对他工作的不满，也责怪他在家里最困难的时候没有帮上一把。身为一名游击队员，我哥哥完全有权打她一顿，甚至可以因这么无礼的言语将她杀死，但他没有。母亲在家庭内部的威望如此之高，以至于他还得向她道歉。他说，现在自己是个男人了，知道孰对孰错。他眼前最重要的不是打仗，而是如何尽可能为家庭出力。

他想把我带到他住的村里，那样就可以保护我不受其他游击队员的侵犯。他在游击队里的身份足以保障我的安全，但他很明白，如果我和母亲留在法扎巴德，即使凭他的影响力也不足以阻止当地的游击队员娶我，如果他们真的要强迫我的话。

这也正是我母亲所担忧的。于是，大家决定让我跟随纳迪尔到他所住的亚富特尔区，去那里唯一的方式是骑马。那天晚些时候，他来到家门口，带了两匹白马，都装有马勒，上面还带着流苏，在巴达赫尚省很常见。从孩提时代开始我就一直没骑过马，再说，穿着蒙面长袍上马鞍更不方便了，对我绝对是个挑战，更不必说骑马穿过拥挤的人群。每次喇叭一响或者听到某种奇怪的响声，马就会吓一跳。后来，我哥哥只好为我牵着缰绳，领着马穿过市区，而我费了好大的劲儿才没让自己摔下来。每次马踢腿或者弓起马背，他就扯缰绳，而我总以为自己快要摔到路上了。

我觉得自己的生活再也没有比那天更退步的了——我穿着蒙面长袍，骑在马背上被人牵着，仿佛倒退到我母亲甚至我外祖母的那个时代去了。那一刻，我觉得不但我个人，就连我的国家也都从来没有进步过。

我们骑马离开法扎巴德，一直朝哥哥的村庄走去。我们还需要骑整整两天，路况很差，有时几乎就是泥泞的小道。令我高兴的是，我已经学会驯服坐骑了。蒙面长袍还是妨碍我骑马，尤其是我拐弯的时候。由于穿了蒙面长袍视野受局限，我的方向感也差了许多，如果马踩进小坑，我就很难保持身体平衡。

夜幕降临时，我们来到了一个村庄，打算停下来休息。尽管我们才赶了一天的路，可我已经觉察出这里的人们与城市居民的差别。这些农村妇女非常热情，迫切想跟新来的人们说说话。在谈话的过程中，我注意到她们脏兮兮的双手，黑乎乎的，上面还沾着尘土，显然是长年累月的辛苦劳动和不经常洗澡的缘故。她们的穿着也是典型的淳朴的乡下农民衣服，不过我看了并不惊讶，只是久久挥不去心中那份回到旧时代的感觉。先是蒙面长袍，接着是马，然后是脏兮兮的农村妇女，她们的生活跟她们祖母的生活甚至祖母的祖母的生活并无多大差别——看到了这些，我仿佛觉得这就是祖国的不幸前景。

第二天醒来，我感到浑身僵硬酸痛，骑马引起酸痛的部位你想都想不到。尽管如此，我还是很高兴，因为在落马好几次之后，我终于可以自己骑马走过崎岖的山路了。在阿富汗的这个地方，骑马要有点技术才行，弄不好会出人命。

和纳迪尔一家住了两个星期之后，我们去拜访一位叔叔以及邻村的一些远房亲戚。我在一名妇女的身边坐了下来，她刚好认识我母亲，就问我哥哥穆基姆遇害时我在不在喀布尔。这不啻一个晴天霹雳，我压根儿就没听说过这件事。房间里的每个人都看出了我脸上的惊恐，才意识到我还不知道这个噩耗。我叔叔是第一个做出反应的，他本能地引开话题，并暗示那位妇女所说的人其实是我的同父异母哥哥马莫沙哈，他 15 年前就被游击队杀害了。

当年游击队袭击豪汗镇时，马莫沙哈和村里的一群小伙子奋起反击，将他们击退。那一晚，他整夜待在一间小浴室里，用仅有的一把手枪朝窗外开火。为了能让他够得着高高的窗台，他可怜的妻子只好四肢着地，弓成一团，让他踩在她背上。那一场恶战中，他们夫妻俩都存活了下来，但他却成了被追杀的对象，于是他们先去塔吉克斯坦躲了一阵子，但最终还是偷偷回到了阿富汗，也就是因为这次的回来他才被游击队抓获。这再次显示出我们这个大家庭的团结传统：母亲整夜出去走关系，向一个又一个军官求情，求他们释放马莫沙哈。他不是她的亲骨肉，可她视如己出，正如她爱所有父亲的其他妻子的孩子们一样。但求情最终没能成功，和父亲一样，马莫沙哈在黎明时分被一颗子弹射进脑袋，就这样被残忍地枪杀了。

我是知道这件事情的经过的。这事发生的时候，我还是个小女孩。既然我当时在场，那她为什么还要问我呢？尽管我的亲戚们都往好的方面说，可我还是担心她说的确实就是穆基姆。他就住在喀布尔，所以我担心遇害的是他。我忧心不已，连一口饭都吃不下，心扑通扑通跳个不停，还感觉一阵恶心。真想长出一双翅膀，飞到喀布尔，去看看穆基姆是否有事。

在回家的路上，纳迪尔反复强调说那个妇女肯定是弄错了。我知道，他是想保护我，而我宁肯相信他编的谎言，也不愿承认这可怕的真相。

或许是由于一直牵挂着穆基姆的生死吧，我总觉得后来在乡下的日子不惬意。我开始想念家人，尤其是母亲。我很难适应乡下的生活，渴望能够回到城市喧嚣和活力的生活中来，最好是喀布尔这样的城市。在这里，一切都是那么陌生，我甚至觉得连村里最珍贵的水煮肉和圆盘烤饼都很难吃，身体也渐渐瘦了下来。而且还发疯般地开始怀念课堂。

村里那时没有电视机，也没有收音机，因此，吃过晚饭，收拾完毕，大家就上床睡觉——通常每晚七点就睡了。对我来说实在太早了，躺在床上的我，为了有事可做，就在脑子里复习数学题和物理、化学公式，这至少能够让我觉得跟课堂还保持一丝联系。我太渴望上学了，就在重温数字与符号的过程中，梦想着能够很快返回喀布尔，重新捡起阔别一年之久的学业。

没多久我就央求纳迪尔准许我回到法扎巴德。我想念母亲，真的需要尽快回到她的身边。我开始跟亲戚们讨论这个计划，但最终大家决定，我不必回法扎巴德，而是让母亲、姐姐、姐夫，还有我一起回到喀布尔。我母亲的二儿子米尔沙卡伊在首都当了警长。他说，现在喀布尔足够安全，我们回去住完全没问题。于是，纳迪尔和我骑马返回法扎巴德，然后所有人从那里坐飞机前往昆都士。

能和家人一起回喀布尔，尤其是能和母亲一起走，真叫我心花怒放。我没告诉她关于穆基姆的死讯，因为我自己还没勇气接受这个事实。当不安向我袭来，我干脆就不去想它。母亲看到我回来也很高兴，虽然我们都不知道回喀布尔后会面临什么情况，但能回来已经足以让我们兴奋不已。

到了昆都士后，我们还得坐300公里的公交车才能到喀布尔。那年七月的阿富汗，跟往年相比，温度高了许多。太阳炙烤着群山，到了中午，岩石被晒得滚烫滚烫的，手一碰就有灼伤之虞。风扬起尘土，在空中盘旋，活像微型龙卷风，冲入屋子，钻进汽车、机械装置，甚至刮进你的眼睛。我已经习惯了穿蒙面长袍，当然我依然讨厌它。尘土不顾女性端庄的穿着，依旧千方百计往蓝色布料里钻，粘在我汗津津的皮肤上，奇痒难忍，我不停地扭动身子，这个小动作比以往频繁了许多。

在法扎巴德和哥哥家往返的时候，至少我还能迎着微风骑马赶路，而此刻我却和家人以及几十名其他乘客挤在一辆令人窒息的公交车里，这还不算，蒙面长袍内的温度更叫我无法忍受。昆都士与喀布尔之间的公路是阿富汗最危险的一段，这几年来，路况已经改善了许多，但如今在上面行走依然很可怕。公路狭窄，车子经过，留下一条条车辙。沿着凹凸不平的群山，车子盘了一个又一个弯，有时一侧通向碧蓝的天空，另一侧陡然向下，经过峡谷上方突出的岩石。许多不幸的人们就是在峡谷中丧命的。周围并没有任何防护设施，每当卡车或者更大的车子——比如我们的公交车——会车时，几乎是擦身而过，两车之间距离仅剩下几厘米，轮子擦着悬崖峭壁的边缘，险象丛生。

我坐在上下跳跃、左右颠簸的座位上，听着车子的引擎在咆哮。司机用力换挡，偶尔按下喇叭，以发泄对路过的司机的不满。好在我要复习物理方程和公式，根本没心思去理会那么多。我沉浸在一连串的数字中，完全忽略掉汗流如注的后背，也无暇顾及笼罩在蒙面长袍之下的头发。

当热浪渐渐退去，群山开始呈现淡紫色，景色变得柔和起来。你时不时还能看到牧羊人蹲在河床边和阴凉处，看着羊群吃着肥美的牧草，驴子围着野生的罂粟花嗅了又嗅。每隔几英里，就能看到苏军坦克或卡车的残骸被丢弃在路边。

快到喀布尔的郊外时，我们已经疲惫不堪，身上湿漉漉的全是汗水，鼻子和皮肤被一层厚厚的灰尘弄得发痒。车子慢了下来，就像虫子在爬行，原来前面有一长队的车子排队前进。成百上千的汽车，前脸贴着后车的保险杠，把公路堵得水泄不通。我们只好静静地等着，不清楚到底发生了什么事。车窗透不进一丝的风，车内又热得叫人无法忍受，许多孩子哭着央求他们的母亲给水喝。

一名男子手持AK-47步枪朝车子走来。他满脸浓密的胡须，头戴棕色帕库尔帽子，把头伸进车窗。他身穿夏尔瓦克米兹，上面全是汗，看起来很脏。乘客们竖起耳朵听他和司机的谈话。男子对司机说，堵车是因为游击队指挥官阿卜杜勒·萨布尔·法里德·柯西斯塔尼被任命为新政府的总理，为安全起见，首都的道路全部封锁，以便让他的车队通行。我觉得这不是什么好兆头，即使苏联人还在的时候也没有因为给一个大人物让行而封锁全城。阿富汗现在掌控在游击队员手中，他们是久经沙场的老战士，而不是政治家，也不是平民。不错，他们确实赶走了苏联侵略者，我尊重敬佩他们的也正是这一点。但我怀疑，像他们这样毫无从政经验的人怎么能够有效地治理这个国家？

最终，道路还是通畅了，我们径直进了城。到处可见刚发生过战争的痕迹——毁坏的建筑、烧毁的车子。游击队员持枪站在哨卡口。我们来到了米尔沙卡伊公寓所在的马克洛里安街区。这是一个苏联人修建的公寓街区，米尔沙卡伊住在五楼。

米尔沙卡伊这时已经是内政部的一名高级官员，负责协助管理警务。我们走进公寓的时候，客厅里全是客人，大多数是男士，在等候他的接见。有些人是来办警务事项的，有些是给在狱中的朋友或亲戚求情的，许多人是从巴达赫尚省来拜访他的，场面还真有点混乱。

我哥哥到三楼来接我们，我一见到他，泪水就夺眶而出。喀布尔和我离开时相比改变了许多，我不知道这对我的家庭和祖国意味着什么。但我最关心的还是穆基姆为什么不来迎接我们，他的不在场印证了我最大的担心，但是每一个人似乎都不准备承认他已经牺牲的事实。当我问他在哪里，他们告诉我说他去了巴基斯坦，还计划去欧洲。“什么时候？”我问。大约40天前，他们回答，但我知道他们在撒谎。接着我看到了客厅书架上有他的一张照片，相框上装饰了丝绸花。这是个不祥的征兆，第一次明显地证实了穆基姆的命运。

“你为什么用花装饰相框？”我问嫂子。她的身子不自在地抖动了一下，小声回答道：“因为，你知道吗，自从他去了巴基斯坦，我很想念他。”我知道她也在撒谎。在阿富汗，用花装饰相框是悼念死者的一种方式。我的家人一直想保护我，但我不需要这样的保护——我需要的是真相。我母亲根本还不知道实情，完全相信他去了巴基斯坦。

那天晚些时候，我在公寓里随便看看，无意中拿起客厅摆着的几本书和照片。我看到一本日记本，不是出于对穆基姆的怀疑，而是出于无聊与好奇心。打开来一看，里面是一首诗，一首透露残酷事实的诗。这首诗由我哥哥最好的朋友阿明所写，是一首挽歌，里面描述了穆基姆遇害的过程。我一看前三行就失声尖叫。与其说那是愤怒的狂叫还不如说是痛心的哭喊。这是穆基姆遇害的最有力的证明。母亲和哥哥冲进来，看到底发生了什么情况。我已经哭得不能自抑，几乎没办法说话，只能站在那里，朝母亲挥舞着日记本。她颤巍巍地从我手里接过日记本，盯着诗歌，并没有看懂，但哥哥脸上露出了惊恐的神色。无论谎言的初衷有多好，这一刻，都该结束了。当母亲听到了真相，她发出了一声撕心裂肺的尖叫。刺耳的尖叫声越来越响，回荡在混凝土墙壁上，像一把钢钻，钻进我们的心。关于哥哥之死的证据无可辩驳，像一把锤子，深深地敲进我的心。对母亲来说，这样的打击实在大得难以承受。全家人挤在客厅，沉重地见证穆基姆的死讯。

那一晚，悲痛将全家人再次紧紧联结在一起——我、母亲、姐姐、哥哥、两个嫂子，还有三个姨母一同放声大哭。为什么这么一个优秀、健康的年轻人无端地被夺去生命？这公平吗？为什么？我家另一颗最闪耀的星星陨落了。

亲爱的舒拉和莎哈扎德：

“家”是一个再简单不过的字，但或许是一个孩子学到的最重要的字。家是孩子出生的场所，是一个让他觉得安全、温暖、受保护的地方。无论是风霜雨雪还是火箭子弹，家应该永远保护着一个孩子。在家里，孩子可以在母亲的臂膀里睡得安稳，父亲站在一旁幸福地看着。

很遗憾的是，许多孩子，包括你们俩，没有父母双全。但至少你们还有一个母亲，她爱你们，尽力弥补你们因失去父亲所失去的一切。有些孩子甚至连母亲都没有呢。有多少阿富汗孩子在战争中失去了所有亲人，没有人抚养?！兄弟姐妹之情也是家庭非常重要的一部分，我有多少兄弟姐妹连我自己都数不过来。在我们这个大家庭里存在竞争和妒忌，尤其是在我父亲的那么多妻子中间，但从来没有哪一个孩子觉得自己缺乏爱。每一位母亲都平等地爱着所有孩子，被那么多母亲爱着，我真觉得幸福。我的父亲，也就是你们的祖父去世时，我母亲挑起重担，将所有的孩子团结在一起，所以我们才有了一个完整的家。

我和兄弟姐妹们会吵架，互相拳打脚踢，甚至揪头发，但我们从来没有停止过相爱，也从不会对彼此漠不关心。我还跟哥哥们斗争，为的是能够上学，能够学会独立。尽管他们并不喜欢我这样，但还是同意我这么做。当然，他们如今都为有我这个政治家妹妹而骄傲。他们也为曾经思想够开放，帮助我实现梦想而自豪。如此一来，我们保住了家族的地位，也保持了我们家的政治名声。

我多么希望能给你们生个弟弟，一个品行良好、谈吐得体的弟弟，他一定会非常爱你们这两个姐姐。我敢肯定你们还会和他吵架，甚至打架，但是，我也相信你们一定会爱他。如果真的有这么个弟弟，我会以我那已经牺牲的哥哥的名字给他命名——穆基姆。

挚爱你们的妈妈

正义何处寻?

1992 年 5 月

先给舒拉和莎哈扎德讲个故事。

一个星期五的夜晚，从兴都库什山脉刮来了一阵狂风，还夹杂着暴雨。喀布尔灰尘满地的道路很快全是泥浆，踩上去又湿又滑。露天排水沟暴涨，褐色污水四溢，形成一个散发着恶臭的水池。街上空无一人，只有一个几乎看不出形状的阴影在移动。那是一个男人，在漆黑的夜里大声喘息。雨水打湿了他的胡须，像一条小溪，顺着他的身子流下去，流进了脚踝深陷的水坑里。他手里拿着一支 AK-47 突击步枪（卡拉什尼科夫自动步枪），这支苏联制造的枪又重又滑，他松了松手，慢慢地前进。他故意往黑魆魆的泥沼里走，每一步都迈得小心翼翼，在完全踩下去之前先用脚轻轻试探。

接着，他转身朝向六英尺高的大院围墙，轻轻地举起枪，架了上去。即使在这样一个风雨交加的夜晚，这件武器没拿好掉到墙上发出的撞击声也能传得很远。他平衡了一下身子，停了下来，双臂举过肩部，接着双手一把抓住院墙，然后像猫一样蹿了上去。他把脚指头伸进砖缝，在湿漉漉的墙面寻找支撑点。由于用力控制体重，他的手臂和背部肌肉紧绷了起来。接着，他把右手肘甩到墙头，脸贴着粗糙冰冷的水泥墙面，左腿弯成弧形一甩，勾住了墙壁的边缘。等整个身体上了墙头，他轻轻地固定好位置，扫视了一下院子，看有没有警卫。见没有卫兵，他跳了进去，脚一触地，发出了一阵溅水声。他用拇指推了一下 AK-47 上的保险杠，做好开火的准备。

他弯下腰，借着果树的阴影朝着正房走去。院子内一片漆黑，大雨阻碍了他的视线，他就着门上铜把手一阵乱摸。随着门闩的一声刮擦，门开了。他屏住气，轻轻地打开一条缝，然后慢慢推开，眼睛朝漆黑的房间张望。房内一片寂静，因为瓦片厚，大雨的声音在房间内听起来轻了许多，但他可以清晰地听到身上的水滴落在地板上的声音。他依旧弯腰穿过客厅，手里的枪随时准备发射。凉鞋踩在地板上，发出“嗒——嗒——嗒”的声音，在大厅里，密闭的砖墙越发反衬出其响亮。他一找到卧室的门，便停下了脚步，准备好步枪，用右手拿着，像是在握一把手枪，左手去转门把手。锁开了，门露出了一条缝。

就这样，这个男子残忍地将我哥哥杀害了。

杀手打光了枪膛里的子弹，将正在睡觉的穆基姆射死。卡拉什尼科夫自动步枪的弹夹可以装 30 颗子弹，杀手打光了弹夹里的所有子弹，然后飞速逃离现场。

我的另一个嫂子听到枪声后醒了，她和我的另一个哥哥住在另一侧的楼上。我那个哥哥想安慰妻子，对她说，枪声可能是有人朝空中开枪，用来庆祝婚礼或者庆祝赶走了苏联人。而就在这时，一个惊慌失措的邻居突然从院子外面大声呼喊——穆基姆被人枪杀了。

穆基姆遇害时年仅23岁。他是一名法律系的学生，高大、英俊、聪明，获得过空手道黑带，在那个时代，就算在喀布尔也是很罕见的。他是我最喜欢的兄弟之一，从小到大，我们一起玩过、吵过，也打过，但彼此仍然相爱。只要他说一句好话，我就可以开心好几个小时；而他一句严厉的话立刻会让我大哭。他、恩内亚特和我一直以来都是铁三角玩伴，还很小的时候，穆基姆就是在一名妇女的裙子底下死里逃生的。可是这一回，再也没有人能够隐藏他、保护他了。

这真是沉痛的一击，我甚至觉得自己身上的肉被割走了一部分。自从父亲死后，所有的兄长在我生活中扮演的角色都变得更加重要起来。穆基姆喜欢用他家长式的权威命令我做这做那，比如叫我洗他的袜子，要不就是洗衣服。身为小妹妹的我非常崇拜他，所以并不介意他那副家长作风，我只想得到他的赞同与关注。

大多数时候，他鼓励我好好学习。他经常挂在嘴边的一句话是："法齐娅，我希望你能成为医生。"每每得知他对我怀有这么高的期望，我心里就会感到自己与众不同。但在生气或是沮丧的时候，他就不准我第二天去学校，还会用手指着我，严厉地宣布："明天你待在家里。你是个女孩，对女孩来说，做好家务就够了。"

可见穆基姆哥哥的观点还是很传统的。不过，我仍然能体谅他，因为这是他缓解压力的独特方式，在这点上他有点儿像我父亲。通常，在跟我说不许去学校的第二天，他回家时总会给我带礼物—— 一个新书包或者是新文具盒。然后他又会叫我回学校，夸我是多么聪明，将来能干一番大事。如果我的其他兄长叫我别去学校，那绝对是他们的真心话。但是，我知道，穆基姆的话只是说说而已，不会当真。

无论是从他穿的衣服还是吃的食物来看，穆基姆都是一个非常实际的人。他刚上大一时，学的是法律，他告诉我爱上了一个女同学，是学医的，长得非常漂亮，我相信他说的是真的。他以前还经常指着我最漂亮的布娃娃说："我女朋友跟这布娃娃一样漂亮，唯一的区别是她还有一双蓝色的眼睛。"

穆基姆追求了她四年，但这么长时间内他都没有当面表白。他经常围着她的房子转，一转就是好几个小时，为的就是能够瞥见她一眼。他写了不知多少情书，但她原封不动一一退了回来。她是个很传统的女孩，未经家里同意，是不随便打开追求者的信的，而穆基姆希望能有所突破。他期望我母亲尽快回到喀布尔，拜访这个女孩的家，提出这门亲事。如果父亲还在的话，这事就是父亲去做的，既然他不在了，就该由母亲作为家长出面。遗憾的是，还没等母亲正式去提亲，穆基姆就遇害了。

挚爱的家人的死讯是很难让人接受的，我感到无比的失落。穆基姆的死就像一个巨大的空洞，无论什么都无法填补。你再也无法见到那个人，这样的痛苦就好比牙疼，只是牙疼还有止痛药，而丧亲之痛根本无药可解。

由于游击队和政府还在交战，警方也没办法展开调查，即使像我哥哥米尔卡沙伊这么高级别的警察局长也没办法将杀害穆基姆的凶手绳之以法。凶手留下的唯一证据就是逃跑时掉在墙边的一只沙滩鞋，但穿这种鞋的男人阿富汗到处都是，再则，当时 DNA 检测也还没面世，法证手段也不流行。阿富汗还处于战时状态，战争时期死人很正常。穆基姆的遇害在这样的背景下根本算不了什么，每天都有成百上千的人被害，妇女遭到强奸，家庭遭到洗劫和破坏。食物和水都还奇缺，更别提正义了。

米尔卡沙伊为穆基姆的死深深自责。身为警察，他没有抓住凶手，而且他还觉得自己对穆基姆的死负有责任。他是个警察局长，手下有一支警卫队，无论他走到哪里，他们都会跟随。夜间，他们的职责就是保卫米尔卡沙伊和家人的就寝。穆基姆遇害当天是星期五，正是祷告纪念日，在这个风雨交加的夜里，米尔卡沙伊体恤他的警卫，早早打发他们回去和家人在一起。穆基姆从体育馆回来大约是晚上十点钟，他全身湿透，还说有一只眼睛发炎了，我嫂子从化妆包里给他弄了点儿眼线膏。在巴达赫尚省，妇女们常常用一种山间草药制成眼线膏，据说治疗眼睛发炎有奇效。她涂了一点儿到他的眼睛上，然后他就去睡了。没想到那一刻竟成了永别。如果警卫在岗，枪手根本进不了屋子，穆基姆也就不会遇害，米尔卡沙伊因为打发警卫队回家而懊悔不已。

我们在生活中经常自问的一个大问题就是为什么。为什么会发生这样的事？我是个伊斯兰教徒，有着自己的信条。我相信这些信条都是真理，它们构成我生命的一部分。我相信只有真主才能决定我们的命运，他决定我们什么时候生什么时候死，但即使有这个信念也依然不能减轻我失去亲人的痛苦。

至于穆基姆的死，我们根本无法回答为什么。为什么有人会杀害这么一个善良、聪明、温和的年轻男子呢？他是个优秀的学生，只不过是想过自己的生活。他只想有一份工作、一个妻子和一个家庭，他没有对任何人构成威胁，可他的生命顷刻之间就被夺走了。按照伊斯兰教的习俗，临死之人必须三呼真主安拉，可怜的穆基姆都来不及这么做。

来不及跟爱的人道别，这个我渐渐地习惯了。至于为什么，我想这个问题也没意义。那段日子我们就是这么过来的。

亲爱的舒拉和莎哈扎德:

等你们长大一些就会明白忠诚的含义。忠于信念，忠于家庭，忠于朋友，忠于邻居，忠于祖国。在战争时期我们的忠诚就会接受严酷的考验。

你们必须忠诚于既真又善的伊斯兰教信念，即使力不从心也不要忘记帮助并关爱周围的人们。对家庭忠心至关重要，无论对生者还是死者都是如此。我们的家庭纽带不能因为死亡而断裂，但你们也要牢记缅怀先人不能以生者为代价。你们还要忠于朋友，因为这才是真正的朋友所为。如果他们也是你真正的朋友，那么他们也会忠诚于你，在你需要帮助的时候会出手相助。

你们还要忠于阿富汗同胞。并不是所有的阿富汗人都整齐划一，我们的同胞讲的语言不同，生活的方式也有差异，但是，你们要接纳种族差异和文化差别，更不要忘记把我们团结在一起的我们的祖国——阿富汗。

你们一定要忠于国家。如果不忠于祖国，国将不国。你们一定要辛勤努力，为你们的孩子和孩子的孩子而壮大我们的国家。

忠诚是一门很难学习的课，但是比它更有价值的课真的不多。

挚爱你们的妈妈

内战不休

1992~1993 年

能够回到喀布尔我感到很高兴，并迫不及待地想恢复以前的生活。只是，现在战争全面爆发，我以前的生活秩序被完全打乱了。

我们依旧住在马克洛里安区哥哥家里。马克洛里安翻译过来大意是“居住空间”，那里的公寓是苏联人用最先进的科技建成的，比如中央热水供应系统可以同时满足十几幢楼的人使用，每幢楼有 50 套房子。马克洛里安区的房子虽然几经炮火，但至今屹然挺立，足见苏联人的建筑质量之高，就连热水供应系统仍然能正常工作。如今，这个小区的房子很抢手，人人都想在那里安家。

我终于能够继续在喀布尔上我的英语课了。这些课程非常重要，我舍不得放弃。为了上这门课，我不得不一次又一次地走上危险的大街。街道现在已经成了战场，游击队的领导和他们的部下为了争夺权力展开了殊死搏斗。

喀布尔被分割成好几块势力范围，中央部分、海尔汗纳、马克洛里安、王宫周边由游击队政府掌控。时任总统布尔汉努丁·拉巴尼来自巴达赫尚省，曾经是一名将军，跟我家交情很深，所以我兄弟在内政部的位置比较高。有“潘杰希尔之狮”之称的艾哈迈德·沙阿·马苏德是国防部长。

喀布尔的西部由一个名叫马扎里的人控制着，他是哈扎拉族的首领。（哈扎拉人据说是成吉思汗的直系后裔，外表明显带有蒙古人的特征：圆圆的脸，大大的杏核眼。他们是什叶派伊斯兰教徒，属于少数派，占绝对多数的是逊尼派穆斯林。）在喀布尔远郊有一个叫帕格曼的地方，由赛义夫和他的手下掌控。还有一个地区则被乌孜别克族首领阿卜杜勒·拉希德·多斯顿控制，此人是出了名的恐怖分子。城墙之外朝南方向，是希兹布族首领古勒卜丁·希克马蒂亚尔的地盘。还有一个希兹布伊斯兰教首领阿卜杜勒·萨布尔·法里德·柯西斯塔尼担任总理。

在抵抗苏联人时，他们结成联盟——即北方盟军，因为大多数人来自阿富汗北部地区，并组成了一个联合政府，但现在他们却为了夺权而互相厮杀。随着国内战争的升级，临时的忠诚就像天气随时发生着变化。

反对游击队政府最强烈的要数希克马蒂亚尔，他不满在政府中的地位，企图攫取更大的权力和资格。每天，他的士兵在喀布尔边上的军事高地发射几十枚火箭弹，火箭弹落到集市、学校、医院、花园里，每天都有几十人死伤。有时候形势一夜之间发生逆转，前一秒还支持政府的士兵转眼之间就掉转枪口，开始厮杀。几天之中，成百上千的平民因此而丧命，而这群人很可能在全国电视台上宣布这样的互相残杀是个误会，现在他们又开始支持共同政府了。公众根本无法预料接下来的一天会发生什么，或许我们的领导人也想不到。

从家里到我学英语的地方本来不远，坐车很快就到，但要经过好几个战斗最激烈的战场。有些小区我可以绕开，但有些相当危险的地区却是不得不经过的。我的路线绕来绕去，极其复杂，而且经常要根据某一政治集团是否占上风而改变，因此从街上的行人那里获取情报对我选择合适的路线至关重要。

持枪的士兵一队又一队在街上走过，除此之外，你还得提防狙击手，他们的子弹可是不长眼的。步枪一响，一颗子弹“砰”的一声，就有一个可怜的生命扑倒在地；绝望地出来找食物、找水、寻药的人也有可能就此死亡。重要的十字路口和破旧的房子里常常都被架上了机枪，位置是精心挑选的，既可以隐蔽自己，又可以获得最大的火力面积，总之是尽可能让对方暴露在枪口之下。你最多只能瞥见他们的头部，那还是躲在废墟里，被障碍物遮掩着的。其实大家都知道，他们无时无刻不在透过准星监视着所有人的一举一动。车子最容易引起注意，也是最致命的，但无论如何，它还是最快最安全的出行方式。好几次，我坐的出租车都成了炮火的目标。

有些路段是指挥官们袭击的目标，侦查员每当见到车子经过，就发出信号，指挥官只需下令开火，汽车、卡车或者坦克就被炸上天。我记得有一次火箭弹从一条街道上朝我们射来，好在我们的头顶刚好有一棵树，树枝就像一只手，专门等着去接发射物。火箭弹撞上树枝后爆炸了，街上顷刻之间全是弹片和折断的碎木，我们加速前进，很快逃出了火力范围。要不是那棵树，火箭弹早就将薄脆的车子炸得粉碎，我和司机也肯定是同样的下场。

很少有司机愿意为了挣那么点儿微薄的车钱而冒性命危险，那些不怕死的往往都是迫不得已，因为不出去开车就有饿死之虞。不出车，他们的家人就没得吃，那是必死无疑的，冒着枪林弹雨开出租车起码还有一丝活下来的希望。正因如此，我常常打不到出租车，只好步行去上学。我从一个隐蔽处飞快地跑到另一个隐蔽处，避开我所知道的枪手的藏身之处，祈祷自己不要踏入陌生的路径。

放学后，我还得摸黑走回家去。有时甚至要走上两个小时。夜里在街上走动极其危险，尤其是一个单独行走的女孩。除了子弹和火箭弹，我还有可能遭到强奸。夜幕降临后，开枪就变得很难预料。黑暗中，枪手因为紧张，手指头扣扳机扣得会比白天更紧。只要一发出响亮的脚步声或者是在废墟中绊了一跤，就会招来一连串的子弹。

母亲常常穿着蒙面长袍，在公寓楼下紧张地为我放哨，等候我回去。她会小心地透过夜色四下观望，偶尔一声枪响都会把她的心吓得几乎要跳出胸膛。想到女儿要穿过战区回家，她一定非常担惊受怕。看到我安全回家，她放下心来的表情是很明显的，但她从来不会通过拥抱我的方式表达出来。相反，她会马上责备我一通，把手放到我后背推我上楼梯，一直推到安全地带。一路上，她总要埋怨："就算这些英语课程能让你当上这个国家的总统，我也不在乎。我不希望你当总统，我只希望你能好好活着。"我的兄弟姐妹们也不喜欢我这样冒着生命危险去上课，但从来没说得这么直接。他们向母亲唠叨，让她阻止我去上课，他们无法理解为什么她愿意让我夜复一夜地冒这个险。

但是，只要我能去学校，母亲就算把自己的头置于机关枪下都在所不惜。尽管目不识丁，她人却非常聪明，看到我接受教育，她仿佛也跟着受了教育。她打心底里喜欢跟我聊课堂，而且她对我的爱从来不曾动摇过。她没有听从我兄弟姐妹们的请求和唠叨，只是一笑置之。

回首这段往事，我现在也吃惊当时母亲怎么会同意我去上课。每当我想起自己有可能消失在子弹交加的夜色里，而她却要为我担惊受怕时，我就感到相当愧疚。由于刚刚失去穆基姆，我想她的这种忧虑就更加强烈了。他的死影响了全家人，但影响最大的还是我母亲。每天早上，她都会去上坟，然后献上鲜花。但是，这一生者对死者寄托哀思的行为很快就被更加离奇、更加令人担忧的行为取代了。

到了这时，整个城市都变成了战区。我们附近的小区就是战斗最激烈的地方，听说每晚都有好几百平民死于战火。炮火声响彻城市上空，在寂静的夜里，这种声音回荡在环绕喀布尔的群山里，像一个幽灵，在这座城市里徘徊，见证着这里发生的种种恐怖事件。

火箭弹是再平常不过的了，它不长眼睛，想落到哪里就落到哪里。有时摧毁的是一间民房，将住在里面的平民压在土墙之下；有时是一家商店或者一所学校，抑或一群在集市的摊子旁买菜的妇女。火箭弹飞过上空，你会听到嗖嗖声，然后突然停止，几秒钟后，火箭弹就掉下来，开始爆炸。你根本不知道它会落在哪里，落到谁身上。

对阿富汗妇女来说，她们不仅要面对死亡，更糟糕的是还要面对性暴力威胁。我的朋友纳希德的悲惨故事就印证了这一点。纳希德 18 岁，住在我们附近的一间公寓里。一天夜里，几个枪手突然闯进她家，显然是想强奸或者绑架她。为了免受这样的凌辱，她从五层楼高的窗户跳了下去，当场毙命。

我们还听说在好几个案例中，女人的肢体被割去，甚至有乳房被切去的。在一个道德胜过一切的国家里，你很难相信人们会堕落到如此邪恶的地步。

一天晚上七点钟左右，我正在家里做饭，忽然发现母亲不在家，通常这个时候她不在厨房就在忙家里别的活儿。我有一种不祥的预感，知道她一定是去了某个地方，我必须去找她回来。穆基姆刚死不久，我还在服丧期内，所以就戴了块黑色头巾出门。公寓楼附近的一名保安告诉我母亲出走的方向，我就知道自己的怀疑是正确的——她又去了穆基姆的坟头。

当时没有出租车，公交车根本就不运行了，我只好步行朝市中心走去。刚开始，街道上出奇的安静。我所了解的喀布尔在战前到处是汽车和摩托车，人们来来往往，走亲访友，一片喧嚣的景象。现在，街上空无一人，建筑物被炮弹炸平，横亘在我和穆基姆的墓地之间。

我紧张地走着，心想母亲应该就在前面。我眼前出现几具尸体，不是刚刚被枪射死就是刚被炸弹炸得血肉模糊的，还没开始肿胀。我心里一阵害怕，但与其说是害怕死亡，还不如说我是因为想到这些尸体是一个个家庭的成员，想到明天，说不定我家里的某个人也会有这样可怕的下场。

到了一个叫代马赞的地方，我终于遇到一辆出租车。后座已经被司机撤掉了，他正往车上装尸体。他浑身是血，身上的白色衬衫被染成鲜红的一条条，口袋和纽扣周围更是鲜红一片。他的车子简直像一个屠宰场，装满了战火中遇害的男男女女，有缺胳膊少腿的，有脑袋和躯干被炸得粉碎的。血流到了司机脚下，积成一大摊，流过锈迹斑斑的下水道洞口，在灰尘满地的路上消失。司机无暇顾及这些，汗水浸透了衣衫，他还想往车上再多装一具尸体。在伊斯兰教里，人死后越早埋葬越好。司机或许想都没想自己正面临危险，他只是认真地做着这件严肃的事，仿佛他装的是一袋袋的大米。

我站在那里，目瞪口呆地看着这奇怪的一幕。那个炎热的夏夜，整条街上就只有我和他两个人，唯一的声音就是炮火声和勇敢的中年司机冒着生命危险让一群素昧平生的战争受害者得到像样的安葬时发出的喘息声。

等他发现车子里再也装不下尸体了，才发动引擎，车后冒出一股蓝烟。他朝医院方向开去，后门就那么开着。车子经过凹凸路面时，尸体随着车子的摇晃而甩来甩去。望着这已死的和快死的人们，我想到了我的家人。望着这些无名的受害者，我的眼前不禁浮现出家人的影子，他们互相交错，任我怎么努力都挥不去这生与死的错位。快到墓地了，我得赶紧去找母亲。

天渐渐暗下来，经过喀布尔大学的时候，一群穿制服的男人朝我喊话，他们问我去哪里。

我不作声，低下头加快脚步。其中一个男人举起枪，又问了我一次：“去哪里？”我停了下来，转过身，看着枪。

“我去找哥哥。听人说在前面的拐角处看到了他的尸体，我想去核实情况。”我随便找个借口。他想了想，然后放下了枪。“好吧，走。”他说。我急忙走开了，心扑通扑通直跳。有那么一会儿，我甚至想他们可能做出比杀死我更糟糕的事情。

坟地有好几个足球场那么大，尘土飞扬。战争过早地结束了很多人的性命，新的几座坟墓挤在一起，粗糙的墓碑立在地上，基部堆了几块小石头作支撑。在地势高一些的地方，埋的是有身份的人，墓地周围还围了铁栅栏。如今在这寂静的地方，栅栏长满了铁锈，绿色的旗帜破旧不堪，随风抖动着，那是用来纪念死者的。

母亲弯着腰跪在坟头。我看到她在慢慢地整理穆基姆坟上那束鲜艳的黄色丝绸玫瑰。她很专注，我走到她身边了也没察觉。她一边哭一边用手抚平穆基姆的照片，身子在不住战抖，照片上的穆基姆年轻又英俊。母亲转身看我，我站在那里，眼泪扑簌簌落下，既因找到母亲而喜悦，也为看到这一幕而悲伤。

我不能自已，在她身边跪了下来，两人抱着哭了好一会儿，接着说起了哥哥，说起我们有多么想念他。我问母亲为什么她要在夜里冒着生命危险来到这里。难道她就没看到那么多死人，那么多持枪的男人，难道她就没想过我会有多担心？她抬起满怀悲伤、泪水纵横的脸，仿佛在说“你知道原因的”，然后马上又低下头看照片去了。

我们在那里坐了很久，都没意识到天色已经很黑了。因为战火，没有几盏街灯是亮着的。我开始感到恐慌。我们不能像来时那样冒险回去，一是太远了，二是太危险。于是我们决定再等一个小时，等天色完全暗下来，然后悄悄从坟地走出去。我们从一条非常熟悉的捷径走向父亲当国会议员时留下的一座房子。房子位于城市边缘一个叫巴格巴拉的地方，与著名的地标洲际大饭店相望。洲际大饭店是喀布尔有钱人居住的地方，他们大多是退休的政治家。我父亲的几个亲戚住在巴格巴拉为我们看房子。今晚我们肯定回不了家，但如果能够到那所房子里至少能脱离危险。母亲和我悄悄地沿着小胡同走，一个轻微声响或一个紧张的动作都有可能引来子弹，所以我们几乎是寸步向前挪移的。爬上山，我们来到了安全地带。

房子是按传统的喀布尔风格建造的，用的是大块的灰棕色砖头。房子宽阔结实，墙上开着小窗，冬暖夏凉。倾斜的屋顶上覆盖着弧形瓦片，与小山平行。屋后是一个小院，里面种了水果和花。用力敲门的时候，我心里还在想屋后的树木是否还在。亲戚开了门，很显然被我们突如其来的拜访吓到了。他们还以为是游击队员来洗劫了，要不就是来屠杀。认出我们之后，他们马上把我们拽进屋，关上门。终于安全了，我松了口气，但我在毫无准备的情况下回到这座房子，心里有点儿难过。这是我哥哥穆基姆遇害时居住的地方。我母亲也知道这一点，所以她又哭了。此时我们身心俱疲，除了痛哭实在没其他更好的发泄方式了。

亲戚们给我们端来了茶和一些食物，可我们俩什么也吃不下。在他们的再三劝说下，我们终于勉强咽下一点点。毯子拿来之后，我们就去睡了。母亲坚持要睡穆基姆的房间，那一晚我们俩都没睡。我把自己裹在毯子里，想起哥哥，想着那天见到的可怕情景。看着我的祖国发生内乱，这是多么痛心！出租车司机往车上装尸体，这是那一天看到最有人性的一幕了；一位母亲冒着被火箭弹击中的危险，去哀悼死去的儿子，这是多么令人感叹的情景；为什么手拿枪械的阿富汗士兵在过去能勇敢地抵抗苏联人，解放阿富汗，如今却为了满足权力的欲望而糟蹋这个国家？

母亲蜷缩着，膝盖弯曲，触及胸口，她整晚都在哭泣，为失去儿子痛心不已。那一晚似乎特别漫长，天迟迟不肯亮，在某种意义上我真希望它永远不亮。黎明时分，房间亮了起来，从卡拉什尼科夫枪里射出的几发子弹（也就是杀死穆基姆的子弹）留下的弹孔依稀可辨。此情此景似乎更加坚定了母亲的决心。那天早上，她给我泡了暖暖的绿茶，然后坚定地宣布我们要从马克洛里安公寓搬到这里来，这样就能离穆基姆的坟墓更近。母亲的逻辑一如既往的完美——如果你非穿过战区不可，那就尽量缩短路程。

但真正的原因是她想住在这里，这里让她对穆基姆有更加真切的回忆。房间里有小单人床，被子上布满弹孔；他的套装和其他衣服依然挂在衣橱里面；小书架上有他的藏书和柔道比赛奖杯，书架上方的墙上依次钉着黄色、棕色和黑色柔道绶带。这些遗物给母亲带来悲痛的同时也带给她安慰，似乎拉近了她与穆基姆的距离。

这座房子本来是欣赏城市风景的一个好位置，但是，从城中一直到山脚没有一丝好风光。相反，我们只能眼睁睁看着底下的城市在疯狂地激战，就像在看一部恐怖片。机枪嗒嗒嗒嗒地吐着子弹，火箭弹嗖嗖地飞过，一碰到建筑物就轰然爆炸。从我们这个高度可以看到双方交火的场面，曳光弹把黑魆魆的天空照得通红。我还看到战士们排兵布阵向敌方阵地发起新的进攻的场景。

城里的一些房子外墙涂有彩色泥浆，一天，我正在观看战斗，突然一颗火箭弹直接落到了一座非常漂亮的粉红色房子上。爆炸引起大地剧烈震动，房屋上的几块巨石也被炸飞了，起码飞出一百多米。刚才还是房屋挺立的地方顷刻之间变成了粉红色云团，纷纷落到周围的建筑物上去。我看到有一座蓝色房子也是如此下场，就像烟花爆炸一样，房子瞬间化为乌有，唯有一团蓝色烟雾纷纷随风飘散，可怜的屋内居民也被炸得粉身碎骨。

对我来说，最悲伤的时刻莫过于理工大学遭到战火的袭击。这是苏联人创立的优秀高等学校，是当时他们创办的众多类似的教育机构中的一所。所有阿富汗人都希望苏联侵略者滚回去，但同时也感谢他们改善了基础设施，建造了大量的建筑。许多高中毕业生在这所理工大学学习过，苏联人撤回去之后，该大学依旧对外开放，培养了许多计算机科学、建筑、工程等方面的人才，艾哈迈德·沙阿·马苏德也是这里的毕业生。

我还很小的时候就渴望有朝一日能到这所学校学习，可是，这个梦想在理工大学被炸毁的那一天破灭了。那天晚些时候，战火渐渐平息了下来。我不知道谁会故意朝理工大学发射火箭弹，不知道他是否有意轰炸理工大学和它所代表的势力。没有人将大学作为基地，或许这不过是个意外，可结果是一样的。当火箭弹在图书馆边爆炸时，我震惊得倒吸了一口气。接着，就像是在看一部惊悚片，不想看恐怖场面，但没办法转移视线，我只能继续看着。只见浓烟慢慢退去，火势越来越旺，沿着刚炸开的口子不断蔓延。图书馆内是成千上万的书籍，它们曾经滋养过多少阿富汗的年轻人啊！这些书此刻成了燃料，把火越烧越旺。当然，消防队是肯定没有的，也没有人冲进去拯救可以改善国家、教育人民的知识。除了我，似乎也没有人关注过这场灭顶之灾，整晚我都站在那里看着，直到木然地上床睡觉，心里始终在牵挂着：那么多的文章、那么多文献以及学识，竟然就这么被付之一炬！同时我也有深深的愧疚，毕竟也有人被烧死，而我却只关心书。

母亲很快在这间屋子里养成了自己的生活规律，每天早上，她醒来后吃点儿简单的早餐——圆盘面包和绿茶，然后冒险去给穆基姆上坟。她会抄近路下山，穿过胡同，经过岩石突兀的小径，最后悄悄穿过平地，来到坟前。只待一会儿，她就离开，眼睛总是哭得肿肿的。

这样的生活让她心境郁悒，尽管危险重重，但似乎也让她更坚强。回家之后，她通常又忙这忙那的，尽管亲戚们住在那里守护财产，但并没有将屋子打理得像个家。母亲便着手这项事务，整理、装饰，清洗家具、晾晒衣物、拍打地毯、清洁餐具，直到黑色的泛黑，铜黄色的泛着铜黄色。院子里也清扫过了，不留半点垃圾。

有时，她会到穆基姆的房间坐着痛哭，但她从来不去打扫这个房间，所以那里还保持着我们来时的模样：破旧，弹痕累累。我们都认为，不管住多久，穆基姆的房间都应该始终保持不变，除非母亲有另外的打算。哥哥虽然已经去世，但他仿佛依旧活在我们中间：阳光、英俊，正如他坟上的丝绸鲜花——我们尽量不去想他临终时的暴力场面。

我的哥哥米尔沙卡伊打算每天都来看我们，说得委婉点儿，他并不喜欢母亲住到这里来，但他理解母亲的用心，准备让我们暂时住下。有时他会带上我姐姐和嫂子，每每这些时候，我们就坐下来，吃一顿和平时期常吃的饭。我们聊天，说笑，可是，说笑归说笑，大家对未来的担心无论怎样都无法避免。

对城市的中产阶级来说，内战似乎就是一个转折点。直到今天，大多数人还是选择袖手旁观、静观其变。选择永久离开就意味着留下房子任人洗劫。眼看内战没有任何结束的迹象，许多知识分子和专家纷纷逃往巴基斯坦，他们往车上装生活必需品——主要是衣服、证件、珠宝，趁着战斗息歇的间隙，踏上新生活的征程，前往国外安新家，至于前途，则是个未知数。由于大多数阿富汗人生活在大家庭里，所以通常是丈夫和妻子（或者妻子们）携着孩子，开车前往巴基斯坦。年迈的长辈或者远房亲戚留下来看家，勉强维持生计。

没有人谴责这些远走他乡的人，许多留下来的人只要有机会也迟早会走。随着战事升级，离开似乎是个正确的选择。一天早上，米尔沙卡伊的一个朋友突然出现在家门口，很明显受到过惊吓。他刚从战斗最激烈的区域开车过来，坚持要我们马上跟他走，原来是我哥哥派他来接我们回马克洛里安的公寓。母亲拒绝回去，我哥哥的朋友再三请求她听从哥哥的意思，两人为此还吵了起来。可我母亲心意已决，她不能丢下儿子的坟墓，无人看顾，无论这个信使怎么说怎么做都无法改变她的决定。母亲就是这么倔强，无论这里有多危险，她都要坚持住下来。

她当时是这么说也是这么做的，然而，几个小时之后传来的一个消息让她立刻改变了主意。母亲外出买菜时听到了一件事：前一天晚上，一群游击队员砸碎附近一所房子的房门，冲进去强奸了所有的妇女和女孩，那所房子离我们家只有几墙之隔。母亲倒不是担心自己的安危，她最关心的是我的贞洁和尊严。

在阿富汗文化里，强奸很受人鄙视，而在战争时期，这是再平常不过的罪行。强奸犯可能会被处死，而受害的妇女则要忍受很长一段时间的惩罚。她成了贱民，即使在家里也是遭到遗弃的。这些受害者常常像妓女一样被人唾弃，就好像她们做了什么事引起男人的攻击或者激起男人的欲望，在兽性的驱使下，这样的男人才失去了控制。没有哪个阿富汗男人会娶一个遭受过强奸的女人为妻，每个求婚男子都无一例外地要求新娘纯洁无瑕，他们才不管她遭到蹂躏时有多么凄惨、多么痛苦。

母亲听了这件事之后态度马上从坚决住下来改为坚决离开。她没有跟我细说，只是命令我立刻收拾行李，她自己也赶忙收拾去了。这次我真的害怕了，但我知道现在还不是跟她探讨这个话题的时候。我们必须马上就走，一刻也不能耽搁。

哥哥派来的信使已经开着车子回去了，所以我们回去的唯一方式是走路，第一次穿越城市的记忆至今还像幽灵般萦绕在脑海。我们跑着经过好几条大道，路边到处都是狙击手，还要经过无数个关卡，很有可能看到前一天晚上被炮火夺去性命的人们的尸体。

在匆匆出门上街之前，母亲交代亲戚看好门，维护好房屋。一出门我们就跑，我们都知道，前面还有很长的一段路要走，可我们心里都只想马上结束它。我们从一间房屋跑到另一间房屋，尽量缩短在外面的时间，留心观察门厅和黑魆魆的窗户有无任何动静，仔细地聆听枪声，以便确定前方是否有机枪手或者狙击手。

没走多久我们遇到了一个妇女，正朝我们跑来。她站在我们面前一动不动，歇斯底里地喊："我的女儿啊，我的女儿啊！"听她的口音应该是哈扎拉人[①]。

我吓得半天说不出话来，母亲问她发生了什么事，这个妇女难掩激动情绪，不住地摇头，蒙面长袍上的蓝色兜帽随着抽搐不停

① 哈扎拉人：主要居住在阿富汗中部的哈扎拉族，绝大多数人是什叶派穆斯林，是阿富汗第三大民族，约占阿富汗总人数的9%。——译者注

地抖动。泪水落到网眼上，形成一颗颗的小珠子，在阳光下闪闪发亮。几天前，她的房子在战争中被毁，她和女儿别无选择，只有逃亡。她们在一个什叶派清真寺避难，寺里还有大约150名死了丈夫或者遇上战火的妇女，跟她们一样也是出来逃难的。

她向我们讲述了清真寺被火箭弹击中、着火的全过程。我这才想起，自己曾经在父亲的房子里从远处目睹这幢建筑物被烧毁的过程。清真寺烧得很快，幸存者朝出口狂奔，但是，在浓烟、灰尘和尖叫声中，几十个人要么被踩踏，要么受不了浓烟和烈火而倒下。这个妇女还说，炸弹就落在她和女儿身边，混凝土和屋顶都被炸碎，母女俩被震得双脚离地，其他妇女和孩子吓得惊叫大哭，慌忙四处逃散。火焰上方发出的光芒一下子蹿得老高，一些妇女赶忙拉着自己的孩子往安全地带跑，不料踩在了别的孩子身上。找不到自己孩子的妇女发出刺耳的尖叫声，更增添了几分恐怖气氛。

这个妇女的女儿在墙上发现了一个炸开的洞，于是两人就从洞里爬出来，来到了安全的场所，并躲了整整一夜。第二天一早，她们来到一个游击队的哨卡时，已经是又累又饥渴，于是向游击队员乞求安全放行。妇女说，游击队指挥官同意给她放行，但她很小心：先是让女儿藏到一个安全的地方，自己一个人走到哨卡。等士兵告诉她可以走了，她才让女儿出来。于是，她女儿就出来跟她一起走。

游击队员等的就是这一刻。他们抓住她女儿，接着，一个指挥官把她拖进一个钢铁集装箱，那是他在野外的办公室。接着就把她按倒在桌子上，当着她母亲的面施暴。在被蹂躏的过程中，女孩尖叫着求母亲帮忙，可是她被其他几个士兵拦着，只好眼睁睁地看着女儿受欺辱。

有些游击队员强奸了女子之后不用承担任何罪责，这才是女性最担心的。在这起强暴事件中，士兵们或许找到了某些借口——那就是被害人是哈扎拉族人。曾经发生过好几个案子，受害的都是哈扎拉女子，要么被强奸，要么被割去乳房。逊尼派伊斯兰教是世界上15亿伊斯兰教徒的主要教派，说到逊尼派伊斯兰教与其他伊斯兰教派的主要区别，就不得不提一个历史性大争议，那就是关于先知穆罕默德的真正继承人之争。逊尼派认为，最早的四个伊斯兰教主，也就是精神领袖，才是真正的继承人，而什叶派认为先知的堂弟及女婿阿里·本·阿比·塔利卜才是合法的继承人。这一分歧自伊斯兰教诞生之日起就存在了，随着历史的进展，这个争议是世界上所有宗教争议中最激烈、最容易引发血腥暴力的一个。内战时期，哈扎拉人经常遭到屠杀也正是由于这个原因。后来，他们也成了塔利班屠杀的对象。塔利班把他们视作异教徒，直到今日，许多哈扎拉人依然认为其他民族轻视他们，认为自己低人一等。

等折磨完女孩之后，指挥官掏出枪，活活将她射杀，就像处置令人厌恶的东西一样，然后放走了可怜的母亲。

等这位妇女讲完经过，母亲愤怒得说不出一句话来，只是抓起她的手，用另一只手握紧我的手，开始狂奔。我们三个人手牵着手，穿过弹痕累累的街道，越过死尸，绕过被烧毁的汽车，进入一间破碎的屋子。

我们一直跑啊跑，担心会遇到危险，但是我们更担心的却是我们正试图努力要摆脱的。在拐弯的时候，我们终于见到了最大的救星——出租车。

母亲坚持要求哈扎拉妇人来跟我们一起住，但是她婉言拒绝了，说要到城外找亲戚。母亲劝了她一会儿，可那妇人很坚决。后来，出租车司机让我们抓紧时间走，我们上了车径直往马克洛里安的公寓开去。看到我们回来，哥哥惊得手足无措，都不知道是该高兴得大叫还是大笑。母亲没有跟他的信使回来，他很生气。等他得知我们自己上路，还听说了哈扎拉母女的经历之后，他朝母亲狠狠地瞪了一眼，说怎么可以冒这么大的风险呢？万一那样的不幸发生在我身上怎么办？但他也不去追究那么多，毕竟我们已经安然无恙地到家了。

母亲开始有些异样。在接下来的几个星期和几个月里，她的身体越来越虚弱，呼吸也开始变得困难。她一生饱受过敏之苦，这时越发严重，只要有一点点气味——劣质香水、炒货的气味、风中夹着灰尘，都会引发过敏，影响呼吸，她却试图证明自己很好，还不让我们担心，可我们看得出她的身体日渐衰弱。尽管如此，她依旧为我操心，我学习的时候她给我做饭菜，坚持让我去学习英语，回家的时候她还在楼下等候。

这一年夏尽秋来，我仿佛感觉到整个世界都开始对阿富汗失去了兴趣。苏联被击退，西方国家似乎很高兴，再没有比得知这个消息更令他们激动了。巴基斯坦和伊朗这两个邻国对接壤的阿富汗发生的一切饶有兴致，好多游击队首领都成了他们的代理人，在自己的国土上互相残杀。就在游击队员争权夺利、清算旧账、与邻国做肮脏交易的同时，一股新的力量在阿富汗各地蓬勃崛起，一场运动在阿富汗南部地区的教会学校里兴起，这股新力量被取名为塔利班。这股势力后来不仅震动了阿富汗，也震惊了全世界。

亲爱的舒拉和莎哈扎德：

生活是真主赐给我们的一个奇迹。有时，生活既是祝福也是魔咒，有时生活让我们无法应对，但我们仍然要面对，因为人类的承受能力无限。

可是，我们人类并不伟大，唯有真主才配得上“伟大”这个词。在浩瀚的宇宙中，人类就像小小的昆虫。我们遇到的问题有时候虽然看起来很大，难以克服，但实际上并非如此。

即使我们的生命很长，但和地球漫长的岁月相比也不过只是一瞬。最重要的是我们以怎样的方式生活，我们死后能够给那些依旧活在地球上的人留下怎样的遗产。你们的外祖母留给我们一笔巨大的遗产，比她生前所能知道的、所理解的还要多得多。

挚爱你们的妈妈

痛失母亲

1993 年 11 月

我第一次见到未来的老公，是母亲正处于弥留之际时。

此前三个月，母亲的身体每况愈下。到了这时，她几乎不能呼吸，体弱得动都不能动。她住进了医院，但大家都知道她活不了多久。

我听说，离巴达赫尚省我老家所在村庄不远的豪汗区有一个名叫哈米德的男子想向我提亲。我从没见过这个人，也对他一无所知，只听说他是个知识分子，是一名老师。

一天，我正坐在母亲的床边，有几个巴达赫尚人来探望母亲，哈米德就是其中一个。我很尴尬，因为在伊斯兰文化里，除非婚约已经得到同意，不然女人是不允许见那个提亲的男人的。我当时才 17 岁，甚至都还没有结婚的念头。

来的人总共有十个，虽然我跟哈米德未曾谋面，但我一眼就能认出他来。他年轻，身材瘦削，长着一张英俊、智慧的脸。没有书生气，但表情充满好奇和同情，他是那种一见面就让人备感亲切的人。

我心里窃喜，因为结婚对象外表迷人。我尽量不直接看他，那样很不好。但是，病房里空间局促，我想不瞥他几眼也难。

母亲正坐在轮椅上，身体虚弱得几乎不能说话，但她仍然坚持要接待来访的客人，这个角色对她而言再自然不过了。看到她病痛缠身的模样我的心都碎了。她让我把她膝盖上的毯子拿掉，推着轮椅带她去晒太阳。哈米德立刻站了起来，俯过身，帮着把毯子拿走。他动作很温柔，给母亲重新整理了垫在头下的枕头。他那么细心，动作那么温柔，真叫我吃惊。那一刻，我心想，这个阿富汗男人能做到这么体贴，我将来嫁给他，很可能也可以享受到这样的温柔。

母亲一定也是这么想的，因为等探访的人回去了，她抓住我的手，盯着我说："法齐娅，我的宝贝，我希望你的婚姻幸福。我喜欢这个男人，他对我们来说条件够好了。等我病好了，我们就去跟他一起住。"

她的眼神在期待我的反应。我微笑了，点了点头，于是笑容也爬上了她的脸，她苍白湿润的双眼依然透露出刚强和坚毅。我转过身去，竭力不让眼泪掉下来。我是多么希望她能过来跟我和这个和蔼的男人一起住啊！我多么希望能够照顾她，就像她曾经照顾过我那样。但时间每过去一秒，她就虚弱一分。

我坚持不离开母亲半步，所以就睡在医院里，第二天我就听说哈米德提出了求婚。按照传统的仪式，他家的一个男性成员要来我们家向我哥哥提亲，但我哥哥当晚恰好也跟我们住在医院。求婚一定要亲自见到本人，所以那一晚的不算。

第二天上午，医院里一名热情的医生说有话要跟我私下里说。她头发灰白，双眼碧绿，想要把前一晚跟我哥哥说的话向我重复一遍。她轻声对我说："法齐娅，花开花谢，没有哪棵树能例外，这是自然规律，是时候把你母亲送回家了。"

我懂她的意思，母亲就快不行了，真的没有希望了。我又是大叫，又是乞求，央求让母亲继续留在医院。他们可以尝试新药，一定还是有希望的，他们总会有办法的……医生抱着我，摇了摇头说，他们已经尽力了。

我们把母亲接回家，尽量让她过得舒适。她还是像平常一样不肯休息，一刻也坐不住，依旧在家里忙忙碌碌。有一回，我哥哥故意对她说，如果再不休息，就要捆住她手脚，不让她动。有一次，我躺在她床上，抚摸着她的头发，一如往日，跟她聊我的学校生活。她说自己是多么为我骄傲，还说像她这样的文盲居然有一个受过这么好教育的女儿，她还开玩笑似的提醒我说将来有一天或许我还能成为总统呢。

换成过去，我很喜欢她这么说，尤其是听她说对我的期望和信任，我总会高兴得飘飘然。但是，那一天，这一切对我来说什么都不是。我只觉得眼前有一个巨大的黑洞，一个命运的黑洞正向我们逼近，想躲也躲不了。后来我睡着了，凌晨两点钟，听到母亲在喊我。我跑过去一看，她摔倒在卫生间门口。因为不想吵醒别人，她独自一人上卫生间。我半抱半拖地把她弄到客厅的床上去。她在我怀里就像一只小鸟。那一幕深深烙在我脑海里，如今回想起来还刺痛我的神经。母亲曾经是多么坚强与高贵的一个女人，一生中忍受过多少苦难——毒打、死亡、悲剧、丧夫丧子之痛，然而，此时此刻她竟然孱弱到连去卫生间的力气都没有。

接着，我带母亲回卧室，把她放到地铺上。结婚后，她要么跟丈夫共睡一床，要么就睡在厨房的地铺上，现在她有了自己的床。因为身子虚弱的关系，她不方便上上下下，所以将就着睡垫子。我想她心底里还是喜欢睡垫子的，毕竟睡了那么多年，习惯了。

通常睡在垫子上的时候，她喜欢有孙子孙女（也就是我哥哥的孩子）做伴儿。那一晚，睡在她身旁的是我六个月大的侄女卡塔杨。看到婴儿的小手指抓着母亲的头发，我笑了，我还小的时候也常常这么干。

等母亲完全睡着了，我才爬上她那张床，开始睡觉。后来，我做了个非常奇怪的梦。在梦里，我什么都看不见，只有恐惧和黑暗，我试图跑开，然后就惊醒了。

我仔细检查了一下睡在垫子上的母亲，发现她一动不动。我掀起毯子，只见她呼吸微弱得几乎看不出有生命的迹象。我惊叫着，唤醒了家里的所有人。哥哥本来正准备开始晨祷，听到之后马上跑过来，手里拿着《古兰经》，他本想读几章向母亲做最后的道别，我大声呵斥他停下，因为我不敢相信母亲就要断气了。

我朝其他人大声喊，让他们快叫医生过来。我们隔壁的一间房子里住着一名医生，几分钟后，有人把他叫来。医生看了之后说的跟大家见到的情况没什么两样，母亲已经走完了人生的路程。我听到了他说的话，但就是不肯听进去。“对不起，”他不停地重复说，“对不起。她差不多了。”

终于，我明白了医生的意思，顿时感觉自己就像被扔出五层楼高的窗外。灯熄了，星星也不见了，我真想随着它们一同熄灭，我不知道没有了母亲自己该怎么独活。

母亲走后的40天里，我的所有行动都是无意识的，这个打击和创伤几乎让我的身体完全罢工。整整有半年的时间我一直处于精神恍惚之中，不想跟任何人讲话，也不想去任何地方，谁都没办法跟我讲话，我甚至不知道自己还想不想活。没有人强迫我早点走出阴影，我的家人放任我，让我由着自己的情绪在悲伤中度日。失去母亲，他们当然也悲伤，但他们明白我和母亲之间有一种特殊的纽带。

母亲在世时，我一直跟她睡一张床，没有她躺在身边我就睡不着，我弯曲着的手指会放在她的头发中。如今，每到夜里我都会醒来，想象着她就在我身边。我哭了又哭，像个婴儿似的哭着要妈妈。

家人见我连续这样哭了六个月，担心我永远不会好转，于是召开家庭会议，发现唯一能助我走出阴影的就是让我重新投入到学习中。母亲是在秋天走的，如今已经是春天了，新的学期就要开始，哥哥建议我回学校学习英语和计算机课程，曾经坚决反对我上学的哥哥也认为只有让我重返学校才能帮我摆脱丧母之痛。

母亲生前生病时，我本来要参加高中毕业考试的。当时因为难过至极，没参加考试，现在一回去，老师就安排我考试。如果不考，就会被默认为不及格，我不得不去备考。学习果然有用，我渐渐地重新融入生活。

马上我就要过 19 岁生日了，我报名参加大学入学考试复习课程。我立志学医，将来准备做一名医生。哈米德知道我参加了这门课程，就经常开车过来，停在街头，尽管他没必要这么做。他以为我没看到，其实我认识他的车，也认识车里面的他。我从来没朝他走近，也没有朝他挥手，因为那样做在阿富汗的文化里是不合适的。

这样过了几个星期，他的胆子渐渐大了起来，下课后会走过来和我打个招呼。我们打招呼很正式，从来不讨论涉及个人的事，更不会提彼此的好感。他会问我家里的情况，我则很礼貌地一一回答，仅此而已。在阿富汗文化里，没有追求、约会一类的习俗，我们连通电话都是不被允许的。那个时候还没有手机，陆上通信线路也不通，电线在战火中遭到损坏。因为我们俩都尊重传统文化，所以都是规规矩矩地遵守规则的。但是，有这么点时间跟他在一起我已经知足了。即使他只对我说了三个字，也够我回想一个星期，在脑子里反复玩味。哈米德的微笑减轻了我的丧母之痛，我想起了她临终前说的话："这个男人对我们来说条件够好了，法齐娅宝贝。"

这个时候，战争渐渐平息了下来。游击队的不同派系开始互签协议，喀布尔仍旧四分五裂，由不同的派系控制不同的地区，但他们开始谈判，并且起草了一份新的宪法。大多数人认为这是战争快结束的标志。街上不再有士兵巡逻，不穿蒙面长袍也安全了。当然，通常我还是用一条围巾裹住头，但我也会穿牛仔裤和一些色彩鲜艳的时尚束腰刺绣长外衣。

街上的气氛明显地缓和了许多。因战争而关门的电影院重新开门迎客，上映最新的印度电影；之前被狙击手占据的公园现在成了孩子们的天堂；喀布尔市中心的街道再次繁荣起来，小贩和顾客们因为觉得安全了，也都回来了，街上又能闻到喷香的烤肉味。喀布尔再次焕发出蓬勃的生机。

我的生活也渐渐回归正常，只是，创伤太深，悲痛依旧还在。我有个漂亮的布娃娃，布娃娃手里拿着个填充狗，是我最喜欢的玩具之一，放在小车里。我已经长大了，再玩布娃娃就显得太幼稚，但我需要安全感和安慰，布娃娃刚好能满足我的这两项需要。我会花好几个小时给她梳头，穿漂亮的衣服，痴迷地在她的小车旁摆上一个插得满满的花瓶。

那个时候，哈米德不是唯一一个向我求婚的人，许多游击队军官也来我家向哥哥提出要娶我。幸运的是，我的哥哥们从来不会强迫我嫁给谁。我想，我该同意哈米德的求婚了，将其他男人与哈米德比较得越多，我就越想嫁给他。我不想成为士兵的妻子，只想成为有着善良的眼神的知识分子的配偶。

哈米德是名训练有素的工程师，经营着一家小金融公司，做类似于货币兑换的业务，还在大学里兼职讲授化学。嫁给一名开办了自己的公司的大学讲师远比嫁给一名靠枪吃饭的士兵浪漫。

哈米德的家人好几次来跟我哥哥谈话，提出娶我，但每次都被我哥哥拒绝了。哥哥担心哈米德的家境不如我们家富有，由此我们俩的生活方式也会存在巨大的差异。哈米德依靠薪水维持收支，没有其他收入来源。兄长们则希望我能延续家族传统，通过与某个政治上有影响力的家庭联姻，来扩大我们家的政治圈子。哈米德的家庭不具备这样的条件。

米尔沙卡伊坦诚地跟我讨论了这个话题。他说知道我喜欢这个男人，但是，他反对这桩婚事也是为我好。“法齐娅宝贝，如果他丢了工作你怎么办？你是在一个不用靠月薪维持生计的家庭里长大的。想象一下吧，每月都要付房租、要买柴米油盐酱醋茶，还不知道该从哪里筹到这笔钱，这样的生活压力该有多大？”

我哥哥的忧虑并没有令我退缩。我一直也想工作，接受了那么多年的教育，我完全可以有一个美好的职业前景。我们两人可以同时工作，共同养家；可以组成一个团队，做一对真正的好搭档。我想要过上一种能够和丈夫共同商量家事的生活。因为文化传统的关系，我不能告诉哥哥我对哈米德有多喜欢，或者我们俩在大学校园外的谈话内容，这些是万万不允许的。但是，哥哥讲起哈米德的负面情况时，我的沉默以及脸上明显流露出的痛苦表情似乎已经道出了一切。

我还试图从姐妹们那里得到支持，以为她们会帮我说服哥哥，没想到她们也反对我嫁给哈米德。她们也希望我能有个好归宿——在她们眼里，财富和身份才是最重要的。她们跟我讲起参加过的婚礼，在婚礼上，来宾人数成千上万，新娘因戴了珠宝，身份倍增。她们想点燃我对这类婚礼的热情，这样我就会嫁给富有的追求者了。但是，对我来说这些都不值一提。金子有什么用？我想要的是自由。如果活在她们推崇的世界里，我会像一只小鸟被困在镀金的笼子里。

在我家，一夫多妻制是正常的，但我不想嫁给这样的家庭。父亲有七个老婆，我的两个哥哥每人也都有两个，所以我看够了女人们因此所受的痛苦和嫉妒。许多来求婚的人都已经有老婆了，我去了只能当个小老婆。我不想去破坏别的女人的幸福，就像我曾经看到父亲后娶的妻子破坏了我母亲的幸福生活一样。在那种婚姻里，我没有独立性，这是我无论如何也没办法接受的。这样的日子我过上一个星期就会受不了，甚至会自杀。

母亲走后的第二个冬天，我已经取得英语学位，并开始做一名英语教师志愿者，教授各个年龄段的妇女英语。看到我的学生们脸上荡漾着光芒我就知道她们听懂了，这事儿真是神奇，我热爱这样的教书生活。

我并没有要求工资，但有一天课程主任给了我 2000 阿富汗尼，相当于 40 美元。这是我有生以来的第一笔工资，我骄傲得几乎要哭了。这笔钱我一直舍不得用，藏在钱包里，有空就拿出来看看。我想永远保留这笔钱。

等到天开始下雪了，我的心情也终于开始好转起来。我通过了大学入学考试，获得了医学院的学籍。我还顺便教教书，有了一定的独立和自由。在我的内心深处，母亲去世的伤口依然没有愈合，但痛苦已经慢慢减轻至可控水平。

战火越来越零星了，拉巴尼政府终于在一定程度上恢复了平静。1995 年的夏天，政府签订了一项和平协议，希克马蒂亚尔同意放下武器，以换取拉巴尼政府中的总理位置。签订和平协议的动因是南部的塔利班势力越来越强大。

人们对塔利班知之甚少，只知道他们是宗教学生，在阿富汗和巴基斯坦交界处的一所伊斯兰宗教学校里学习。根据很多谣传，这些年轻人身穿白色衣袍，自称“拯救天使”。南部的村民和阿富汗其他地方的人们一样，厌倦了战争，厌倦了无法无天的游击队和懦弱的中央政府。喀布尔的战火此起彼伏，而其他省份相对平静，那些省份的人们总觉得被冷漠淡忘了。极端的贫穷在政局动荡之下加剧了，人们因此更加迫切地希望有个正义的政府帮助他们脱离贫穷。

于是，那些自称天使的人乘着皮卡，来到了村子里，从社区层面着手，恢复秩序，重构安全。他们就像自发治安会会员，但是，对那些担心遭到洗劫而不敢开店门营业的人或者不敢送孩子上学的人来说，这些治安会成员确实有助于个别社区的治安，这就足以培养他们对这群人的信心。

具有讽刺意味的是，刚刚签署的游击队和平协议竟然让拉巴尼政府有效地运转，这还是头一次。内战就这样结束了，游击队政府内的各股势力终于能够和平共享政权，在国家治理上也有了一定的成绩。只不过，像这样值得肯定的地方太少了，也来得太迟了，没法安抚一群绝望的人们。平静已经降临，但是在阿富汗，它就像蝴蝶的生命一般脆弱短暂。阿富汗人民已经开始寻找新的英雄，新的崇拜对象。于是，塔利班顺势而起。

第二部分

/ 要以星星为目标，那样的话，即使掉下来，你还能落到树梢上…… /

亲爱的妈妈：

我依然在等待，希望你能回来。直到现在，一想到你已经离开我们，不在人世了，我就会哽咽。我现在成了一名政治家，但有时我只不过是个傻女孩，会犯错误的女孩。犯错的时候，我就会想，你就在那里训斥我，纠正我。如果回家比平时晚了，我依然希望你穿着蒙面长袍，站在院子里等候。待我到达前门，我希望你还能推着我的后背进屋。

我依然希望还能蜷成一团，躺在你身边睡觉，就像在你生命的最后一天还躺在你身边一样。我多么想躺在你身旁，手指埋入你的头发，听着你讲述自己的故事，讲你的起起落落、你遭受的痛苦、你的忍耐、你对生活的期待。

妈妈，你的故事教会了我怎样去生活。

你的故事告诉我，作为一名女性我应该学会承受苦难，学会有耐心。我记得，还小的时候，有时会不开心——哥哥们反对我去上学的时候我不开心，上课注意力不能集中时我不开心，看到同学的父亲开着新车来学校接他我也不开心，我的朋友努里雅讲起她父亲的时候我也不开心。每每这个时候我就想起自己的父亲，心里无比悲伤。当我听说你才16岁就嫁给了父亲时我怎么还能不坚强？当我听到你说父亲一个接一个地娶妻，你尽管心里很痛苦，但还是和父亲以及其他妻子共同生活，为的是你自己的孩子有个好未来的时候，我怎么还能软弱呢？

对你来说，我父亲理应是世界上最好的男人。这也是为什么你总是任劳任怨地为他的客人准备最好的食物，为什么你总是将院子打扫得干干净净。这也是为什么你待父亲的其他妻子好，以便她们不互相嫉妒，不给他添麻烦。我还记得，父亲不在身边时，你曾不遗余力地用你的智慧解决大家的问题；父亲去世之后，你意识到无论是男孩还是女孩都必须上学，以及与你同住的重要性，因为这样你才会发现他们的问题，才会及时引导他们。你很注重把我的兄长们培养成品行优良，能够为国家做贡献的人才。为了让他们读书，上大学，你自己默默地承受痛苦，忍饥挨饿。

每每想到这些，我惊讶地发现，尽管经历了这么多苦难，承担了那么大的责任，你依然笑对人生。你总是笑对人生。

我也希望能够像你一样笑对人生中的各种磨难。

妈妈，我就是听着你的这些故事长大的。

有意思的是，我越长大越喜欢听这些故事。我躺在床上，一想起这些故事就会感到很平静、很安全，或许我就是想逃避身边的战事吧。

你是我的避难所。我生命中最美好的时刻就是你讲完故事后把注意力全部投向我，预言我将来会成为重要人物。你曾经说过，父亲在我出生后不久曾预言我长大后会成为像你一样的女人：美丽、聪明、英明、热情。虽然这些都是很普通的话，却成了鼓励我争取更美好生活的强大动力。

当我问你我会成为什么人时，你笑着回答说："法齐娅，你或许会成为一名老师，或许会是一名医生。将来会有你自己的诊所，给来自各省的病人免费看病。你会成为一名善良的好医生。"我则笑着说："不，妈妈，我要当总统。"我这么说是因为曾经听到你跟邻居说："我的女儿在学校很用功，我敢肯定她将来能够当一名总统。”

你的这些故事总是让我受益匪浅。

无论跟谁在一起都比不上跟你在一起时那么平静与安全。妈妈，从你那里我学会了什么是自我牺牲。从你那里我明白了，单靠文化知识是不能够抚养孩子成长的，更重要的是聪明、耐心、规划和自我牺牲。你就是阿富汗女性的榜样——你饿着肚子步行好几公里为的就是能够让自己的孩子上学。

从你那里我还明白了，即使是个“可怜的女孩”，只要她有积极正确的态度，也是能够改变一切的。

妈妈，你是一名勇敢的阿富汗女性。我很庆幸，你看不到这几年来在阿富汗发生的恐怖事件——现在是塔利班的天下。

你的女儿法齐娅

一个难忘的星期四

1996 年

我永远忘不了塔利班进入喀布尔的那一天。那是九月的一个星期四，我刚从学校回来，待在家里学习。我的姐姐沙阿简想去买面包，我也想买双新鞋，于是我们俩下午就到集市逛街购物。

我穿上了最喜欢的短袍，还戴了彩色鲜艳的头巾。姐姐给我讲了个笑话，逗得我咯咯发笑。一个店家朝我们笑着说道："你们女孩子明天起就不能穿成这样到集市来了。塔利班就要来了，今天是你们在集市上开心购物的最后一天，所以抓住机会尽情玩吧。"他一边说一边笑，碧绿的眼睛周围起了皱纹。我只当他是开玩笑，尽管如此，他的话还是让我很生气。我严厉地瞪了他一眼，告诉他，还是带着这个愿望进坟墓吧，这样的事根本不可能发生。

我对塔利班并不是很清楚，只知道他们是宗教学生，曾经发起了一场政治运动，我们当时还不知道他们代表谁的利益。在抵御苏联入侵的岁月里，阿富汗游击队吸纳了成千上万的阿拉伯人、巴基斯坦人以及车臣战士。美国、巴基斯坦、沙特阿拉伯等国资助他们，为的就是抗击苏联军队。这些国家之所以帮助我们是因为他们都有既得利益和政治目的。起初，这些外来的游击队士兵很受欢迎，但他们在加盟的同时也带来了宗教激进主义思想，也就是瓦哈比派教义，令当时的阿富汗耳目一新。瓦哈比派起源于沙特阿拉伯，是逊尼派伊斯兰教中特别保守的一支。在巴基斯坦和阿富汗边境地带，伊斯兰宗教学校促进了瓦哈比教义向阿富汗年轻人的传播。这些人中有许多还是小孩，还有许多人是饱受战争创伤的脆弱难民。

在那些日子里，关于这些人的谣言满天飞。一些喀布尔人把塔利班奉为天使。不管他们是谁，我不相信他们或者别的什么力量已经将游击队击垮。要知道，游击队曾经打败了苏联红军，就凭几个学生怎么可能将他们击垮？说塔利班第二天就要接管我所在的这家商店，简直太荒唐。

我开始认为塔利班和游击队之间并没有什么本质区别。小时候，我非常害怕游击队员。现在，我已经是一名大学生，却又对塔利班心存恐惧。在我看来，他们都不过是拿着枪的士兵，只知道打仗，不知道坐下来谈判的武夫。我讨厌他们。

那天晚上，我们从英国广播电台里听到惊天消息。我们整整听了一个晚上，简直不能相信自己的耳朵。据英国广播电台报道，艾哈迈德·沙阿·马苏德的军队已经从喀布尔撤出，退至潘杰希尔峡谷根据地。我仍旧不能接受这是败退，因为马苏德惯用撤退战略。我天真地以为他在第二天早餐之前一定打回来，恢复和平，支持政府。大多数喀布尔人也跟我想的差不多。

这时，我家前门突然打开，高级警官米尔沙卡伊哥哥神色紧张地走了进来。他慌慌张张地说，时间不多了，还让嫂子马上收拾行李。原来，他跟许多政府官员一样，准备马上逃往潘杰希尔峡谷马苏德的根据地去。

我对未来形势还有许多疑团待解，于是就跟他争辩。嫂子哭了起来，哥哥让我们安静，接着便道出了真相。

米尔沙卡伊有两个妻子，一个留在喀布尔的公寓里陪我，另一个当晚就前往巴基斯坦。他在拉合尔市已经买好了一幢房子。

事情来得太突然，我们几乎不相信是真的。哥哥刚出门，姐姐就倒了一脸盆水。这是我们的文化习俗：如果水朝着出门的人流去，那么他很快就会回来。

米尔沙卡伊走了之后，我们几个女人围着收音机仔细听。最新的报道称拉巴尼总统和他的部长们也逃亡了，他们先是乘飞机前往潘杰希尔，然后回到拉巴尼的故乡巴达赫尚省。接着又有报道说，前总统纳吉布拉遇害了，他曾经被视为苏联政府的傀儡和共产主义的坚定支持者。纳吉布拉本来已经得到联合国的庇护，但是，随着游击队政府的垮台，马苏德曾经前去会见他，提出要带他回到潘杰希尔峡谷。纳吉布拉不再信任游击队，也不相信塔利班，甚至担心会遭到游击队设圈套陷害。或许在他那样的位置有这样的想法是可以理解的，但在关键时刻不相信马苏德是他犯的致命的错误。马苏德撤退几个小时之后，纳吉布拉就遇害了。

当晚八点左右，喷气式飞机在我们头顶飞来飞去。家里人揶揄我说："即使外面战火纷飞，法齐娅也能埋头看书。"我并不是很喜欢拉巴尼政府，但至少它是个政府，其制度体系也还算完备。可是现在，像我哥哥这样的高级官员也弃岗逃跑，看到这些领导人这么轻易放弃，我真的难掩内心的愤怒。

那一晚我们几乎没睡，守着收音机，密切关注国家的形势。第二天早上六点钟，我朝窗外望去，看见所有人都戴上了白色祈祷帽。于是，我赶紧拉上窗帘，回到书房，真想把这样的世界挡在外面。喀布尔的这种景象让我无法理解。

接着，谣言又开始满天飞。那天是星期五，正是祷告日。报道说塔利班强迫人们去清真寺，不去就要挨打。到了这一刻，我们终于明白了，他们既不是共产主义者，也不是拯救天使。那他们是谁呢？他们是我们阿富汗历史上从来没有经历过的恐怖。很显然，他们是一股奇怪的势力，不受阿富汗控制。他们做事那么极端，也不可能受阿富汗控制。

我们了解到，纳吉布拉被塔利班从避难的联合国大厦里强行逼出来。他们对联合国大院进行地毯式搜索，拖出纳吉布拉，直接处死。他们把他和他弟弟的尸体挂到繁忙的大街上示众，整整挂了三天，直到尸体开始变黄、膨胀。人们开车经过，不敢作声，更没有人胆敢把尸体取下。

接着，他们洗劫了博物馆，毁坏成千上万的阿富汗历史文物——年代久远的佛像、昆旦装饰品、亚历山大大帝时代的饮食器具、早期伊斯兰教国王时期的文物。这帮人是在以真主的名义破坏我们的历史。

当他们炸毁巴米扬立佛的时候，才引起了全世界人们的注意。这些古代石像被公认为世界的一大奇迹，于公元六世纪在偏僻的巴米扬地区建造。当时阿富汗处于贵霜帝国统治时期，几个皇帝大力支持艺术发展，那个时期伊斯兰教还没传入阿富汗。这些大佛不仅是阿富汗文明史上重要的作品，也是我们宗教多样化的最好见证，同时也能反映哈扎拉民族在巴米扬地区的生活面貌。这么多年来，这些佛像不知吸引了多少全球各地和阿富汗的游客，也因此促成了旅游业的发展。这本来是一个贫穷的省份，多亏了旅游业，当地人民才有了最重要的收入来源。

在全世界各国电视台播放的恐怖悲惨画面上，观众可以看到塔利班用火箭和重型火炮炸毁佛像，直到这些巨大的历史遗迹灰飞烟灭。

接着，塔利班开始摧毁人民的思想。他们烧掉学校和大学教学楼，烧毁书本，封了文献资料。我刚刚开始学习心爱的医学课程，那个周末我本该参加考试的，还精心准备过。但后来得到消息说不用去了，因为医学院已经关门了。女性已经不被允许在大学里学习医学，更别提当医生了。

顷刻之间，喀布尔人习以为常的生活都不见了。即使是在以前的战争期间，小型娱乐活动，比如在集市上邀几个朋友喝喝茶、听听音乐或者收音机，或者更大一些的活动，比如婚礼，都还是有可能的。但是，在塔利班的统治之下，这些活动一夜之间消失了。和世界上大多数文化相同，在我们的文化里，婚礼要邀请整个家族和所有朋友参加。传统的阿富汗婚礼场面宏大，人数从五百到五千的都有。开一家婚礼大厅或酒店相当赚钱，最上档次的可以开出很高的价钱，预先支付两三万美元作为整个婚礼的费用是很平常的事。

塔利班执政的第一个周末就禁止在任何公开场合举办婚礼，成百上千的新人们只好取消了婚礼。这不仅意味着他们不能庆祝大喜的日子，而且他们的家庭还要损失一大笔定金。对一个女孩来说，那梦寐以求的婚礼就这样化为泡影。战争本来就使得经济陷入瘫痪，让百姓处于苦苦挣扎的境地，现在这么一折腾，简直就是雪上加霜。塔利班还下令人们只准在家里举行婚礼，不准邀请客人，不准播放音乐，不准有娱乐活动。原本打算纪念结婚周年的夫妻看来只能纪念塔利班的严厉统治了，对夫妻们来说，他们期盼的不是结婚日，而是要留下一点儿能够让他们老了还能铭记的聚会。

当然，很多人试图挑战禁令。有些高傲的父亲不想让这股新势力搅和如此隆重的好日子，坚持让婚礼照常进行。一些酒店老板也无视新规，照常营业。塔利班士兵裹着头巾，开着卡车，扛着枪，拿着鞭子，到处转悠。一听到婚礼音乐，马上冲进会场，将其洗劫一空。所谓的拯救天使就这样成了暴力先锋。他们闯入婚礼大厅，大声咆哮，砸烂扩音器，拿出摄像机里的带子，将胶片撕得粉碎。他们还将人打晕，当着新娘的面打新郎，将年迈的老人打倒在地，看得客人们心惊胆战。我时不时听到类似的事，但仍然不相信是真的。看来我是在自欺欺人。

第二天，我的姐姐像往常一样穿着蒙面长袍到市场去买菜，回来之后她泪流满面。原来，她看到塔利班分子将所有没穿蒙面长袍，只戴头巾的妇女毒打了一顿。我听了大为震惊，因为我就是像她们那样穿的。

姐姐一边啜泣一边对我说，她看到一对夫妻推着自行车在街上走，车上装满了购物袋。妻子的穿着不是现代牛仔裤，也不是裙子，而是传统服饰夏尔瓦克米兹，头上还戴了一条大头巾。两人边走边聊的时候，塔利班分子突然走了过来，从背后袭击那女人。三个塔利班分子用鞭子拼命地在她脑袋周围抽打，很快她就被打得匍匐在地。当三人开始打她丈夫时，他竟然否认刚才那女人是他妻子。为了自保，那男人竟然当场休妻。

一个阿富汗男人竟然这么容易就离弃自己的妻子，真是叫人不可思议。在阿富汗传统文化中，男人为了保护妻子和家人可以奋战到死，但是，在塔利班的恐怖压力和邪恶行径下，阿富汗的许多男人变质了。一些曾经品行良好的丈夫开始动摇了，因为恐惧或者从众心理，他们竟然接受了这种扭曲的意识形态。

接下来的那一个星期我哪里都没去。电视被禁了，国家广播电台也被塔利班接管，被用作政治宣传。即使那些又老又丑，不化妆的，游击队员喜欢的女主持人，也统统被替换掉了。一名广受欢迎的男主播在一次节目中因为对塔利班指挥官之死的新闻用错了一个词，被挑了脚筋，关在集装箱里三天，没吃没喝。当时，他因为紧张，本该用“悲惨的”来描述指挥官之死，却误用了“快乐的”——试想一下，好几个士兵拿着鞭子站在你身后监视着你直播，你能不紧张吗？谁没有紧张的时候呢？

所谓的新闻其实就是政治宣传，我听都不要听。真希望有真实新闻，能够将我与外界联系起来。没了真新闻我仿佛就在坐牢，然而，邻里之间互相传递的秘密新闻却是无法禁绝的，而从这种途径听到的故事一个赛一个恐怖。

喀布尔之外的战争仍未平息，位于潘杰希尔基地与喀布尔城之间的舒马里平原现在成了战争最前线。大多数人仍然以为马苏德的部队能够杀回来，人们不大相信塔利班的势力能够维持长久。我唯一能够和其他女孩子闲聊的地方是公寓里的公用阳台，那个时候我正在打扫卫生，可以和她们搭讪。从阳台上看下去，我还能看到其他公寓里的女孩子。年轻漂亮的女孩被剥夺了最基本的权利，不能呼吸新鲜空气，不能感受阳光的温暖，因为一听到塔利班分子的声音，她们立刻溜进屋子，一刻也不敢多留。

在这种情况下，我多么希望能与母亲取得联系啊！我是那么想念她！但也庆幸她不用目睹国家之殇。我很想给她上坟，可又不想穿蒙面长袍。其实我连真正属于自己的蒙面长袍都没有，只好向姐姐借一件阿拉伯风格的遮蔽面纱。这种面纱看起来就像一顶大帽子，也能遮住脸，穿上它应该安全了。街上冷冷清清，空气中弥漫着恐怖气息，几乎要置人于死地。

就连男人也没几个敢外出，更别说女人了。敢出去的是穿蓝色羽毛球状蒙面长袍的妇女。如今，这种蓝色衣服成了阿富汗妇女的制服。她们只能默默地小心翼翼地在街上走，想购物也得尽快，以便安全回家。人们不敢彼此交谈，店主把袋子交给顾客，也不说话；妇女们接过袋子，头也不敢抬，目光都不敢跟店主接触。塔利班的皮卡时不时开过来，车上的喇叭广播着宗教教条，车里面的人目光凶狠地朝外面看，寻找新的下手目标。我以为看遍了所有形式的恐怖，但这样的恐怖还是第一次，它令我的内心感到冰冷、绝望，还有一丝愤懑。是的，我心中堆积了愤懑。在那之后，我足足有两个月不敢离家半步。

自从第一批塔利班分子控制喀布尔以来，我们都没有收到米尔沙卡伊哥哥的任何消息。许多前游击队员和政府官员也都像他一样携着家眷逃亡。舒马里平原和潘杰希尔峡谷，这两个地处喀布尔北部省份的地方，现在成了激烈的战场，但仍然处于马苏德的控制之下。逃亡的不只是马苏德的部下，其他人，包括大学教授、医生，也都跟着逃亡了。他们带上能够带的——几件衣服、珠宝、食品，装上车，离开城里，留下了曾经辛辛苦苦挣得的一切。他们几个星期前或许还在庆祝自己运气好，房子没有遭受战火损毁，现在却将大门一锁，再也不愿回头看。

并非所有人都能安全到达目的地，我们听说有好些汽车遭到洗劫，本来就不多的家产被夺走，妇女项上的金项链被扯走，耳环也被摘下。那帮人就是一群趁火打劫的罪犯。当逃亡的人们来到边境线，以为国界的另一侧相对安全些的时候，许多人却被杀害了，他们的车子要么被火箭弹击中，要么被流弹摧毁。

我不知祈祷了多少次，希望马苏德打回来。每一晚，我入睡时都在心里暗暗祈祷他早日把前线推到市中心。真希望，一觉醒来就能发现塔利班和扭曲的思想消失得无影无踪。

后来我们终于收到了哥哥的来信，说他正躲在喀布尔北部的伯尔万省。伯尔万是个风景优美之地，一条河流贯穿而过，峡谷两岸郁郁葱葱，一到夏天就成了野炊的胜地。传统的阿富汗野炊是个非常好玩的项目——煮鸡蛋、制果汁、从果树上采摘新鲜的丰满的桑葚。

哥哥想把妻子和孩子接回去，于是我决定跟他们一起去。即使是在这样的情况下，我还是不想穿裹头蒙面长袍，于是我就穿一件遮蔽面纱来代替，确保头部完全遮住了才敢上路。为了把自己掩盖得更安全，我还戴了一副眼镜。即使头部裹得如此严密，我还是担心有人会认出我是警官的妹妹。

虽然伯尔万就挨着喀布尔，走直线才一个小时的车程，但是，由于太靠近游击队和塔利班交火的前线，所以车不能开得太近。我们不想冒着被火箭弹击中的危险，就先朝南走，从萨罗比前往塔哈布，接着又前往卡皮萨省的尼吉拉，在颠簸的路上几乎开了整整一天。这跟我们的目的地恰好反方向，走直接路线太危险，我们只好兜圈子，来来回回，转来转去。逃亡的人们发现了许多田间的新路，迂回曲折，让人摸不着方向，有些路不知道通往何处，另一些则通向其他环路。走这样的路太可怕了。12 个小时的行车过程中，我就怕遇上地雷、遭到抢劫、被炮火击中。我们不敢停下来休息，也不敢下来喝水。

我又一次觉得自己正在驶离梦想。每次刚要开始新生活的时候，总会横生变故。这哪里还是生活？总是在路上，总是在逃命，绷紧了神经过日子，生活的希望越来越渺茫。

我与哈米德也越走越远，我都没能告诉他要出门。大学关门前，他曾过来跟我打招呼，之后就再也没见过面。记得当时我是注视着他的后脑勺看他上车的，风吹起了他如丝般的头发，微微卷了起来。我没跟他说上几句话，但我真真切切感受到了对他的那份爱。既然现在我跟家人在逃亡路上，我也不清楚什么时候可以再见到他。

战争已经正式告一段落，世界也开始照常前进。冷战结束了，强大的苏联解体了。阿富汗对苏联的战争也不再与西方国家有关系，晚间国际新闻也不再有这方面的消息。我们的内战结束了，全世界也都认为塔利班现在是我们的政府。阿富汗发生的事成了明日黄花。新闻媒体的头条头版已经被其他悲剧事件所取代。

但这并不意味着我们的悲剧走到了尽头，在很多方面这其实只是个开始。接下来的几年里，世界遗忘了我们，而这几年恰恰也是阿富汗最凄凉的时期，是最需要帮助的阶段。

亲爱的舒拉和莎哈扎德：

如果说战争年代我们生活在黑暗里，那么接下来的几年完完全全地把我们投到地狱的深渊。这样的人间地狱是一群自称为真主和伊斯兰教徒的人所创造的。但是，根据我以及千千万万的其他阿富汗人的生活经验判断，这些人一点儿都不像伊斯兰教徒。我们的信念中有和平、宽容和慈爱，与全人类的权利和价值相符合。

我希望你们明白，作为妇女，真正的伊斯兰教会赋予你们政治和社会权利。它给你尊严，赋予你们自由受教育的权利，让你们有权追逐梦想，过你自己想过的生活，它还要你举止端庄、态度谦卑、待人友善。我认为在这俗世，伊斯兰教义能够引导一个人走上正途，过正当的生活。我为自己是个穆斯林而自豪。我把你们俩抚养成人，希望你们能够成为正派、坚强的穆斯林妇女。

这些自称塔利班的人，仿佛来自另一个星球。他们的伊斯兰教义对我而言完全陌生，他们关于伊斯兰教的许多观点来自不同文化，但大多数来自阿拉伯国家。这帮人开着卡车，扛着枪，向阿富汗人民承诺会保护街道安全、恢复秩序、促进社会公平正义和局部和谐。刚开始，许多人都相信他们，但很快这种寄托在他们身上的希望变成了恐惧和厌恶，对阿富汗的妇女和女孩来说尤其如此。

好在那个时候你们不是年轻女子。你们真的非常幸运。

挚爱你们的母亲

冒着生命危险的求婚

1996 年

在伯尔万，我们住在哥哥的司机家。尽管他家并不富裕，但还是把我们安排到一间附属楼内。他们不让我们亲自下厨，而是把所有饭菜烧好，让我们吃现成的。我们受到贵宾礼遇，根本不像是不受欢迎的负担。

喀布尔的形势继续恶化，于是姐姐和姐夫也逃难过来跟我们一起住（姐夫是名警官，所以也有被塔利班抓获的危险）。后来我们决定让他们俩继续往北走，到一个叫普勒胡姆里的地方找栋房子，然后我们大家再过去与他们会合。伯尔万虽然眼下还算安全，但是距离喀布尔太近，安宁的日子不会很长。在北方，没有人强迫你穿蒙面长袍，对我来说，有这个重要的理由就够了。

我的姐姐和姐夫到普勒胡姆里已经有一个星期了，但还没找到合适的房子，而塔利班在伯尔万节节胜利，步步逼近我们的住处。有一晚，我正在熟睡，米尔沙卡伊把我摇醒，大声说我们得马上上车。当时，游击队员封锁了萨朗关口。这是世界第二高关口。当年苏联人在山中央炸了个长达五公里的隧道，建成了这个关口，堪称工程史上的奇迹。这是一条单行道，也是通往阿富汗北部的大门，只有在干旱季节才能通行。

游击队担心成千上万的人涌向北部会招致更多的不安全因素，也怕人群里混杂着塔利班分子，所以他们封锁关口的决定虽然残忍，但也是出于军事策略需要。可这么一来，两边的人都无法走动，也意味着我们无法跟普勒胡姆里的家人会合。

哥哥从北方盟军指挥官那里弄来了一张通行证，这样我们就可以开两辆车经过关口：一辆载着我们，另一辆给随行警卫人员。我们一行人中有个妇女没有蒙面长袍，也没有遮蔽面纱，我就把自己的面纱给了她，自己只围了一条红色的围巾。战场就在附近，万一塔利班发现了我，我就会被打得半死。

随行的警卫汽车也是红色的，是一辆海拉克斯牌汽车。这样的颜色很有讽刺意味，我禁不住笑了。我真不知道还能怎样把我们变得更显眼，尤其是我自己。从家里出来，我们径直开向街道。到处都是逃亡的人们。有一辆大车朝我们开过来，车上塞满了人，个个面带惊恐的神色，有三四个人挂在车窗外，还有好多人直接躺在车顶。这辆车活像一个蜂窝。

车子开出村子，上了大路，融入了逃亡大车队。成千上万的人都因即将到来的塔利班而逃命。车子上全是人们的衣服、厨房用品、毯子和家禽，有什么就带上什么了。汽车的边沿上也都挂满了人，能挂的地方都挂满了。

我看到一辆出租车上挂着一名男子。从外表判断，他是乌兹别克族人，圆圆的脸，杏仁形的双眼。他很像个游击队员，他的一条腿上鲜血直流，接着他跳下车，显然是抓不住出租车了。然后他朝我们的车子走来，手里还拿着一把枪，他挥了挥枪，命令我们停车，但是司机没理他。于是他就瞄准轮胎开了一枪。轮胎马上就爆了，车子来了个急转弯，几乎要撞上这个男子。我坐在车子前部，担心他过来拽我下车，可是司机很冷静，依然开着车前进。那男子朝后面的车子拼命地射击，我不敢回头看他是否杀害了某些无辜的家庭。

人们不知道该往哪里逃命，只想出城。时值初冬，去往萨朗关口的路上，寒气逼人。因为纬度高，呼吸困难，车内的寒气把我们的手指头脚指头冻得生疼。关口已经封闭，没有通行证的家庭要么待在冰冷刺骨的山头，要么开车回去直接进入塔利班前线。即使有通行证，穿过关口也要好几个小时。指挥官不想让关口另一侧的战士看到有大批难民涌入，那就等于在说他们已经败退，所以每次他们只放行一部分车辆，尽量让一切看起来跟往常没什么两样。

在车队里，我嫂子看到了她的表妹。她刚刚结婚，和丈夫以及一个星期大的婴儿坐在车子里，神情恐慌，原来他们没有通行证。在那么寒冷的天气里，如果走不了，婴儿必死无疑。因此，我们决定把警卫车先留下，让他们的车顶替。我们所有的家当都在警卫车里：行李包、钱、珠宝，把守关口的人说警卫车过会儿就放行。

安全通过关口后，我们沿一条环山公路上山，车子在悬崖峭壁上颤悠悠地爬行。通常我对这么高的破旧山路很害怕，但那天却感到很轻松，因为我们终于成功摆脱了塔利班分子。

嫂子终于成功找到一栋房子，房间不多，而且已经住了 60 号人。他们都是我哥哥的部下，以前都是警察，现在没别的地方可去。这也是为什么阿富汗有那么多非法武装力量的原因。一旦政权倾覆，他们就没得选择，只好跟从老领导，组成一支武装力量。但是，我哥哥并不想让我们被一大群男人包围，所以就遣散他们回家。

午夜时分，警卫车辆已经通过关口，将我们的所有家当运达。等行李包一扛进屋，我就上前一把拿了过来，心想，里面的珠宝一定不见了，这帮来保障我们安全的人已把它们全部掳走。他们是当地另一名指挥官的部下，派他们来护送我们过关已经是给我哥哥面子了，所以我们也不好说什么。嫂子把行李包搜了个底朝天，就是找不到珠宝。她几乎要哭了，而且有点歇斯底里，接着她翻出一条手绢，大声擤鼻涕。我禁不住笑了，她也跟着笑了出来，除了笑我们还能怎么样呢？只有手绢跟她打包时差不多。不管怎样，我们现在总算安全了。

家国之殇再次让我的生活失去了控制，我当医生的梦想也随之破灭。塔利班已经全面禁止妇女上学，即使喀布尔足够安全（但事实上显然不安全），我回校念书的可能性也几乎为零。我整天待在普勒胡姆里，烧菜做饭，打扫卫生，在花园里喝茶。这是我母亲和姐姐们忍受的生活，也是我努力摆脱的生活，我的心情变得十分沮丧。白天慢慢变为黄昏，进入漫漫长夜，接着又是慵懒的早晨。我只想闭上眼睛，挡住黎明的阳光。

这个时候，许多男学生、教师和教授都已经逃亡到国外，所以上大学也已经失去了意义。塔利班的统治已经将喀布尔从一个饱受战乱的城市变为一座死城。说实话，我也说不准两者孰优孰劣。

人们稍有不端的行为就要被拘禁或毒打。塔利班挨家挨户搜查，要求居民交出武器，他们不相信喀布尔会有人不藏武器，根本不会把“没有”当作回答。如果谁不交出武器，或者真的没有武器可交，就会被拘捕，关进监狱。有些家庭只好出去买武器，交给塔利班，为的是让他们释放被关押的亲人。

最恐怖的要数被带到“恶习与美德部”，一提起这个部门的名字就足以让最勇敢的人心颤抖。一幢白色的水泥别墅，坐落在一个叫作舍尔诺（新城）的地方，外带一个花园，里面长着茂盛的葡萄树和芳香四溢的玫瑰花。被指控犯有亵渎宗教罪的或道德罪的所谓犯人都被带到这里来审判。胡子不够长的男人、没穿蒙面长袍的妇女统统被抓来，被塔利班分子用钢丝绳抽打脚底心，屋外的塔利班分子气定神闲地坐在玫瑰花丛中呷着茶、讲着笑话。在这里，受到惊吓的喀布尔妇女被指控不道德，接受从阿富汗南部保守的乡村来的毛拉[①]的审判。喀布尔与这些乡村一直以来在文化和社会习惯上简直是两个世界。几个月前，以穿着最时尚的服饰拿着书本上大学为荣的女性现在却遭到不洗澡不识字的文盲的审判。

奥林匹克运动馆，一座大型圆顶建筑，曾经回荡着板球和足球观众的掌声，如今却成了一种新运动的场所——公开行刑。在这里，通奸犯和小偷被石头打砸，要么就是当着欢呼的人群被砍去双手。这种种残忍的场面让人不禁联想到古罗马竞技场。犯人被装进皮卡带到场馆中心，拖下车，绕着馆子走一圈，供人群娱乐。接着他们不是被子弹打爆脑袋就是被活埋至半身腰，然后被人活活用石头砸死。无论是审判的人还是第一个扔石头的人，他们是从来不管场馆内的贼犯的是什么罪的。对他们来说，那贼偷了一块面包给饥饿的孩子吃或者那所谓的通奸犯实际上是被人强奸的受害者等事实，统统与他们无关。

① 毛拉：伊斯兰教神学圣律的教师。——译者注

如此种种表面上看都是以真主的名义执行的，但是，我绝对不相信这是真主的旨意。我敢说，即使真主见了也会掩面而泣。

大量的塔利班支持者涌入喀布尔。超级保守的阿富汗南部家庭搬家到喀布尔，从那些准备逃跑的人手中以超低价购得房子。维齐尔阿克巴卡恩小区曾经是阿富汗最漂亮最令人羡慕的小区，里面的房子全部由现代设计师亲自打造，带有美丽的花园和宽大的游泳池，如今成了众所周知的“客人街”。与塔利班领袖有关系而又受宠的阿拉伯和巴基斯坦士兵抢占了这里的房子。如果房子空着，他们就直接搬进去，据为己有；如果还有人住着，他们就拿枪将房东赶出去，让“客人”住进来。

时至今日，还有许多家庭未能收回在这段时期内被侵占的财产。2001 年塔利班被美国和北方盟军击败之后，许多在欧洲和美洲的阿富汗难民重返祖国家乡，想取回被夺走的财产。但是，由于没有证件证明，加上战后混乱，政府腐败，他们发现想要回财产无比艰难。我就亲自遇到许多来找我帮助追溯财产所有权的人们，结果没有几个人能成功。过去几年里，阿富汗兴起了建房热潮。这些建筑往往破坏了当年那些典雅美丽的别墅，就连别墅内的果树和葡萄藤也遭了殃，真是叫人痛心。别墅推倒之后，上面建起了所谓的“罂粟之宫”。这种建筑具有巴基斯坦和伊朗风格，装饰华丽，安装着烟灰色玻璃和奇形怪状图纹的瓦片，样子丑陋，一点儿都没有阿富汗文化的内涵，纯粹凸显了战后的暴发户心态，而修房子的钱往往来自腐败或者海洛因交易收入。

如今，各色各样的客人入住维齐尔阿克巴卡恩小区，这些房子在战火中幸免于难，也没有被开发商拆掉，还经受住了时间的考验，看起来跟当初刚建成时几乎一样时髦。住在里面的是国外援建工人和国际新闻机构的记者，比如英国广播公司、美国有线电视新闻网、法国 24 频道等。生活、工作在这么个经常发生自杀式爆炸的首都城市让他们深感不安，这点从他们住的这个小区设置的防护装置就可以看出来。这是一个众所周知的“绿色区域”，街道围上了水泥栅栏，设置了哨卡，目的就是将自杀式爆炸挡在门外。没有身份证或者相关的通行证非但人不能进去，车子也不能开进。这一措施经常引发交通堵塞，成了喀布尔居民愤怒的由头，也常常令居民们倍感沮丧，他们认为这都要怪这些外国人。

英国大使馆接管了一整条街上的房子作为独立的基地，他们将街道两头的入口堵死。过去，这条街喧闹繁华，孩子们还可以上街玩球，如今却成了一座堡垒，禁止大多数的阿富汗人入内，除非他们到那里真的是有事情要办。

在普勒胡姆里，我们不知等待了多久，只希望战事快点结束，我无时无刻不在盼望着能早日回到喀布尔。战争前线和塔利班或者马苏德的地盘老是在变化，但很明显的是塔利班的地盘越来越多，一步步将马苏德逼回去。

不知道哈米德是依然住在喀布尔还是也和家人一起在外逃亡，我一直在想他，但也明白兄长仍然反对我们的婚姻。一天，我正坐在院子里晒太阳，看着远方的高山上飘起了雪花。我正渴望回到喀布尔去，还在想不知道那里是怎样的天气，突然，哈米德的姐姐、她的孩子还有哈米德的一个叔叔出现在我家门前。

原来，哈米德去找过我们，发现窗帘拉上了，没有人在，就到处打听，得知我们已经走了。他认为我们还是走了好，因为如果我待在游击队控制的领地上，到处都是各种军队和指挥官，遭到强奸的可能性也很大。哈米德知道，我哥哥要保护自己的两个妻子就已经够他忙的了，现在还要担心我的安危，所以他就想，在这种情况下，我哥哥或许会对我们的婚事网开一面。

所以哈米德派了姐姐来提亲。她这次还带上了叔叔以及她的几个三四岁的孩子，从喀布尔不远千里来到这里，再次向米尔沙卡伊提出这门婚事。这段路险象环生，除了凶险的炮火，他们差点儿还被一场雪崩埋葬。那一夜，他们就是在冰天雪地里度过的，他们险些送了命，而我也在心里暗暗责怪哈米德竟让他们为了我经受这么多苦难。尽管如此，他对我们的婚姻的那种百折不挠的决心还是让我暗地里非常高兴。

正如哈米德所料，我哥哥不再拥有在喀布尔时的权力。他疲惫不堪，压力重重，但也没有马上答应的意思。在我们的文化里，如果你想礼貌地拒绝某人的求婚，通常不会直接说，而是向对方提出一大堆无法满足的要求。我哥哥知道，为了提亲，哈米德的家人已经冒着生命危险不远千里而来了，总不能狠下心直接打发他们回去，但他并没有完全同意这门婚事。于是，吃完饭之后，他悄悄告诉他们说，如果要结婚，哈米德家要以我的名义购买一套房子，赠送大量的金银珠宝外加两万美元现金。

这不是一笔小数目，尤其是在战争时期对他那样的家庭来说更是如此。尽管他家不算赤贫，但绝对不是富裕之家。当然，我是不能参与这样的谈判的。哈米德的姐姐和我在另一个房间，我们俩竖起耳朵，贴着墙壁试图偷听他们商谈的进展。当听到哥哥提出的条件时，我惊讶得张开了嘴巴，但更让我想不到的是哈米德的叔叔竟然答应了。听语气他好像有点震惊，而且也不是十分高兴，但是他很快定下神来，一点儿也不显得慌乱。在内心深处，他一定火冒三丈，但他摘下缠头巾，放到我哥哥面前，感谢他答应这桩婚事。

哈米德的姐姐叫上孩子，跟我拥抱告别，还不忘给我个微笑，然后穿上蒙面长袍离开了。哈米德的叔叔也戴上缠头巾走了。到了这时，塔利班早已下令强迫所有男人必须缠头巾蓄胡子。

几天之后，我哥哥接到命令去潘杰希尔峡谷帮忙策划一起政府领导的攻击喀布尔的行动。他走了之后，萨朗关口再次封锁，人也就被困在另一头。此后 40 天内他杳无音信，这样的紧张心情真叫人无法忍受。要是他遇难了，我们真不知道该怎么办是好。

后来，我们终于得到消息说他到巴达赫尚省去了，上司临时命令他为游击队员建立一个根据地，并组织一道新的防线。塔利班赢得了越来越多的地盘，我哥哥的上司担心他们还会夺取中部、北部更多省份的领地。后来，我哥哥还是安全地回到了我们身边。

春天，嫩芽已经从积雪覆盖的泥土里冒了出来，而我却感到一阵沮丧。本来春天是新学期的开始，我真的很想回到大学校园去。

一天，嫂子叫我去给家里买菜。不知怎的，在集市上，我好像看到了哈米德的身影。每次离开一家店或是拐个弯，我都觉得看到了他，接着他又消失了。刚开始我以为自己眼睛出问题了，回到家，发现家里来了个客人，他十几岁左右，是我们的一个远房亲戚，跟哈米德家也有姻亲关系。我又开始感到沮丧，于是礼貌地对他说我想回自己的房间。那男孩跟了过来，然后一边向我道别，一边把一张纸条塞到我手里。

我关上房门，打开纸条看了起来，是一封信。我把目光直接移到信末，看看究竟是谁的来信，其实，在内心深处我已经猜到是谁了——哈米德，他就在普勒胡姆里。在集市的时候我眼睛没出问题，我真真切切见到哈米德了，原来他一直偷偷地跟着我。信上说，他来到本地，打算明天就来跟我哥哥谈我们的婚事。这一次，他保证能成功。

那一晚我兴奋得几乎睡不着觉。第二天，正如他在信里所承诺的，哈米德来到我家，提出见我哥哥。当哈米德拿出两万美元现金和一份房契的时候，米尔沙卡伊大吃了一惊，或许是有点被惊住了。尽管如此，米尔沙卡伊还是没有立即答应。即便是在那样的情况下，他还是没有给出哈米德最期望听到的那两个字——“好的”。

虽然哈米德家远远称不上富足，但他家在巴达赫尚省有土地，为了筹钱，已经卖掉了一些。他们家并非一无所有，但是，我的哥哥不这么想，因为他自己在喀布尔有四套房子，在拉合尔还有一套。

商谈婚姻大事仍然还是男性的专利，我们女人只能在另一个房间待着。默默地坐着，竖起耳朵听着自己的前途被当作一场交易似的谈判，对我来说这不是滋味。我想起了童年时代曾偷偷来到父亲的会客室外，偷听里面的谈话。听着听着，我百感交集，有骄傲、有好奇，更有无助。

当听到他们筹足了钱，我再也抑制不住地尖叫了一声。普勒胡姆里的生活真是发霉了，没有大学，没有一点儿刺激，无所事事。我不知道婚姻生活会是个什么样子，但可以肯定的是一定比现在的日子有趣许多。

在阿富汗，订婚跟结婚一样严肃，有着几乎同等的约束力，只有在非常特殊的情况下才可以解约。我突然想到了解约的严重后果，耳边开始响起哥哥给我的种种警告。他总是不停地说："法齐娅，不要嫁给这个穷小子。你想嫁给谁都可以，靠他的薪水很难过日子。嫁个有钱人，有权力的人。"

不得不说实话，我要好好考虑一下了。你无法想象在国家百废待兴之际一对新人的生活之艰难。安全保障和生存考虑总要摆在首位，梦想只好退居其次。下一刻会发生什么，塔利班势力会持续多久，这场战斗什么时候能结束，我们住哪里，我是否还能上学或者去上班？这一切的一切，我心里没底。

我姐姐见我脸色发白，就一脸严肃地问："法齐娅，你必须做出决定。马上！如果你不想结婚，这就是你最后的机会。你明白吗？"

几天前，为了不让我嫁给哈米德，我哥哥曾做过最后的努力，劝我去巴基斯坦和他的第二个老婆一起住在拉合尔，还说可以到巴基斯坦的大学里注册上学。能在一个没有战乱的国家学医，这真是个不错的主意。尽管我几乎还不了解哈米德，但跟他交往的那段时间里已经足以让我相信，我们是可以结婚的。我可以看得出来，他是个不同寻常的阿富汗男人，能够平等地待我，真心支持我去参加工作。他的确不富裕，未来也充满变数，但在我内心里依然觉得他是最合适的人选，因为他是我的选择。

按照我家的传统，需要一个女人做出最终的决定。当姐姐马里亚姆要我做决定时，我没作声，只是默默地点了点头，接着她敲了敲男人们商谈室的门，走进去要求跟我哥哥说话。她把哥哥叫出房间，严肃而又勇敢地对他说："不要再为难这个年轻人了。钱他们也按照我们的要求准备好了，是该做出决定了。要么答应，要么拒绝。”哥哥噘着嘴，然后转了转眼珠子，发出一声叹息，最后同意了，尽管显得那么勉强。

姐姐于是准备了一碗糖果，里面放了些花和一条手绢，手绢上面还有一朵红花。我至今还保留着这条手绢。碗里的东西代表着我家人接受了男方的提亲，碗被端到房间里去的时候，哈米德正坐着。当他看见碗，知道自己的梦想实现的时候，他那喜悦之情无以言表，我真希望能够看到他当时的表情。分享糖果是阿富汗传统的敲定订婚的方式，新郎的家人接着就会把婚礼费用放到碗里。哈米德拿了一颗糖，小心翼翼地剥掉吃了，之后又在碗里加了 5000 美元——他把糖果钱都准备好了。

第二天，他们又来吃午饭，我早早起床在厨房里忙开了。我一边淘米，一边削黄瓜，内心的喜悦爬上了脸，那顿饭菜倾注了我全部的爱。在某些特定的时候，阿富汗的女人们能体会到，给心爱的人准备吃的是一件多么快乐的事情。这一定是我们的生物属性使然，是有着千百年的历史传统的。我想起了母亲为父亲烧饭的情景，她总是做得很完美，我现在做的正是如此。切菜时，我确保把它们切成可爱的小条条，好让他吃得开心。

这个时候，我还是不被允许见未婚夫的。那一天，唯一的一眼是在他和家人离开的时候，我躲在窗帘后面，偷偷看他走向大门。我猜当时他是知道我要看他的，因为他突然停了下来，做挠头状。他一定也在打算偷看我一眼，但显然觉得那样太冒险了，怕被我哥哥发现。

哈米德朝车子走去，我的内心久久不能平静。自第一次向我求婚到现在，已经快四年了，他从来没有放弃过对我的追求。这一年我 21 岁，终于要成为新娘了。

亲爱的舒拉和莎哈扎德：

不知有多少次，我和家人幸亏由于好心人的帮助而渡过了难关。他们冒着生命的危险，给我们提供保护，帮我们躲藏起来。当然，得到这样帮助的不只是我们。在全阿富汗各地，不知有多少男男女女开门接纳需要帮助的人们。邻居对小女孩们偷偷去地下室里的秘密学校上学故意视而不见，这些学校由勇敢能干的阿富汗妇女创办。尽管她们知道这样做是惹火烧身，但她们不忍心让塔利班破坏下一代的教育。

那段时期，阿富汗有许多因战争守寡的女人。这成千上万的女人失去了丈夫和父亲，成了家里的顶梁柱，保证让孩子们吃饱穿暖成了她们的职责。但是，塔利班剥夺了妇女工作的权力，于是，这些已经失去很多的妇女被迫去乞讨，靠着陌生人的慈悲施舍度日。一些人存活了下来，因为人们看到她们在街上乞讨时，不忍心从她们身边视而不见地走过。尽管他们自己也没有多少财物，他们还是尽自己的能力给一点儿。这才是真正的穆斯林。施舍穷人是伊斯兰教的主要教规之一，《古兰经》也教导我们不仅在大型庆祝活动时（如古尔邦节开始时）要施舍，在其他日子里也应该一样。

我们家门前经常有人排起队，我知道这让你们俩很沮丧。这些人不是找我说话就是找我帮忙的。每天从拂晓开始，这些人就在门外排队等候。有时候，我们还没吃早饭就已经排了一队人。我知道，你们觉得烦是因为他们从来不提前预约，占用我的时间又长，而你们俩也需要妈妈的时间和关注。尤其是在早上，我要帮你们整理书包，享受与你们在一起的难得时光，然后才去处理议会事务。但是，孩子们，虽然门外的那些人令你们很沮丧，可我还是希望你们能理解我，我是万万不能随便打发他们走的。

我希望你们记住：不要随便打发上门求助的人们，你根本不知道什么时候也需要他们的帮助。

挚爱你们的妈妈

全线飘“白”

1997 年

自从成功夺取喀布尔之后，塔利班继续在阿富汗北部攻城略地。游击队依然奋力抵抗，但是他们掌控的地盘越来越少，都已经渐渐输给了塔利班。在游击队政府控制的区域里，突然会有一个村子在某一天飘扬着白色的塔利班旗帜。

无论在哪里，只要有他们的支持者，只要他们与当地人民有种族联系，就会出现他们的旗帜。过去的政府根据地，诸如马扎、巴格兰、昆都士，相继插上了白旗。塔利班在北部地区扩张势力的同时，还摧残当地的文化。他们禁止妇女穿白色裤子和白色短袜。在他们看来，穿与旗帜颜色相同的服装是对他们的不敬。但是，在许多北部省份，蒙面长袍最常见的颜色就是白色，只有在喀布尔和南方才是蓝色的。在北部的大多数妇女也只有白色蒙面长袍，但是塔利班分子依旧为此而毒打她们。先是因为不穿蒙面长袍而打她们，现在是因为穿的颜色不对而打她们，这帮人真是疯了。

这时的塔利班正迅速向北部扩张，他们完全控制了巴格兰和昆都士，只剩下塔哈尔和巴达赫尚省还没有他们的根据地。一旦夺取某个省份，他们立刻关闭学校，逮捕人们，这是非常野蛮的行径。

他们会不经审判、不讲任何公平正义折磨人们，规则他们是想怎么来就怎么来。阿富汗北方本来比南方思想开放，现在是万马齐喑，集体震惊。

后来，一些北方盟军指挥官（就是原来的游击队员）为了自保，开始与塔利班做交易。但这两派的意见根本无法统一，因为塔利班的思想比游击队更加趋于激进主义。再则，塔利班的幕后力量均在海外，因此并不需要联合阿富汗国内的势力，这些人被塔利班利用完之后要么被出卖，要么遭到暗杀。在塔利班眼里，只有两种人，要么你是他们的一分子，要么你不是。

我们原本紧密团结在一起的家庭到了这时已经散居在全国各地。我的大多数姐姐仍然住在巴达赫尚省，嫁给了当地的村民。我非常想念她们。自从穆基姆死后，米尔沙卡伊变了许多，他认为已经受够了阿富汗的生活，决定先到巴基斯坦，再带上妻子儿女，然后远赴欧洲旅行。

还没等他施行这个计划，马苏德和拉巴尼就派人来送信，命令他去塔哈尔省建立一支军队抵抗塔利班。我们就这样跟着他去了塔哈尔，开始了另一段寄人篱下的生活。几个星期之后，马苏德亲自从塔哈尔前往潘杰希尔峡谷组建部队，我哥哥趁机向他请求，要求将家人经由喀布尔安全送达巴基斯坦，马苏德同意了。

米尔沙卡伊脱下制服，穿上平民服装，女人们则匆匆忙忙地往行李包里塞东西。然后我们叫了一辆出租车往喀布尔进发，来到了老地方——普勒胡姆里。因为天色已晚，我们决定留在那里和米尔沙卡伊的几个朋友过夜。第二天早上，这些人决定和我们一起回喀布尔。

除了我之外，家里的其他女人都穿上了蒙面长袍。我有一件黑色的阿拉伯式遮蔽面纱，和蒙面长袍一样，也能遮住脸。女人们起得很早，煮了鸡蛋和土豆，准备带在路上吃。路途并不遥远，但是，因为有战斗，我们不知道多久才能抵达目的地。

将近黎明时分我们动身起程。太阳出来的时候，听到了枪炮声，我们直接进入了前线。大路因为猛烈的炮火已经变得不安全，我们坚持走小道。天亮之后，我们看到前方有一座桥，连接两座村庄，桥下是一条湍急的河流，发出的响声就像有炮火在逼近。就在我们到达桥边的时候，一颗迫击炮弹落到桥上，将桥炸得粉碎，金属碎片和木片四处乱飞。

我们没得选择，只好下车步行。我嫂子刚怀上了孩子，身上还背着一个出生不久的婴儿，她根本没想到我们还要走路，而且，她还非常不明智地穿了高跟鞋。一天中的大部分时间我们都要走路，这条小径并不笔直，而是蜿蜒迂回的。我们还得爬过一座嶙峋的山，穿过玫瑰花园和桑树林，然后沿着小径下来，因为两边都有炮火袭来，我们险些成了被袭击的目标。好几次，许多火箭弹就从我们头上嗖嗖而过。每每这时，我们只好停下来，躲到灌木丛里。偶尔我们还可以叫一辆出租车，载我们一程。这些车子不是正规出租车，都是普通人开车载人要钱的。他们之所以冒着生命危险拉人，因为实在是需要钱。

有一辆车带我们进入塔利班和马苏德交火的前线，那是舒马里平原上的一条道路，横穿加布萨拉区，过了之后，就来到了喀布尔的外围。正常情况下，这条路上车辆很多，但现在几乎没有出租车敢开到这里来。我们只好加入步行大军，这不就是塔利班占据喀布尔当日逃难的人们吗？这真是个天大的讽刺。现在，曾经寂静的村镇成了战场，喀布尔倒成了个相对安全的地方。饥饿的野狗在平原上奔走，不时朝人们咆哮。我在草地上走的时候，差点儿踩到了一条蛇，我吓了一大跳，因为蛇之于我就跟火箭弹一样恐怖。

就在这时，我嫂子哭了起来，她穿的是高跟鞋，怀里还抱着男孩伊尔沙德，她快走不动了。我穿的是平底凉鞋，于是主动提出跟她换鞋子。不知怎的，我穿着高跟鞋也能健步如飞，即使在战场上也是如此，我还跟他们开玩笑说这是我的一大才能。

就在我们停下来换鞋子的那一刻，火箭弹来得更加密集了，我们只好再次找地方躲起来。我躲到了一棵树下，享受难得的片刻歇息。我看到树上有几个苹果，正想伸手去摘，树开始晃得厉害，接着便听到一阵长长的呼啸声—— 一枚火箭弹刚好从头上飞过，我僵在那里一动不动。几英尺之外，火箭弹炸开，苹果树应声倒下，树叶也被炸得散碎。

一切发生得如此突然，一秒钟前，我还在树下坐着，一秒钟后树就不见了。我已经不知道这是第几次死里逃生了。

我们接着走，发现很多妇女和孩子没我们那么走运，他们都死于火箭弹之下。我哥哥看到尸体尖叫着催促我们不要停下来。两个小时之后，我们来到了一个地方，那里曾经是野炊胜地，位于萨雅德河边上。这个地方溪流湍急，瀑布流淌，颇有一番田园风光。

赶了那么多路，我们个个筋疲力尽，高跟鞋让我双脚发疼。有一户人家看到我们来了，打开门招呼我们进去，还端上茶、面包和桑葚，最后还给我一双凉鞋穿。像这样来自陌生人的好心帮助我都牢记在心。

休息了一会儿，我们恢复了体力，在向主人家道谢之后我们继续赶路。这次我们要穿过一条河流，唯一的办法就是走一座人工搭成的颤颤悠悠的步行桥。这座桥由一块块木板用绳子和金属丝简陋地联结而成，一些板块之间的缝隙很大，看上去随时都会塌下来的样子。我哥哥的一个保镖站在桥头，帮助大家一个一个地过桥。而他的口袋里藏着我们所有人的护照和文件。

保镖抓住我的手，劝我踩在第一块木板上。这时已是黄昏，风很大，人站都站不稳。抓了他的手后，我总算到对岸去了，抱着孩子的嫂子也过去了。可就在她离开最后一块木板的时候，把我跟她换的一只凉鞋掉进了河里。她又开始哭了，哭得震天响。等所有人都过桥了，保镖自己才开始走，因为没有人牵着，他只好一个人独自过桥。走到了桥中间，脚下的一块木板晃了一下，他掉进了河里。

所有人都大吃一惊，我脑子里突然闪过一个恐怖的念头：他要是淹死了，我们的护照也全没了。幸运的是，这个可怜的保镖突然从水里钻了出来，一只手里拿着护照，高举着伸出水面。最让人惊喜的是，他最后安全地回到了岸边，我哥哥马上把他从水里拉上来。护照在他手里一点儿都没湿，所有人都喜出望外，我哥哥还抱了抱他，庆幸他死里逃生，也向他表示感谢。

这个保镖一直以来都是我哥哥最喜欢的部下，人很忠诚。遗憾的是，我哥哥去了国外，他被迫改投塔利班。因为没有别的收入，他别无选择，成千上万的阿富汗人就是因为这个原因而被迫加入这个组织的。他们或许并不赞同塔利班的意识形态，但是，当塔利班是唯一愿意支付他们薪水、供养其家庭的人时，他们就只好加入了。

又走了 30 多分钟，我们来到了塔利班控制的区域，叫了另外一辆出租车。我实在太累了，瘫倒在后座，然后就睡着了。等我醒来，天色已黑，车子也已经进入我心爱的喀布尔的大街上。米尔沙卡伊让司机开到马克洛里安。我们不在的时间里，他的姻亲留守在那里。公寓温馨又熟悉，洗完一个热水澡，吃了一顿像样的饭菜之后，那种轻松真的是难以言表。穿着高跟鞋走了一天的路，一边走一边躲避火箭弹和子弹，然后能回到家吃一顿最简单的饭菜，这时你就会吃得特别香。

亲爱的舒拉和莎哈扎德：

我喜欢母女间亲密无间的关系。

每当听到你们喋喋不休，我就想起我们这一代人跟你们这一代的差别是多么巨大呀。你们讨论从电视上看到的野生动物纪录片，向我展示从印度电影中学到的宝莱坞舞蹈，还跟我讲起电脑，在网络上搜索到的资料，你们接触外面世界的方式是我那个时代根本不具备的。

我喜欢听你们讲朋友的故事，即使有些故事听上去叫人悲伤，比如舒拉的那个与她父亲和继母共同生活的朋友。继母对那个女孩很不好，舒拉为此还伤心地哭了。

我也喜欢和你们分享故事。我小的时候没人听，因为没人对我的生活感兴趣。我的哥哥们不喜欢听我谈梦想，不喜欢听我谈白天发生的琐事。或许他们唯一有兴趣听的是当我带回家一张成绩单，告诉他们我得了班级第一、第二的时候。只有在这个时候他们才会为有我这么个聪明的妹妹而自豪。

每次听到朋友谈论生日礼物或者他们邀请我参加生日派对

的时候，我就特别痛苦。我一直都很希望也能给自己庆祝生日，然后在他们面前炫耀一番。有时我真的很想对同学撒谎，假装自己举办过一场有音乐有舞蹈的生日大聚会。可是我担心她们会邀请我去参加她们的生日派对，而我却不能赴约，因为这在我们家是不被允许的。在我们家，为女孩庆祝生日是绝对不可能的。

我希望这样的情况在你们身上能有所变化。无论你们俩谁过生日，我都会花好几个星期来筹划。我会给你们买气球和蛋糕，还会派车去接你们的朋友。能为你们俩做这些，我很乐意，因为我想让你们热爱庆祝活动。我希望你们既能庆祝大事，也能庆祝小事。

记住，无论环境如何，生活中总是有一些事情值得我们庆祝的。

挚爱你们的妈妈

一场塔利班式的婚礼

1997年

每个女孩都憧憬婚礼，我也不例外。

我一直认为生活就是一系列重要时刻的集合，这些重要时刻决定了我们的个体特征。我们都会珍惜生命中的重要时刻，无论它是一场欢乐的派对、雨后花草的一阵清香、河边的一次野炊、大学的毕业典礼、和爱人谈笑风生的一个良宵，抑或是宝贝孩子的出生。

新娘选择婚纱的日子就是这样的重要时刻。可是，那天我穿上蒙面长袍去集市的时候，却感觉自己像个行走的幽灵。

由于我是家中最小的女儿，我姐姐和母亲老早就讨论过我会有一场怎样的婚礼。几年来，她们一直在谈论不休，从我穿什么样的婚纱，到梳什么样的发型，再到酒桌上的菜品。战争爆发之前，我们家相对富裕，所以大家都认为我的婚礼会很有排场，四面八方的宾客云集。还是个小女孩的时候我从来没想过这样的排场，但是，真的到了自己快结婚的时候，我是多么希望有这么一天啊。此刻，我什么也不想听，只想听母亲再一次讨论她对我的婚礼的计划。失去她依然是我心中无法弥补的伤痛。

还有一件事我从来没想过的，就是人生中最重要的一天竟然会在塔利班的统治之下度过。因为他们的统治，婚礼上不能播放音乐，不能拍照录像，不能跳舞。所有的饭店和婚宴大厅都关闭了，欢庆仪式也遭到禁止。我想，所有的女人，无论她生活在世界的哪个角落，都希望自己的婚礼举办得完美无缺。这听起来像是少女的口吻，有点儿傻气，但是在婚礼之前的几个晚上，我伤心地哭了，为失去母亲而哭，为失去当个漂亮新娘的机会而哭。

尽管当局立法强迫妇女穿蒙面长袍，我还是一百个不情愿去买件新的。每当不得不出门时，我就穿上母亲生前穿的那件。她的蒙面长袍比起如今常见的在巴基斯坦设计并大批量生产的蓝色便宜货漂亮许多。在母亲那个时代，妇女们视长袍为身份，母亲有一件与她权贵之妻身份极其相称的长袍。这是一件深蓝色丝绸长袍，浅浅的折痕随着她的步伐发出柔和的沙沙声。遮脸部分是一层银色细网纹，眼睛刚好可以从这里透视。长袍脏了，母亲会交给一个专业洗衣工，将每一个折痕用蒸汽熨斗熨平整。对她而言，拥有这件长袍是值得骄傲的事。可是，对我来说却是一大耻辱。即使我结婚了，穿的还是母亲的蒙面长袍，可如果我不得不穿一件，那么至少这件长袍应该能够让我回想起母亲来。

出门购物的那天，我由未婚夫陪伴。这是好几个月来我第一次跟他重逢，上一次我正面看到他的脸的时候是在大学里，当时塔利班还没掌权。那天他来普勒胡姆里找我哥哥确定婚事时，我躲在窗帘后面只看到他的后脑勺。在大学的时候，游击队还控制着时局，他刚长出的胡须修剪得整整齐齐。但是，在塔利班的统治之下，他的头发和胡须都蓄长了，看起来也不那么英俊了。透过讨厌的蒙面长袍，我不停地偷看他的胡子，长在他脸上真叫人不喜欢。我再一次深深感受到阿富汗在倒退，谈不上有任何进步，唯有文盲统治下的黑暗。

塔利班这时开始实行一项新规：任何女性外出，无论出于何种原因，必须有一个与其有亲戚关系的男性陪伴。这条规定与其他规定一样，不是阿富汗文化，倒是更像阿拉伯文化，我祖母那一代的女性才不单独外出。随着时代的发展，这一传统在阿富汗发生了巨大的变化，正如任何其他文化的自然进程一样。可如今，塔利班又把人们带回到旧时代。

塔利班在市内到处设置关卡。如果他们拦下你的车，就会盘问个不停，要你说出自己的名字，你父亲的名字和亲戚的名字，问题多得数不胜数，直到他们认为男的跟女的确实不是朋友而是亲戚关系时为止。“恶习与美德部”就是负责执行这些政策的，而且尤其喜欢毒打妇女。在婚礼集市上，他们打的就是像我一样去买礼服的女子。有一个女孩子穿了白色的裤子，或许她不知道穿白色是禁令，或许她没受过教育，或许是太害怕了，而不敢出来，一直躲到今天的缘故。不管是什么原因，总之，我听到一个阿拉伯人朝她大声叫喊（这时很多阿拉伯士兵加入塔利班组织，并居住在喀布尔）。几名士兵拿着一根橡胶鞭，把女孩按倒在地，抽打她的双腿，女孩疼得号啕大哭。我不忍看，转过脸去，咬紧了嘴唇，都咬出血来了。这样的不公平令我义愤填膺，而我却无能为力。

“恶习与美德部”的汽车声我永远都忘不了。这种车往往是海拉克斯牌的皮卡，走街串巷，上面载着读《古兰经》的祈祷人，通过扩音器大声宣传。一听到这种车子的声音，在户外的女人们马上找地方躲起来。即使是最微小的错误或者一丝的不端行为，只要被塔利班发现，你就会遭到毒打。有时候，他们甚至就看着你，然后无缘无故用鞭子打你。有一天，我看见一个女孩子被打，她的母亲和姐姐见状就扑了上去，试图保护她。塔利班就把三个人按在一起打。这真是疯狂至极的一幕。

那天我们一行四人外出：我嫂子、我未婚夫、他的姐姐和我。幸运的是塔利班分子没理睬我们。我们买了婚戒，至少也得有个能从中获取一点儿小小的快乐回忆的物件吧。我敢说，哈米德透过蒙面长袍的网眼一定看到我开心的笑容，当时他正为婚戒付钱。由于婚礼活动管得甚严，集市上大多数的服装店都没进新货，东西少得可怜，我只好用心慢慢寻找。我一直想拥有一件蓬袖礼服，可如今裸露手臂也被禁止了。

在婚礼上，阿富汗的新娘通常先后换三四次礼服，每次的颜色均有不同，代表的意义也不一样。在“海娜之夜”[①]，我选的礼服是浅绿色的。在“尼卡”[②]环节，也就是仪式的第一部分，新娘常常穿深绿色的衣服，但我想与众不同，所以就选了粉红色。这是一种带有玫瑰色的粉红，它代表的是一种欢乐的色彩，在塔利班的灰色统治里抗争出一丝亮丽，光看着这粉红色的礼服就让我精神振奋。“尼卡”环节之后新娘再换一次礼服，进入接待晚会环节。通常在这个环节里，新娘穿的婚纱是白色的连衣裙和面纱，与西方国家新娘的穿着类似。

---

① “海娜之夜”：Henna Night，是指结婚前夕举行的仪式。——译者注

② “尼卡”：Nikah，即伊斯兰教的结婚仪式。——译者注

如果是在正常时期，我的婚礼场面可以按照传统想办多大就多大。不但亲戚、朋友，还有政治上的同盟、支持者、巴达赫尚省的老乡都会受到邀请。在我们的文化里，尤其是像我们这样的政治之家，婚礼兼具大型社交功能。可是，由于眼下婚礼宴会厅关门了，我们没地方举办大型宴会。再说，战争时期，我们的经济条件也大打折扣，我怀疑是否还能办得起那么大的婚礼。即便如此，我家还是邀请了 1000 人来参加我的婚礼，到后来，真正到场的来宾接近 1500 人。

阿富汗的婚礼一般也遵循严格的隔离制度。女人和孩子在一侧，男子在另一侧。如果在一个婚礼宴会厅里举行，这就意味着要么给男性女性各自单独一个房间，要么就在大厅中央用大窗帘布隔开。我们的解决办法是将婚礼放在两栋房子举行：一栋是我哥哥的房子，另一栋是邻居家的。婚礼前夕，我们举办了传统的海娜仪式。按规矩，新娘的双手要涂上海娜墨水，我们是去美容店做这件事的。本来我很喜欢去这种美容店，但在这样的特殊时期我真提不起一点儿兴致。这场婚礼，无论是礼服的质量还是我的发型，都不是我自己的选择，也不是我所期望的。我已经尽了力，但在内心里总觉得很粗糙，顶多算凑合。

海娜仪式持续了大半个晚上。通常这一仪式在婚礼前几天举行，以便新娘有几天的休息时间来准备婚礼，我们没得选择，只好在婚礼前夕举行。几个女子围成一圈，击着“戴拉”（一种类似鼓的乐器），唱着歌。到了第二天早上，我已经累得没有一点儿力气。但说实话，即使“海娜之夜”提前一个星期举行，我在婚礼前夕也一定彻夜难眠。

我的婚礼既甜蜜又痛苦。母亲已经归西，健在的姐姐们分散在全国各地，不能前来参加婚礼。曾经刚生下我来就想让我死掉的母亲，这么多年来干得那么辛苦为的就是我能有个好归宿，在病榻上，趁弥留之际给我挑个好丈夫的母亲，竟然不能参加我的婚礼。准备婚礼的时候，没有她在场握着我的手，对我说鼓励的话语，真的比走在滚烫的钉板上还令人心痛。

早上六点，发型师用卷发器给我卷发。她嘴里不停地发出啧啧的叹息，说我面色很憔悴，应该多睡一会儿。坐在椅子上我都快睡着了，一直睡到十点半，然后才开始化妆。发型师看到我这副模样，依旧用啧啧声对我表示同情。照了镜子之后我才意识到她说的一点儿没错，我确实很难看，黑眼圈，满脸痘痘。还有一件令我异常失望的事就是，我本来打算偷偷地用录像机或者让专业的摄影师将婚礼全程拍摄下来，虽然塔利班禁止人们录像，但一些录像从业人员愿意冒险，只是服务价格比以往贵两倍，因为他们要承担很大的风险。可是，我哥哥不允许我这么做。他的一些老朋友在政府部门地位卑微，他就怕这些人会向塔利班当局告发我。所以，我的婚礼没留下任何形式的纪念，只有几张朋友们用自己的照相机偷偷拍的粗粒快照相。

婚礼上的很多人我不认识。来宾中很多是我哥哥的朋友或者他们的妻子，还有他的同事。我开始有点儿生气，心想，他们是不是为了吃免费大餐而来呢？很显然，他们不是真正为了向我道喜而来的。

婚礼中的宗教仪式部分是由一位毛拉主持的。哈米德、我，还有两位证婚人被带到一个单独的房间。那天，也就是在那个时候，我第一次哭了起来，当然那绝不是最后一次。结果可想而知，我所化的妆——那天唯一令我看起来显得迷人一些的东西，开始顺着脸颊滑落。我忘情地抹了抹眼睛，自然而然地把睫毛膏抹到了粉红色的礼服上来。幸运的是，仪式结束之后，我就换上了白色长袍。在花边袖子和长长的网纱之下，我觉得自己稍微漂亮了些。

当晚迟些时候，按照传统，家中的长者，要么父亲要么兄长，要拿一些布，包一些糖和布料，绑到新娘的一只手腕上，这象征着新娘将被送往新郎的家。这是一个感人的场面。米尔沙卡伊拿着饰带往我手腕上绑糖果的时候，我又哭了，他竟然也跟着哭了起来。于是，我们兄妹俩就相拥而泣。我们哭并不是出于仪式的需要，而是为那么多理应在场却不能在场的人而哭：母亲、穆基姆、父亲。我们为大家庭失去的一切——失去的身份和地位，失去的家园和生活方式而哭泣。在这短短的几分钟私人时间里，兄长和我相拥，默默哭泣，深深体会到失落的苦楚，继续前行的喜乐，生活变故的苦痛。到了后来，他止住了哭泣，说了一句“来，法齐娅宝贝”，然后摸了摸我的鼻尖，微笑着将我领出房间。

亲爱的舒拉和莎哈扎德：

你们的父亲是我此生最爱。对我这个“可怜的女孩”来说，他不仅仅只是般配，和他结婚确实是我最大的幸福。

婚姻是女人一生中极为重要的一部分，但我也清醒地意识到婚姻不该阻止女人去实现梦想。恰恰相反，她的梦想也应该成为她丈夫的梦想，而她丈夫的梦想也应该是她的梦想。作为新人，他们应该风雨相依，打造一个属于他们的世界，一个专属于他们的世界。

有时候，我渴望看到你们结婚，但是，另一些时候，我又不希望这样，因为，真到了那么一天，你们就不再是我的小女儿了，而是真正成了女人。我不希望那一天这么快就到来。

当然，我希望你们有一天能找到真爱。爱是生命中极其重要的一部分，但并非人人都这么想，许多人认为责任、尊重、宗教信仰和纪律相较于爱情更为重要。

而我认为，这些事情并非不能相容。爱情可以和责任并存。因为责任，爱情常青，因为尊重，爱情永恒。

挚爱你们的妈妈

准备迎接新生活

1997 年

婚礼当天标志着我的人生从此开始了新的篇章，我将为人妻，但我万万没想到这注定是一个短暂而悲惨的段落。

我丈夫住在马克洛里安第四街区一间三卧室房子里，房子简朴、结实、功能丰富。他确实花了一番心思（我怀疑他的姐妹们一定帮过忙），把我们的卧室打扮得漂漂亮亮，购置了粉红色窗帘，粉红色枕套，就连床头的粉红色花瓶里也添置了几朵粉红色丝绸花。每一个摆设都很到位，只是一切看起来是如此的……粉红。第一次看到房间的布置，我几乎忍不住要咯咯发笑了。到了新婚之夜，我已经整整 24 小时没合眼。真是谢天谢地，经过一整天忙碌，我丈夫也筋疲力尽，并没有向我提出性要求。我们一躺下就呼呼大睡。

第二天早上，我先醒过来。有那么一刻，我感到一阵恐慌。睁开眼睛，我看到了粉红色的窗帘，外面是朦胧的日光。在陌生的床上，我身边躺着的竟然是一个男人。就在那一刹，我在想自己究竟身在何方，但很快就想起来了。我嫁给了哈米德，嫁给了躺在我身边安然入睡的这个男人。他轻轻地打鼾，我忘情地看着他，微笑着，伸手去抚摸他的脸颊。这是我身为人妻之后的第一天的开始。

哈米德的姐姐和她的两个孩子也跟我们一起住，她刚刚守寡，没地方可去。我却为有这么个女人在身边而觉得安慰，她曾经当过老师，聪明优秀、精神饱满。我们相处也很融洽，终于我也过上了较为惬意的日子了。哈米德温和善良，跟我一直以来对他的印象完全吻合。我们很享受朝夕相处的日子，整天有说有笑，筹划着美好的未来。自从七岁刚开始上学的那天我曾经开心过之后，再也没像现在如此开心了。生活终于朝着我理想的方向前进。

婚礼之后的一个星期，我们又举行了一个所谓的塔哈特加米仪式。新娘新郎坐在装饰品、鲜花和彩带之下，喜迎客人。来宾过来道贺，奉上礼物。孩童时代，我姐姐和母亲常常哄我说，在塔哈特加米仪式上，我将收到很多很多的礼物，或许还会收到一辆车，一间乡村别墅，甚至一吨黄金。然而，在塔利班时代，生活不能太张扬。朋友和亲戚来了，也带来了他们的礼物：一块桌布，几个新碟子，50 美元。

等送走了最后一名客人，哈米德马上去他的办公室做事了。他的姐姐和我正要沏茶，突然听到有人敲门。我的大姑姐打开门，迎进来几个留着胡子的男人，缠着黑色头巾。原来，毛拉奥马尔，也就是当时的塔利班头领，听说我哥哥米尔沙卡伊回到了喀布尔，就签署了一张逮捕证。他们搜捕了他三天三夜，我哥哥已经躲了起来。亲戚们没有告诉我是因为他们希望我安心度蜜月，不受惊扰。

而现在塔利班分子竟然找上门来了。他们冲进我的喜乐天堂，就像一群困兽，什么都没问，径直走向我的卧室，而我还坐在花环之下，穿着华丽的服饰，化了妆。看到他们恶狠狠地盯着我，我脸上的神采立即黯淡了下来。生命中实在有太多的麻烦，他们的到来意味着我快乐的生活马上接近尾声。他们大声叫嚷，要我们待在原地别动，然后直奔我卧室，开始了一番彻底搜查。他们一见到床单就撕，那可是我和哈米德刚刚开始新生活的地方啊。

这是对隐私、庄重和阿富汗文明的赤裸裸的侵犯，可这帮野蛮人才不管这些。他们搜遍床底，还翻箱倒柜，就这样一言不发地把房间翻了个底朝天，那脏兮兮的手把漂亮的家具糟蹋得面目全非。

见一无所获，这帮人便朝我大叫："米尔沙卡伊在哪儿？""警察局长在哪儿？"一边叫嚣一边在我眼前挥舞着逮捕令。当意识到他们要找的人是谁时，我胃里一阵难受。但我平静地告诉他们，我不知道。这时，他们已经差不多把我家搜遍了，知道我没有撒谎，接着我的心又提到了嗓子眼。哈米德，千万不要从办公室回来呀！我心里默默祈祷他不要在这个时候回家。再工作一会儿，千万不要在这个点回家啊！千万不要回来啊！

他们就这样走了，听到他们走了五段楼梯，到了大楼的门口，我的呼吸才不再那么紧张。他们每往下走一步，我的呼吸就轻松一些。还有四段，三段，两段。就在他们到了第一段的时候，我听到了开门声。我紧张得张大了嘴巴。千万不要！千万不要！千万不要是哈米德！要是晚几秒钟，他就能远离凶险了。但不巧的是，他进了屋子，高高兴兴地走过前门，手里提着巧克力礼盒，那是给我买的。就这样，哈米德遇上了这帮野蛮人。要是他在路上买些水果，跟邻居聊聊天，甚至弯腰系一下鞋带，都有可能避开这帮恶徒。

他们抓不着我哥哥，怒气无处发泄，就抓走了哈米德。他什么都没做，什么罪都没犯，但他们还是把他带走了。我尖叫着跑下楼。“我们结婚才七天，他什么都不知道。这是我丈夫的房子，我们新婚燕尔，是无辜的好市民，放过我们吧。”我哀求道。

他们只是再问了我一遍：“米尔沙卡伊在哪儿？”接着不由分说便给哈米德上了手铐。他几乎僵在了那里，一动不动，也说不出一句话来，只感到震惊，手里给我买的花也掉到了地上。几个邻居围过来看这场面，谁也没说一句话。我一把拿起蒙面长袍，跟了出去。哈米德心里明白，让我待在家里坐等消息我是怎么也不会答应的。

他们把哈米德带上一辆红色皮卡，将我推向一边。我想跟在哈米德身后，却遭到了他们的嘲笑。我拦下了一辆出租车，司机摇下车窗，说：“对不起，女士。对不起，姐妹。你有穆哈兰姆（男性亲属）同行吗？”我急促地说：“什么？你让我上车吧，我要跟着那辆车。”他摇了摇头：“你一定要有穆哈兰姆同行才可以，这位姐妹。这些该死的人，你一旦跟着他们，让他们发现车上只有你和我，我们俩都要被关进监狱。”他说完就开走了。

我目送着皮卡，见它渐渐远去，拐进了大街，沿着大路开走了。接着来了个左转弯，进入新城。我只希望它不要离开我的视线范围。于是，我又拦下另一辆出租车。这一次，还没等司机开口，我就抢先跟他说。我一开口就向他请求：“兄弟，亲爱的兄弟，帮我个忙。请你帮帮忙。他们带走了我丈夫，我要跟着他。我只有一个人，你能载我吗？”

他让我上车，他一边开，一边匆匆地说：“如果他们拦下我的车，你就说是我妹妹。我的名字是……我住在……”这个好心的司机与我素昧平生，却把最重要的个人信息告诉给我，以防万一我被盘问，好让我假装与他是兄妹关系。这样的事听上去荒唐，但这名司机的所作所为恰恰表明：无论当权者对普通的阿富汗人民实行怎样的压迫措施，阿富汗人的正直和善良却屹立不倒。

哈米德被带到情报机构办公室，地点位于市中心，靠近内政部。我记不得给了司机多少钱，但肯定是很多。他能冒着生命危险来帮助一个陌生女子，令我满心感激。我认为，多给他钱，他或许遇到同样的情况还会挺身而出，拔刀相助。

我来到了情报机构办公楼的大门口，他们不让我进去。这时我冒了个巨大的风险，向门口的塔利班分子撒了个谎。我就说，自己被塔利班分子逮捕了，他们命令我到这里来，但是我又不能跟车上的男人们一起进去。我还说，如果你们不放行，上头怪罪下来，谁都担当不起。于是，他们就让我进去了。

进了大门之后，我找到了监狱大楼。哈米德就站在那里，身边有两个塔利布[①]看着。我惊讶地发现，哈米德几乎没任何反应。前一秒钟，他还匆匆赶回家，手里拿着买给妻子的巧克力，下一秒就被逮捕了。我跑过去，一把抓住他的手。透过蒙面长袍的网眼，我盯着塔利布，说："看！看我的手！这是指甲花，新娘才有的。你们口口声声说信奉伊斯兰教，但你们的所作所为没有一样合乎一个穆斯林应有的标准。我们刚刚结婚，如果你把他关进监狱，我就再也没有穆哈兰姆了。我该怎么生活？我该怎么活下去？没有人跟我一起去买东西，没有人照顾我。我还是个年轻女子，除了丈夫，无亲无故啊！"

我以为自己的理论能够激起他们的怜悯之心，说不定还会让哈

① 塔利布：伊斯兰教学生。——译者注

米德回家。但是，这些人是根本不会被一个女人的请求所打动的。他们理都没理我，还带着哈米德去了另一扇门。我跟在身后，还紧紧抓住他的手，不依不饶地请求。等他们开了门，我的心立刻沉了下来，因为门后是成百上千的囚犯。一些囚犯戴着手铐，一些囚犯被捆绑，一些囚犯站着，所有人都被赶到发着恶臭的院子里，挤在一块儿。

其中一个塔利布抓着哈米德的手，我仍旧握着他的另一只。我们的新生活才刚刚开始，他们就要将他从我身边带走，拆散我们，我甚至担心他们不加审判就要对他执行死刑。既然不给任何理由就逮捕他，那么不加审判行刑也完全有可能。我依旧没有松手，并且再次请求说："我也要进去，我怎么能够独自离开呢，我是个女人，不能一个人在外面生活。你是个穆斯林，你怎么能这么做？"

塔利布用普什图语回答我，语气粗鲁，口音就像没受过教育的乡巴佬。"闭嘴，你这个女人，你讲得太多了。"说完用力推我。我一不留神，趔趄着栽倒在一个散发着臭味的小水坑里，当时我还穿着高跟鞋和礼服。在不到一个小时之前，我们还在迎接客人呢。哈米德转过头试图拉我起来，但塔利布推着他朝相反方向走去，进了一扇大门。就在我挣扎着站起来的那一刻，我瞥了他最后一眼。然后，大门就合上了。

哈米德进去之后，我就想到了哥哥，他才是塔利班要找的人。现在安全吗？他人在哪里？我身上没钱了，坐不起出租车，于是穿着高跟鞋在城中拼命地跑，跑向我哥哥家。他的妻子在家，她对我说，哥哥最近在亲戚家不停地换着住，连续三个晚上每天都换一次，以防被抓。此刻，他正躲在卡尔特瑟，一个在内战中饱尝战火之苦的喀布尔西部地区。既然我现在帮不了哈米德什么忙，那就帮帮我哥哥吧，于是我就去找我哥哥。

到了之后，没有跟亲戚行额手礼，我就粗鲁地直接闯进去，我要亲眼看到哥哥才放心。房主夫妇都是教师，丈夫是喀布尔大学经济学院的教授，妻子跟千千万万个阿富汗勇敢女人一样，不顾禁令，冒着巨大的危险在家里私设学校。

房间没有沙发，好多垫子靠墙一字排开。米尔沙卡伊躺在一个垫子上，面对着墙壁。看我来了，他的脸上突然警觉了起来。自从婚礼过后，他还是第一次见到我，那天他还抱着我默默哭泣呢，之后我就开始了新婚生活。此刻重逢，我们又哭得一塌糊涂。

我赶紧把哈米德被捕的经过一五一十地告诉他，还说此刻他们是如何在对他进行四处搜捕。这里对他不安全，因为他们会挨家挨户搜索我们所有的亲戚。坐出租车出逃也不安全，外面到处是塔利班的哨卡，如果拦下我们盘问，他们手里是有我哥哥的照片的，很快就能认出。于是我们走路出逃。我仍然穿着该死的高跟鞋，脚疼得要命。

那是我第一次穿着蒙面长袍走那么长的一段路。我向来就不擅长走路，穿上高跟鞋再加上心里一焦急就更是如此，人行道的每一块石头或者每一道缝隙都可能将我绊倒。

我们往城市的郊外走去。本来我们是没地方可去的，但是，真要去找个地方躲藏还是有的，虽然能选择的余地是那么有限。太中央的位置或者人多的地方都有哨卡，郊外我们能躲藏的地方也多，人却较少，所以我们才往那里去。一路上，我们一边走一边聊。哥哥问起哈米德的情况，问他符合不符合我的期望。我高兴地告诉哥哥说，哈米德确实很好，我没嫁错人。

我告诉哥哥说，哈米德跟我讨论了定居的计划，甚至还考虑要不要离开阿富汗。哈米德曾经建议到巴基斯坦定居，可我说，哥哥都在喀布尔，我不能离开。后来我们还讨论搬回巴达赫尚省的首府法扎巴德，也就是我最早开始上学的地方。巴达赫尚省没有被塔利班控制，我的姐姐们，哈米德的家人也都在那里，我们俩也都非常怀念那个地方，所以这也就成了我们的计划。我们打算搬到乡下，我可以教书，哈米德可以经营他的公司。

向哥哥讲述这些计划比脚跟上的水疱还要让我心痛，所有新婚之际的梦想和计划此刻都已经付诸东流。漫无目的地走了四个小时之后，我们叫了一辆出租车。我记得哈米德有一个亲戚，当时跟她一个儿子住。虽然不知道确切的地址，但应该就在马克洛里安街区，也就是在我和哈米德的住所附近。前往那个亲戚家的途中，我们经过了一个哨卡。坐在车上，我们提心吊胆，生怕他们摇下窗户查看我哥哥。但那天真是幸运，哨兵没往车内看就示意我们开走。

我哥哥见过哈米德的这个亲戚，当时来我家提亲她也在。我哥哥还说，她化妆太浓，指甲太长。在他看来，这样的女人往往很懒，但现在只好去找她了。我问了问街坊，有人指给我们一套公寓。到了她家之后，我马上向她解释情况，问她能否留宿我哥哥一晚。她嘴里答应，心里却不甚高兴。可以想象，她很害怕。如果被发现留宿非血缘关系的男子，她就要被抓到“恶习与美德部”。让她陷入这样的为难境地我很难过，但别无选择。

我就在那里跟哥哥道别，然后走回家。到家后，我的双脚就像着了火，汗水模糊了双眼和双耳，头发似一块抹了油的垫子盖在头上。我一把甩掉蒙面长袍，跑向卧室，心里无比难受，悲痛地号啕大哭。

亲爱的舒拉和莎哈扎德：

痛失亲人对任何人来说都是最难忍受的痛苦之一。

但是，失去所爱的人是生活的一部分，是我们成长路上的一部分，没有人能够例外。或许，当你读到这封信的时候我已经遇害死去，你们已经失去了我。我们都知道这一天迟早会发生，我们还曾经讨论过这个话题，我也希望你们对这一必然性有所准备。

失去一个家庭，就像战争时期我们多次经历过的一样，是非常恐怖的一件事。对孩子来说，失去家庭是最痛苦的。但是，阿富汗成千上万的孩子就曾经饱尝这样的痛苦。你们有房子住，有火取暖，有柔软舒适的床可以睡，有台灯可以看书，有书桌可以做作业，所以不要忘了你们是多么幸运。我知道这虽然算不了什么，但并非所有的孩子都有这么好的条件。

对一个女人来说，或许最糟糕的莫过于迷失了自己。如果不能清楚地认识自己，没有任何梦想，那么这才是女人最大的损失。这本来不是无法避免的，而是那些阻止我们去追求梦想、去追求成功的人强加给我们的。我祈求上苍，你们千万不要失去梦想。

挚爱你们的妈妈

黑暗蔓延

1997 年

那一晚我几乎没睡，因为担惊受怕，脑子飞快地运转，拼命地在想到底谁能帮我出主意。早上，站在镜子前刷牙的时候，我突然想到了一个主意。

我记得有一个朋友曾跟我说，她曾经给一名塔利班官员的妻子教刺绣。我马上穿上蒙面长袍，朝那朋友家奔去。听完哈米德的遭遇之后，她眼睛瞪得大大的，又是震惊又是同情。成不成我们都没有把握，但她答应带我去官员的家中，给我引荐。

我们是走着去的，一度喧嚣的城市道路此刻竟出奇的安静。几辆汽车和出租车经过，总算让人看到了一丝生气。空荡荡的街边小摊和木板隔成的商店里，晨光照进去，可以清楚地看到尘土在飞扬。我看见一个面容沮丧的女人，塌着双肩，穿着蓝色蒙面长袍，我几乎认不出来那就是我自己。原来，我在一家空荡荡的照相馆的玻璃窗前看到了自己的影像。蒙面长袍几乎完全掩盖了我的样子，连我自己都认不出来了。

我被这样的陌生感吓了一大跳，于是就朝店内张望。照相馆早就废弃了，褪色的照片却还贴在墙壁上。在瀑布背景下，年轻男子摆出了宝莱坞演员般的姿势；婴儿们手中拿着升腾的气球，对着镜头咧嘴在笑，嘴里还没长牙，很显然镜头后面的父母正想尽办法逗他们笑；穿着花边衣服和及踝短袜的小女孩羞涩地笑着；穿着白色婚纱的新娘自豪地站在西装笔挺的丈夫身边。

看着这些照片，我心里在想，这些面带笑容的人身上发生了什么事？如今安在？自从塔利班上台执政以来，阿富汗的 1800 万人口有三分之一死于战乱，还有另外三分之一流亡海外，只有大约 600 万人口还留在本土。照片上的这些人还活着吗？照相馆的老板呢？所有的摄影活动均被塔利班勒令停止，既然这个生计没了，老板就只好关门，另谋生路了。或许他也可以违背塔利班的律法，偷偷地干着老本行；或许他入狱了，和哈米德关在一起。一想到素不相识的照相馆主人躺在牢房里的哈米德身旁，我回过神来。朋友轻轻碰了碰我的手臂，于是我们接着赶路，一直来到一幢带大门的公寓大楼，也就是要找的那个塔利班官员的房子。门外有个小男孩在玩耍，煮羊肉散发的香味扑鼻而来。

塔利布男子和妻子在家。妻子有着一双碧眼，看上去似乎和她丈夫一样对我们的悲惨处境很同情。他们把我们迎进屋，给我们斟上热茶。男人很年轻，30 来岁的样子，他表示不一定能帮得了，但一定会尽量帮忙解决。一旦官员的办公室开门，他就会尽早去打听。我有点沮丧儿，但仍然心下感激。我惊讶地发现，一个塔利布，随便一个塔利布也都有可能表现出人道主义精神。他跟我素昧平生，但他居然打算帮我，本来他完全没必要这么做，他改变了我对许多塔利班分子的看法。那一刻，我意识到，虽然他的理想和政治观点不能和我一致，但并不等于他是个可怕的人。

许多阿富汗人和塔利班站在一道是因为属于共同的民族，拥有共同的文化，出于共同的地域和经济需要。当时如此，今天也还是这样。在一个没有工作可做的村子里，如果塔利班给人工资，那么一个穷苦人会怎么做？许多阿富汗人，尤其是南部的坎大哈和赫尔曼德等省份，倾向于接受伊斯兰文化中的强硬元素。这与我所信奉的观点相左，但是，我对许多不同的观点、民族、语言、文化怀有深刻的理解和尊敬，因为正是这些不同才构成阿富汗。在西方国家，真正知道阿富汗同时在用30多种语言的人不多。于我而言，正是这种多样性显示了我们的强大——至少在和平时期是如此。战争时期，民族的多样性却成了阿富汗最大的弱点，也是许多无谓的杀戮的根源。

离开塔利布的家时，他友好地送我们到公寓大楼门口，并再次表明他也没把握能帮上多大的忙。回家的路上，我已经做了最坏的打算——哈米德被处决或者被随便加个罪名，判处终身监禁。我不愿去想这件事，但知道必须面对很可能发生的坏情况。我尽量不去想哈米德双手被捆绑着拖到监狱的院子里，接受处决；我也不敢去想他躺在肮脏冰冷的牢房里，日渐憔悴，在饥寒交迫之下渐渐发疯。这些想法足以将我逼疯。

到家后我脑子里还全是这些恐怖的想法，突然，从浴室里走出一个熟悉的面孔。

竟然是哈米德，瘦削的脸颊上，水珠子泛着亮光，胡子上还挂着小水滴。

我以为自己在做梦，要不就是眼睛出问题了。

我丈夫站在门厅里，朝我微笑，好像这是再自然不过的事了。

他朝我走过来，叫我的名字，瘦弱的双腿蹒跚着。我跑过去，趁他没摔倒前给他一个紧紧的拥抱，他昔日的雄风在狱卒的暴力摧残下所剩无几。他的突然出现是我始料不及的，一时难以承受，所以，我们只是高兴地啜泣，心中的那块石头也终于落了地。哈米德，我的哈米德，我的爱人，终于回家了。

离他被拘捕不到 24 小时，但是，在毫无征兆的情况下，他们又把他给放了。我给哈米德煮了几个鸡蛋，泡了甜茶当早餐。吃完后他躺下来休息。心情上的大起大落让我筋疲力尽，可我却不能休息。既然哈米德回来了，他们肯定会想办法再去找我哥哥。我们得尽快找间房子供他藏匿，时间紧迫。

我想起了一个女人，她很坚强，曾经来听过我的英语课，就住在附近几个街区之外。她有一条腿不好使，走路不方便。自从丈夫死后，她就独自一人抚养两个女儿。她家不是政治家庭，跟千千万万个普通家庭一样，她们只不过是想在疯狂的喀布尔市苟延残喘。米尔沙卡伊住在她那里应该不会有人去找，所以我觉得她家对我哥哥来说最合适了，然后我们再想办法把他送到国外去。

我穿上蒙面长袍，跑到这位寡妇家去。房子很朴素，由于战争时期物资短缺，更是显得简陋。客厅地板上铺了几块磨旧的小地毯，屋内没什么值钱的东西，我猜测其他值钱的都已经拿去变卖了，用来换大米、油、煤气。女主人在客厅里蹒跚着走来走去，一边劝我坐下，一边命令大女儿给我泡茶。我直奔主题，说想让我哥哥在她家留宿一段时间，但是，如果被塔利班发现，对她来说有危险。她的语调马上显露出受了冒犯的意味，她并不是因为我来到她家，提出这样的请求而生气，而是以阿富汗独有的方式表明我根本没必要因为这样的小事而特意请求。我哥哥留下来当然没问题，这是问都不需要问的！

喝完茶我马上去叫米尔沙卡伊。我们收拾了几件衣服，多备了一些吃的。我知道，那女主人看我带了食物过去，也一定会生气，但不管怎么说，她收留我哥哥已经给她带来了很大的风险。多了一张嘴，就会给她本来拮据的生活增添更多压力。我陪着哥哥回到那寡妇的屋子，我必须这么做，不是因为我哥哥不认得路，而是让一个陌生男子单独去一个寡妇的家必定引起怀疑。一个男人和一个穿了蒙面长袍的女子前往就像是一次平常的社交走访；一个男人单独去，就像是在犯道德罪，必定引起邻居的闲言碎语，到时候塔利班必来无疑。

寡妇和她的家人对米尔沙卡伊很友善，我想他也能够稍微放松一会儿了。他在那里待了十天，这之后，我们断定事情已经平静下来了，他也可以出来到我家住，但让他和家人一起搬家还是太危险。和往常一样，塔利班还是不断地去骚扰我嫂子，常常不请自来，从来不会事先打招呼。他们常常用威胁的口吻对她说："你丈夫在哪儿？你最后跟他说话是什么时候？快告诉我们。"哥哥是个通缉犯，所以嫂子遭到他们的日夜监控。

后来，我嫂子实在怕得不行了，也过来跟我们一起住。

哈米德跟我结婚日子不长，本来应该好好享受新婚生活，但是，家里的事情那么多，我们几乎没多少时间可以安静地在一起。我想，在这个星球上，没有哪一对新婚夫妇不会不对步入婚姻生活的头几个月怀有美好的期盼吧，然而，无论对我自己还是对于千千万万个其他女人，成人世界的现实很快取代了少女时代期待的新婚欢乐。起初，我对一生中最幸福的时刻所遭遇的突然苦难愤愤不平，但这样的心情没过多久就被责任感取代。再者，我要帮的人是我哥哥，是我如此心爱的一个人。我深深记得，小时候他是多么疼爱我，他对我的整个人生的影响是多么的巨大。我为自己那些自私的想法感到愧疚，难道如今不该轮到我照顾他和他家人吗？换成是他，无论有多么危险、多么艰难，他一样会为我这么做的。

米尔沙卡伊下定决心逃离阿富汗，这是保障自身安全的唯一方法，尽管也意味着从此过上流亡国外的不稳定生活。接下来的三个月里，他不剃胡子，任其生长，长得又浓又黑。过不了多久我们几乎都认不出他来了，我们祈祷塔利班也认不出来。

我们的计划是坐出租车前往与巴基斯坦交界的最繁华的城镇多尔汗。小镇靠近著名的开伯尔山口，位于巴基斯坦的联邦直辖部落地区边上。联邦直辖部落地区由部落长老统治，伊斯兰堡政府方面几乎没有实际控制权。阿富汗和巴基斯坦的这一边境地带从来没有获得阿富汗方面的正式认可，是众所周知的杜兰德线。即使在今天也是巴基斯坦和阿富汗两国政府紧张关系的最大源头。阿富汗拒不承认这条线，美国和其他反恐的北约国家声称这条边境线是基地武装组织的老巢，巴基斯坦否认这一点，但是在控制该地区的宗教极端主义方面几乎无所作为。

当地的宗教礼法相当严格。美国的轰炸机曾经对该地区狂轰滥炸，地面部队也来搜捕本·拉登及其支持者，但村民就是拒不透露他们的行踪，任凭轰炸像暴雨一样落到屋顶。置身该地区你就会感觉仿佛回到了五百年前，明白了这一点你才能够理解这个地方。如果不明白这一点，那么你就会像那些政府和国外势力一样，都将以失败告终。

与今天不同的是，1997 年，当我们计划哥哥的逃亡时，阿富汗人无须签证即可越过边境十字路口进入巴基斯坦。卡车、商贩和旅行者源源不断地前往多尔汗，我哥哥希望趁着这样的嘈杂来个浑水摸鱼，偷偷地溜过边界。

米尔沙卡伊安排了一辆出租车，让司机第二天早上来接人。我四处奔走，为他的逃亡做准备——购买途中所需的食物，诸如几个圆盘烤饼和水煮鸡蛋，他的妻子为他收拾行李。就在这时，突然响起了敲门声。我还没来得及细想就把门打开，以为司机到了。然而，站在门厅里的是两个黑乎乎的裹着头巾的塔利班分子。他们径直闯入公寓，手里挥舞着枪。所有人都站着一动不动，没来得及做出反应，也没地方躲藏。大家面面相觑，心想：这下完了，我们被抓了。

两个塔利班分子一把抓住我哥哥，强行将其按倒在地，面露得意的神色。两人都才 20 出头的模样，其中大一点儿的那个抬起膝盖用力撞了一下我哥哥的腰部，疼得他大声直叫。另一个也丝毫不掩饰鄙夷的神情，抓住哈米德的脖子，用力将其往客厅地板上撞，好像他就是个布娃娃。他们一边嘲笑嫂子和我，一边将我们的丈夫推出客厅，带上皮卡。就在他们离去的时候，我哥哥大声对我说，不要跟着他们，好好待在家里。即使在如此绝望的情况下，他仍然不愿放下男人的尊严让一个女人到监狱去营救。

到了警局之后，我哥哥劝服一个警卫，让他捎一张字条到家里。字条上说让我们去找他的一个老同事，他现在为塔利班政府效劳。当年他曾做到将军的位置，如今是一名塔利班高级军事顾问。

我哥哥希望这个老同事能够托关系将他和哈米德救出。字条上还给出了一个地址，是机场附近的一栋住宅。

这将是又一次漫长而残酷的等待，我一度没有了一丝力气，在床上躺了整整两天，在挫败感和恐惧的双重打击下，几乎陷入崩溃。哈米德又被带走了，只是，这一次，留下的不是我一个人，还有我们未出世的孩子。

三天前，我得知自己怀孕了。和许多初孕的年轻妈妈一样，好几个早晨我都有恶心和呕吐，这才知道自己怀上了。哈米德和我当然是喜出望外。但是，这样的兴奋很快就被生活中的动乱浇灭了，或许没有什么比在战争时期怀孕更令人揪心的了。战争年代，生存本身就是一场战争，只有最坚强的人才能幸存。把一个无助的婴儿生下来，带到这样的“地狱”里合适吗？或许真的不合适。

但我也明白，无论是枪林还是弹雨，生活总归要继续。在某种程度上，无论环境有多艰难，庆祝新生命的强烈愿望永远是人之所以为人的一种本质特征。是的，我害怕过，可我认为，生个小宝宝便多了一分积极的力量，也多了个关注对象，这样也很好。

高兴归高兴，但话又说回来，战争时期怀孕保胎谈何容易。阿富汗是世界上产妇死亡率和婴儿死亡率最高的国家，医疗资源匮乏，再加上文化保守，大家都不愿意公开谈论妇科和儿科医疗，导致医生非常难找，而仅有的几个医生往往又没受过多少正规训练。一般家庭不愿意给妇女找医生，除非实在是别无他法，或者是不医治必死无疑了。但每每这个时候，无论是救母亲还是救孩子，都为时已晚。当一名医生，在这样的条件下工作真的需要高超的技术、坚韧的耐心和伟大的献身精神。在以前，阿富汗最好的医生都是女医生。我敢肯定，无论在哪里，当遇到需要亲密接触才能治疗的健康问题时，女性在接受同性医生的治疗时总会更自在些。好长一段时间我都想成为一名医生，加入她们的行列。

但是，塔利班禁止妇女从医，这条法令给阿富汗医疗队伍以致命的打击。接着，还出台了一条又残忍又变态的规定，男医生不准给女病人看病。男医生甚至不能给患普通感冒的女病人开阿司匹林。结果呢？在塔利班的统治之下，成千上万的妇女死于流感、细菌感染、血液中毒、发烧、骨折、怀孕，而这些病本来完全可以得到医治。她们的死纯粹是因为统治这个国家的残酷男人认为她们的命与苍蝇一样低贱。这些口口声声称自己是真主之子的人竟然对真主最伟大的创造之一——女人，丝毫没有怜悯之心。

我晨吐得厉害，还不仅限于每天早上的那几个小时。现在我可以自我解嘲了，但是，那个时候，想憋住呕吐，避免弄脏蒙面长袍的面纱可真不是说笑的。我想，没有哪个母亲需要像我一样，不得不拿起头巾，把头向前倾，对着两腿之间的空地，抑制住本能，以免吐到膝盖上。

我几乎吃什么吐什么，这真是个大麻烦，尤其是我拿到哥哥的字条的那一天。拿到之后我按照上面的说明立刻动身去找他老同事的家。我哥哥知道，找这个老同事帮忙肯定要费很大的劲儿，但再怎么费劲也得一试。

一进入屋子我就感到浑身不自在，但当我把目光投向阴暗处，我心里仍然涌起无限的感激之情。尽管大多数阿富汗人十分贫穷，但他们依然很自豪。他们为自己的家庭自豪，无论这个家有多简陋，他们总会给客人沏茶、端食物、拿糖果。或许正因为如此我才被客厅里的可怕景象震呆了。客厅地板污秽不堪，显然好久没有打扫清洗了。我真想把地毯拿到屋外，好好掸一下灰尘。墙壁也好久没擦拭了，我也很想把窗户打开，让光线照进来，让新鲜空气透进来，驱散满屋子的发霉气味。

迎接我的是女主人。这时我才发现，她是个很淳朴的妇女，应该从来没受过什么教育，她迎接客人的方式、走路的仪态都显得相当拘谨笨拙。环顾一下房间，我看到她有一排的孩子，脸上脏兮兮的，还有大家庭里的其他成员，一个比一个肮脏。于是，我明白房间里的气味是怎么来的了。

我找不到一处干净的地方，只好在一处略微不那么脏的地方蹲下来，心里恶心得不得了。尽管我已经在屋内了，而且还打算耐心等待好长时间，但我不打算把蒙面长袍脱掉。我渐渐地习惯了怎么对付塔利班了，第一条原则就是有耐心。我被告知，20 分钟后可以见我哥哥的老同事了，但我心想，如果有必要，就算等上一天也不要紧。这时我已经不再那么担心哈米德了，如今回过头来想想觉得当时的自己真是奇怪。哈米德有我哥哥在牢中和他做伴儿，这于我是一个很大的安慰，他们俩一定能够从彼此身上获得慰藉，无论敌人对他们施加怎样的折磨。

我坐下来等着，无聊地看着女主人将其中一个儿子那又黑又绿的鼻涕拭去。我想跟她寒暄，但不是很顺利。我突然发现，在一间脏兮兮的屋子里，等待一个脏兮兮的男人，是很难做到文明的。而就是这么个脏兮兮的男人竟然是政府的国防顾问，就连自己的家都这么污秽，老婆和孩子无人照料，你还能指望这样的官员治理出怎样的国家来？如果阿富汗都是这帮文盲执政，那还能有什么希望？

一想到这里，我不禁打了个冷战。我联想到，如果连塔利班的高级顾问家的客厅都如此破旧，那么塔利班的监狱要糟糕到何等程度？

后来，男主人终于出现了，跟其他人一样粗俗，一样的不修边幅，和我预料中的当权者大相径庭。我对他说，哈米德和我哥哥被关进监狱了。他听了，一点儿也没有觉得烦，还说他还牢牢记得我哥哥。他耐心地听我讲述事情的经过，并向我保证一定让他们得以释放。他说去打几个私人电话，让我先等着，然后就走开了。我又坐回到脏兮兮的地板上去，尽量调整心态去适应这肮脏的环境，然后耐心等待。房间里的臭味没有了，应该是我的鼻子习惯了的缘故吧。

过了好久，男主人终于再次出现，但带来的消息不是那么令人振奋。他叹了口气，看着脏兮兮的双手，告诉我说释放他们需要时间。他保证密切关注事态的进展，一有消息就跟我联络。从他的语气可以听出那不是百分之百的真诚，好像是一副迫不得已才出手相救的姿态，很明显他不会花大力气去做。我听了有点儿担心，垂头丧气地回了家。哈米德因为上次的监禁，身子才刚刚开始恢复，现在仍然很虚弱。这时的空气开始变得寒冷干燥起来，时值深秋，冬雪在城市远处的山上降落。很快，喀布尔也将被积雪覆盖，气温会降低至零下 15 摄氏度。我能想象得到，哈米德和我哥哥在冰冷的监狱院子里互相依偎着取暖，身上穿的还是被捕时的衣服。没有暖和的夹克，没有马甲，没有羊毛袜子。一想到哈米德的脚指头冻得发紫我就紧紧咬住嘴唇，竭力忍住了泪水。我不知道丈夫孱弱的身子还能撑多久，他的脑袋是智慧和力量的堡垒，无论受到怎样的折磨都能够默默忍受，但是，每一个人都有生理上的临界点。夜间，在凛冽的寒风中，连呼吸一下都会很痛。我知道，哈米德的临界点快要到了。

第二天早上，我还是老样子——弯着腰，站在厕所旁，拼命狂吐。但这天的晨吐多了个理由。前一天晚上下过雪，就在从卧室匆匆跑到浴室的途中，我看到，窗外的屋顶覆盖了一层白皑皑的雪毯。哈米德和我哥哥整夜都站在雪地里吗？监狱的院子里会不会多了两具尸体，被一层冰紧紧地冻在一起？

我穿上衣服，赶紧朝我哥哥的老同事家跑去，这次叫上了哈米德的姐姐赫蒂彻。冰雪覆盖的街道已然成了溜冰场，表面坚固，实则薄脆，一路上我们走得跌跌撞撞。蒙面长袍给我增加了层保暖衣物，但同时也使我看不清路面，降低了灵活性，我的脚伸向哪里就朝哪里走去，一只手臂伸出来保持平衡，另一只放在腰间保护还未出生的宝宝，以便跌倒时有个保护。

到了我哥哥的老同事家，我发现有什么东西变了。臭气还在，只是这次有人在用力地打扫房间，孩子们的脸上留下用布擦过的污痕，但没擦干净。男主人也变了，他热情地朝我微笑，露出一排黑黑的牙齿。

“我想让你教我孩子英语。”他说。他这话不像是命令，倒更像是个请求，一个我无法拒绝的请求。“当然可以，”我马上答应了下来，“或许他们来我家更好。那里有地方供他们玩耍，而且我教的效果也会好一些。”

谢天谢地，听了这话之后他似乎很高兴。除非迫不得已，不然我真的不愿在那样的房子里多待一秒钟。我要取悦他，让他保持高兴，我自己内心也受到了鼓舞——如果我能多教育一些这样的孩子，让他们走出如此肮脏破旧的墙壁之外，那么，我们的国家或许还有希望。我不知道自己今天会遇到什么，明天又能遭遇什么，也不确定能否守信教他们，但这件事让我发现，这些孩子，包括所有的孩子都是有价值的。只要接受适当的教育，得到良好的帮助，任何孩子长大之后都有可能改变一个国家的命运。

离开我哥哥老同事的家时，我渐渐乐观了起来。尽管他几乎没提到我日夜想要拯救的人，但是，他让我教孩子们英语，以及我所看到的房子内所发生的变化都是令人振奋的迹象。这些事情都表明他打算帮助我们。

那天晚上，有人用拳头用力地捶我的房门，我小心谨慎地打开一点点。一只毛茸茸的手用力地推了进来，碰到我的额头。我向后退缩了几步，浓浓的眉毛下面，两只黑色的眼睛牢牢地盯着我看。那人的头上还缠了黑色头巾，但我一点儿都不害怕。事实上我几乎没去看那个塔利布的脸，因为在他身旁站着哈米德和米尔沙卡伊。那个塔利布用力地将两人往门厅内推，就像一个被宠坏的孩子很不情愿拿自己的玩具跟人分享。他嘴里嘟囔着，说了一些威胁的话，其实根本没用，因为还没等说完我就当着他的面砰的一声关上了门，接着马上投入哈米德的怀抱。我嫂子兴奋地从客厅里尖叫着跑出来，也朝自己的丈夫扑了过去。我哥哥的老同事果真说到做到。

我们一刻也不敢耽搁，马上安排一辆出租车，让它第二天一早来接我们。我们计划前往巴基斯坦，虽然哈米德和我哥哥获得了释放，但是，塔利班一个心血来潮，随时有可能重新将他们俩抓回去。我们再也冒不起这个险。

第二天，哈米德，我，我哥哥，嫂子，以及他们的婴儿挤进了等候我们的出租车。哈米德坐在后座靠边位置，我穿了蒙面长袍挤在他身旁，我哥哥夹在中间，他妻子坐在另一侧靠窗位置，这样做的目的是为了不让人认出我哥哥来。一个世交好友坐在前排乘客的位置。那人也是个退休的将军，普什图人，主动提出帮我们一把。万一我们路上遇到麻烦，他的将军身份或许可以派上用场。即使将军身份帮不了忙，那么他的普什图人身份对于我们经过塔利班的哨卡乃至越过边境都会有一定的分量，因为，大多数塔利班是普什图人。他愿意陪我们一程纯属慷慨义举，每当想到这么多年来，那么多朋友和邻居不惜冒着丢掉性命的危险帮助我们，我觉得真是有点儿不可思议。这也是为什么如今我从来不会向寻求我帮助的人关上大门的原因之一。伊斯兰信条教导我，别人对我们所行的每一个善举，我们都应该向他人做一件善事作为回报。

聊天中，司机的语调有点儿紧张，但他一直向我们保证出租车坚实牢靠，我不是很相信。这次米尔沙卡伊坚持要我们和他一起前往巴基斯坦，我答应了。经过这几个星期以来的高度紧张生活，我觉得真应该离开这个国度，即使只离开一个星期也好。再者，哈米德也可以趁此机会好好治疗一下。第二次入狱，他的身体又虚弱了许多，我几乎是看着他在我眼前孱弱下去的。我依然深受晨吐的折磨，途中，我带了碗，放在蒙面长袍底下，随时防备吐出来。这是一次痛苦的旅行。车上很挤，极为不舒服，还要提心吊胆，就怕在塔利班的哨卡口被拦下。可是，那名将军镇定自若，每次见到持枪的哨兵都能来几句逗笑的寒暄。大多数的塔利布一听到普什图口音的母语，马上放松了警惕。将军天生一副威严相，引人尊敬，即使大呼小叫的年轻塔利布，见了他这样的老兵所独有的风范也会立刻蔫了下来。

“您请便，大叔。”每次听到这几个字，我都会松一口气。穿过多尔汗边境地带时我的情绪突然高涨了起来，进了巴基斯坦，整车人一下子就有说有笑了。你会深深体会到自由：令人提心吊胆的塔利班压迫没了，心头的重担也放下了。

那天下午四点钟，我们来到了巴基斯坦城市白沙瓦。我们在那里上了一辆夜间大巴，一直坐到历代君王之城——拉合尔。我们去了哥哥位于该市的房子，受到他的正室及其岳父岳母的热情接待，两位老人就住在那里。那一晚，我们喝着可口可乐，吃着查帕里卡巴，这是一种牛肉粉拌石榴和干椒粉的食物。那一顿饭可以和我吃过的任何美味相媲美，更何况那是好几个月来我第一次吃到的不受塔利班禁令约束的美味。

拉合尔真好。这是自结婚以来，我和哈米德第一次能够像正常的夫妻那样出去尽情地放松自己了。拉合尔的景色真美，到处是清真寺，座座都有几个世纪的历史，商店更是鳞次栉比。我和哈米德一连逛了好几个小时，饱览当地风光。在一个专门向妇女和家人开放的公园，我们还进行了一次野炊。为了娶我，哈米德努力争取了好几年，可是，婚后我们几乎从来还没有像现在这样悠闲地坐下来，慢慢品味共同呼吸相同空气的乐趣。

拉合尔干净、便利，与骚乱中的喀布尔完全不同。内战时期，喀布尔不知有多少建筑物轰然倒塌。拉合尔的历史建筑也让我赞叹不已。16~18 世纪，这个城市处于莫卧儿人的统治之下。莫卧儿时代正值印度伊斯兰王朝统治时期，那时的皇帝曾经控制了大部分亚洲次大陆。莫卧儿人以建筑出名，璀璨奇观的泰姬陵就是莫卧儿帝王沙·贾汗下令建造的。在拉合尔市，他们建造了许多著名的建筑，其中有很多后来成了这个城市的地标，包括气势恢宏的拉合尔城堡和夏利玛尔花园，这两处如今均被联合国教科文组织收入世界文化遗产名录。

这时，我已经怀孕三个月，依旧感觉不舒服。哈米德两番入狱，遭到塔利班的残酷对待，也十分脆弱。但是，拉合尔的宁静让我们短短几天之内在身心上得到恢复。用“宁静”来形容这个拥有500万人口的巴基斯坦城市或许不是十分恰当，但在我们经历了那么多风雨之后，彼时彼刻的感受实在是如此。

在拉合尔过上一个星期，我们就收到消息称阿富汗总统拉巴尼到了白沙瓦。他虽然遭到了塔利班的废黜，但我们和其他国家依旧视他为合法的领导人，拉巴尼的大使在联合国大会上仍然代表着阿富汗，只有沙特阿拉伯和巴基斯坦承认塔利班政府的合法地位。我哥哥曾经在拉巴尼政府的内政部任职，与他颇有交情，哥哥联系上了总统，总统马上邀请他和哈米德前往。于是两人前往觐见，并听取了他夺回国家政权的宏伟计划。

拉巴尼和我们一样，都来自巴达赫尚省。他是我父亲的朋友，偶尔也是竞争对手，我们对他无比尊敬。在20世纪五六十年代，他是反对阿富汗倾向苏联的主要力量。苏联入侵期间，他在巴基斯坦组织军事政治力量进行抵抗。

亲苏联分子失势之后，纳吉布拉也跟着垮台，拉巴尼通过选举当上了总统。但那个时候游击队政府派系斗争很厉害，这些势力挑起了拉巴尼和 马苏德一派与以杜斯塔姆将军和希克马蒂亚尔为首的另一派之间的争斗，最终导致了内战。

拉巴尼的营地里聚集了很多人，哈米德和米尔沙卡伊两人从他那里回来之后情绪高涨，他们坚信只有拉巴尼才能维持阿富汗政局稳定——尽管现实情况是，塔利班依然牢牢地掌权，就连拉巴尼自己也不敢想象夺回政权的那一天。他们的乐观精神感染了我，在拉合尔平静安全的环境里，我对阿富汗的前途又重新燃起信心的火焰。

因为想到拉巴尼能够重新执掌政权，哈米德和我几乎当场决定立即回到喀布尔。一来，我们刚刚获得了新希望；二来，哈米德守寡的姐姐以及她的孩子们都还留在喀布尔，所以，哈米德和我都很想回去照顾她。我哥哥认为回去太危险，决定留在巴基斯坦，往返于白沙瓦和拉合尔两处的住宅。离开哥哥嫂子真是不舍，因为我不知道何时才能与他们再见面，甚至不知道能不能再跟他们见面。但是，我现在是已婚少妇，我应该做的就是紧紧跟随我的丈夫。

很快就要进入深冬，天上的雪越下越大。在我们回喀布尔的途中，开伯尔山口已经白雪皑皑，天气显得分外寒冷干燥。或许那凹凸不平的岩石就像塔利班，刚下的雪就如阿富汗新的开端——将他们的冷酷无情永远雪藏。我真的希望如此。

哈米德和我越过边界，进入阿富汗境内，一路平安无事，很快就回到喀布尔的家中。离家一个星期，回到家，足以让我再次体会到在家的舒服。即使在塔利班的统治之下，我的拳拳爱国心也没动摇。这是我的喀布尔，是我的阿富汗。

斋月开始了，和所有穆斯林一样，我们也禁食，从日出一直到日落。黎明之前我们就起床，吃了点儿撒哈。撒哈是天亮之前吃的早餐，这一顿要维持一天，直到日落我们才可以再进食。通常我们吃得很早，吃完后再上床小睡一会儿，接下来就开始晨祷。

哈米德和我刚刚上床准备睡觉时，有人敲门，哈米德起来应门，我们都以为是邻居找我们帮忙或者别的。我听到了讲话声，接着便是哈米德回卧室的脚步声，只见他脸色刷白，好像很不舒服的样子。他向我要外套，说塔利布在门口等，车子就在门外。哈米德别无选择，只能跟着去。我真想冲出去，请求塔利布不要带走他，放过我们。我们回到喀布尔，为的就是能够平平淡淡地过着普通人的生活，可现在他们又要把他带走。

哈米德处变不惊，淡定地命令我回到卧室去。我穿的是睡袍，不方便向那些陌生人请求，即使在凌晨五点这样的时候站在自己家的门阶上也不行。我搞不清楚他们为什么要抓走哈米德，他并没受到任何指控。来的几个人只是说需要他走一趟，他就只好跟着走了。听到门砰的一声关上了，我随后就倒在枕头上啜泣，一边捂着鼓鼓的肚子，一边在想接下来该怎么办。

我认识一个从巴达赫尚省来的人，他正给塔利班效力。在一本旧笔记本里我找到了这人的地址，他在普勒恰尔希监狱工作。这是一座建于 20 世纪 70 年代的监狱，在苏联入侵时期，曾因折磨囚犯手段之残忍而臭名昭著。我不知道哈米德被那些人带到哪里去了，只知道能够帮我们的人越来越少。你只能叫别人帮你一次，多了，对他们自己也危险，所以再去找以前帮忙过的任何一个人都是不可能的了。

我与这个巴达赫尚人不怎么熟，可我希望他能看在老乡的分儿上，看在我父亲的面子上，接受我的请求。第二天一大早，醒来之后，我立刻穿上蒙面长袍，冒着寒冷的晨风，去找他了。

普勒恰尔希监狱在喀布尔郊外十公里远的地方，我是走着去的。一路上，城市渐渐隐去，接着是一座座的村庄，再后来连村庄都没了，只有几间稀稀落落的泥土房，走到最后，公路也变成了灰尘满天飞的小道。女人真不该单独来这种地方，尤其是在当前这样的环境下。小道不知通向哪里，走着走着，监狱突然从地上冒了出来。卫兵的刺刀和高墙上密布的铁丝网在阳光下闪闪发亮，粗糙的泥浆墙面透露着中世纪的建筑风格，上面的瞭望塔阴森恐怖。这是个令人毛骨悚然的地方，被称为阿富汗的阿尔卡特拉兹①，囚犯想逃跑是万万不可能的。我走进门卫室，向他们解释了情况，请求跟巴达赫尚来的那个工作人员见一面。一个警卫进去问了，回来后只说了一个词："不行。"

"巴达赫尚省怎么会有你这样的人？"我让警卫将这话转达给他听。难道他就不能发发慈悲让一个妻子去问问她失踪的丈夫的去向吗？

我希望这样的激将法能够刺激那个老乡采取某些行动。我是个新婚的穆斯林妻子，从传统文化上讲，不应该独守空房，无人照料。警卫听了似乎觉得羞愧，答应向上司传达我的信息，但那个所谓的老乡还是拒不见我。我能猜出几种原因，其中一种一定是我当着他手下的面指责他，让他受到了羞辱。最后，我被告知几天后再过来。

我只好走路回家，又饥又渴，肚子里的胎儿很不安心地乱动，

① 阿尔卡特拉兹：又称"恶魔岛"，美国圣弗兰西斯科湾的小岛，1934~1963 年为一座联邦监狱所在地。——译者注

对于丈夫的下落我一时没有任何头绪。

中午时分，我万分沮丧地到了家。哈米德一位年长的亲戚刚刚去世，我和小姑子按理应当去参加葬礼以表示慰问。我实在不愿意去，但是，家庭的责任和名誉容不得我不去。那天的葬礼情况我已经忘得差不多了，脑子里全是对哈米德的担心，根本容不下其他。正当我心事重重地在一块地毯上坐下来时，一位长者走了过来。原来，虽然哈米德被捕才几天，但消息已经传开了。老人乌黑的眼睛里流露着同情，他一说话，灰色的长胡须也动了起来，他悄悄地对我说知道哈米德在哪里。据他的一名亲戚称（老人没说亲戚是谁，也没提他怎么知道这个消息的），哈米德被关押在情报三处，这是所有情报机构中最为危险的一个。这个部门的工作就是找出政治上的异己，然后将其清除。我开始为哈米德的处境担忧，不过至少知道他在哪儿了。

每天我都到情报处办公室，每天都被冷嘲热讽的警卫挡了回来，就这样持续了一个星期。到了第七天，我终于获允入内探望丈夫。他身子本来就瘦弱，这下更是瘦骨嶙峋，背也弯了。整天遭到狱卒的毒打，疼得他直不起腰来。发黑的面容在苍白肤色的衬托下越发明显，眼窝凹陷，颧骨凸出。

我们在一张粗糙的木桌边坐了下来，低声聊了一会儿。我多么渴望能抱一抱他，但是，塔利班的监狱不是卿卿我我之地，即使夫妻之间也不行。他跟我说，塔利班让他整夜站在雪地里，在白天不停地拷问他，鞭打他。他们问："你为什么去看拉巴尼？你们那次会面的目的是什么？你跟拉巴尼什么关系？"

保卫拉巴尼总统的是来自巴基斯坦三军情报局的特工，长期以来就有人怀疑许多特工与塔利班串通一气，果不其然，巴基斯坦特工很显然向塔利班透露了拉巴尼会见的人，包括哈米德，当然也很可能包括我哥哥。

离开监狱的时候，一名年长的塔利布过来问我：“如果我们释放你丈夫，你愿意出多少钱？2500美金？5000美金？”

很明显，他们已经得知哈米德不是名政治犯。他们整日整夜地拷问他，而他却什么都不说，因为他根本什么都不知道，但对他的羁押也许能给他们带来创收的机会。如果有钱我真的想给他们，但我实在没有。我们没那么富有，至少在金钱方面我们实实在在是贫穷的。即使能够通过我哥哥从巴基斯坦汇钱过来也不大现实，塔利班已经破坏了银行系统，汇款或者筹借出大笔现金已经不可能了。我付不起赎人费，这也是令我愧疚一辈子的痛。

遭受那么多的虐待之后，哈米德病得更加厉害了。他被饿得半死，冻得要命，冷气进入肺部，越来越严重，加上日渐衰退的免疫力，与患重病的囚犯密切接触，没地方洗澡，他最后不幸患上了肺结核。

我拟了一封信，准备递给情报处的执行委员会，恳求他们释放哈米德。在信中，我写道，哈米德是无辜的，他现在身患传染疾病，对其他囚犯的健康构成很大威胁。我亲自将信送至一名狱吏的办公室。他不是个塔利布，而是个戴眼镜的普通工作人员，仿佛对新上司的许多做法困惑不解。从他的年龄判断，我猜测应该先后效劳过三代主子——苏联人、游击队和如今的塔利班。

等他从我手中接过信件，我马上讲起哈米德的故事，讲到他的疾病和我们的婚姻。我想博取他的同情，以期他能尽快将信交给委员会。我站在隔板的另一侧，身上穿了蒙面长袍，看着他透过厚厚的镜片读着那封信。读完了，他问：“妹子，这封信谁给你写的？”

“我自己，”我回答说，“我曾经是名医学系毕业生。我只想将生病的丈夫从监狱里救出来。”

“你丈夫真幸运，有个这么爱他的妻子，还受过良好的教育。但是，妹子，如果他们将我关了起来怎么办？谁来救我呢？我的妻子目不识丁，谁来给我写陈情信呢？”

说完，他发出一声长长的奇怪的叹息，然后把信压到一沓信件底下。毫无疑问，那些信件也是其他救人心切的囚犯们的亲人写的。“请回吧，妹子。我不敢保证，但我会尽自己最大的努力将信交给执行委员会的。”

我的泪水夺眶而出，离开了他的办公室。哈米德的性命和自由就全靠那上百封信件之下的那一封了。我知道，戴眼镜的狱吏转交这封信的可能性相当渺茫。

我冒着雪走路回家，爬楼梯的时候，我感觉到，没有丈夫的家就像我那空空如也的胃。脚一迈进公寓，哈米德的姐姐赫蒂彻马上跑过来，问我有没有哈米德获释的消息。我没能给她一个满意的答案，只得朝卧室走去，往床上躺下来，强忍住泪水。打了好几个瞌睡之后，我睡着了。过了几个小时，我被毛拉喊“一福塔”（开斋后的晚餐）的声音吵醒。

我饥肠辘辘，便起床到另一个房间去，以为赫蒂彻和孩子们已经在那里吃上了，却发现她跟我一样没精神，睡过头了。没一个人做饭，我心里一阵愧疚。这是哈米德的家，我是他妻子，他不在，家里的大小事务就该由我来操持。再说，毕竟是因为我家人的缘故才导致他入狱。于是，我出去买了些大米、肉，拿回来准备煮着吃。赫蒂彻来到厨房，说我有孕在身，不要忙活了，应该好好休息才是。她从我手中拿走菜刀，切起了洋葱。我陪着她，默默地准备饭菜。那是一个寒冷的冬夜，喀布尔的雪下得很大，城市在恐惧和百无聊赖中出奇的死寂。

我噙着泪水，转身对赫蒂彻说："对不起，亲爱的，我所做的一切都是在给你们家添麻烦。真希望哈米德没有娶我，要不然他也不会这么痛苦。"

她放下刀，拭去因洋葱刺激而流出的泪水，然后抓住我的手说："好啦，法齐娅，他是个坚强的男子汉，监狱生活只会让他的性格越来越坚强。你不要难过，应该为他感到骄傲才是。他是一名政治犯，不是一名刑事罪犯。"

这是我们第一次谈到哈米德入狱的原因，我惊讶地发现，面对当时的环境赫蒂彻竟然能如此平静，丝毫不慌乱。她本来完全可以对我和我的家人怀恨在心，可是她没有。她一直是我崇拜的一个女人，那么坚强、聪明、理智。我被她的话语深深地感动，说不出话来，于是继续搅拌着米罐子，以眼神默默地表达我对她的感激之情。

她抱了抱我，然后劝我到餐厅找颗枣子或者水果开斋，说我应该把胎儿的健康放在第一位。

我来到了餐厅，独自一个人坐了下来，童年的记忆霎时间浮现在了脑海中。长期没去回忆，那童年的一幕幕此刻在我忧郁的情绪中渐渐清晰。我想到了父亲还健在时，在呼利大宅开斋的日子，那几天，我们会拿一块桌布大小的传统小方布铺到房间正中央的地板上。

小方布是当地农村妇女一针一线精心编织的，上面染了红色和橙色，鲜艳活泼，相当漂亮，这些自然色都采自山上的植物。我们还会在小方布的四周摆上床垫和小垫子，大家盘腿坐在垫子上吃东西。

小方布上堆满了营养美味的开斋食品，像蔬菜馅薄脆饼、洋葱酸奶肉馅包、葡萄干扁豆萝卜什锦饭。我的姐姐们都会去帮忙做这顿饭，往往在斋戒结束之前几分钟就准备妥当，等着饿得发昏的大家庭成员下楼来吃。

父亲要么出差在外，要么就是在会见客人。除了他之外，所有的家人都坐下来聚在一起——他所有的妻子，孩子。我们坐着吃，有说有笑。那时我还很小，可我真的非常喜欢这样的团聚时刻。每每这样的场合，大家都很放松，聊着当天发生的琐事。每当想到战前幸福美满的大家庭生活，我的心就像在滴血。我是多么想念母亲、兄弟姐妹们呀！真想回到彼时彼地，再做一回天真无邪的乡村儿童，无忧无虑，整天只想着偷偷拿几颗巧克力或者一些调料放到一双木鞋里。

赫蒂彻端上来一份热气腾腾的烩肉饭，打断了我的思绪。我朝她感激地笑了笑。有了她，我才意识到自己并不是一个人在战斗——现在，哈米德的家人也就是我的家人了。这时，赫蒂彻的孩子们也跑进来和我们一起吃饭。看着大家吃得那么开心，我的心里也亮堂了许多。

每天我都会去探望哈米德，但并非每天都能见到他。每次见面，他都会露出勇敢的神情，装作受到良好对待的样子。他不想让我担心，可是我发现，他的手开始不由自主地抖动，日渐瘦削的脸上还多了许多瘀青。我也假装相信，尽量表现得像个尽责的妻子，因为我知道，如果拿瘀青反问他，只会令他更难受。他在怀孕的年轻妻子面前掩饰狱中所受的折磨有助于强化他坚忍的力量，因此，我们就抓住短短的几分钟宝贵时间，聊日常家庭琐事，就像当天他刚参加商务会议回来或者刚逛过菜市场，或者其他平淡无奇的场合，总之都是再寻常不过的家常事。能这么做对我们来说轻松多了——就像怪异、恐怖、不正常的事都没发生过。有些人会说，拒绝承认现实是不对的，或许是吧，但是，当你处于汹涌澎湃的绝望之海，拒绝承认现实就成了你的救命木筏。

我决定再次试着去劝说那个在普勒恰尔希监狱工作的巴达赫尚省老乡。经过一番漫长的跋涉，我终于抵达那里。这一次，我舒了一口气，因为他邀请我进入办公室。我告诉他，哈米德没有犯任何政治罪，却受尽了折磨，如果再不释放就要活活被折磨死。尽管我费尽了唇舌，可依旧无济于事，他说，他什么忙都帮不上。我急得哭了。他见了，发出一声长叹，接着很不情愿地答应我说，他会试着向看守哈米德监狱的狱吏说情。

星期五的下午，我通常可以见到哈米德。那天，赫蒂彻穿上了蓝色羽毛球状蒙面长袍，我罩上了阿拉伯风格的遮蔽面纱，一同向监狱走去。

我们在门口等候，警卫进去叫哈米德。他进去后，门没有关，我刚好看到了里面的大楼。这时，我看到了另一个警卫，20岁都还不到的模样，正在里面洗手洗脚，显然是在斋戒沐浴，为伊斯兰祷告仪式做准备。进去的那个警卫走上前去禀报，他则用普什图语反问："什么？"

进去的警卫说："哈米德的妻子来了。"

那男子放下水壶，朝我们走来。我立刻转过身，他们没发现我刚才在看他们。还有几个人从我们身边走过，我听到他们说的是乌尔都语，也就是巴基斯坦使用最广泛的语言。他们不是囚犯，我推测应该是支持塔利班的巴基斯坦人，在这个监狱工作的。我握紧赫蒂彻的手，希望这个年轻人能够过来对我们说，哈米德可以回家了。他径直朝我们走来，问："谁是哈米德的妻子？"我走上前去，用左手撩开面纱，回答说："我是。"

那人一言不发，弯下腰，捡起一块石头，朝我扔了过来。我一惊，赶忙往后退缩。"你这娘们，竟敢在你的巴达赫尚省老乡面前告我们的状？你以为你是谁？滚，赶紧离开这里，你这娘们。"足足好几秒，我震惊得动弹不得。我赶紧向他解释只想让我无辜的丈夫重获自由，但他仍然不由分说，捡起另一块石头扔了过来。石头没打中我，而且，就在他投掷石头的时候，我举起一只手做出保护性动作，没想到这么一来，倒让他瞥见了我的指甲油。

他嘲笑我，还往地上吐了口痰。"看看你的指甲！还说自己是穆斯林，手指涂得像个妓女。"

我一听，火冒三丈，涨红了脸。我真想说，你没资格对别人的妻子说三道四。我是个穆斯林，跟他一点儿关系都没有，所以他没权利对我评头论足。他才是个穆斯林坏蛋，我不是。

赫蒂彻看出了我的心思，赶紧上前制止了我。那人又捡起一块石头扔了过来。"滚开，你这臭娘们。"赫蒂彻抓住我，半走半跑地回到大门口。我眼看着到了安全范围，就故意大声对她说，好让他们都能听到。“这帮人不是穆斯林，他们连人都算不上。”那人又恶狠狠地扔了我一块石头，然后转身进去了，嘴里骂个不停。那些词那么难听，我从来没见哪个穆斯林用过。

就在这时，我突然意识到了这样一个恐怖的现实：我受到了极大的羞辱，而且我找那个巴达赫尚省老乡的负面影响很大，把情况弄得很糟糕，对哈米德更加不利了。

我浑身发抖，在面纱里面大哭，赫蒂彻也哭了。幸运的是，我们找到一辆出租车，司机不顾塔利班禁止搭载非血缘关系女乘客的规定，答应送我们回家。我知道自己的双腿已经不听使唤，由于愤怒、恐惧、羞辱，我已经战抖得厉害。一到家，我马上就倒在床上号啕大哭。

那一晚，我和赫蒂彻一致决定，近期还是不去看哈米德比较好。我们都担心，去见他反而会害了他，他们会打他打得更厉害。狱卒已经断定哈米德的妻子是个蛮横的妓女，不但抗议丈夫被监禁，而且手上还涂了指甲油。我恨死了巴达赫尚省来的那个老乡，甚至怀疑他非但没有帮我们，还有可能故意给我们制造麻烦。事实上，我连情况都没有跟他说，只说了哈米德的病情和他的无辜。

那一夜，我对哈米德获释的最后一丝希望也破灭了。

整整两个星期，我都不敢去看望哈米德，不想再次蒙受那些狱卒的攻击和羞辱，甚至还担心，即便他们允许我见丈夫，我也很可能会崩溃，甚至会当着他的面大哭一场。但是，第三个星期五，我实在忍受不住了。我要见他，还有一些重要事情要问他。身为已婚妇女，我需要他准许才能外出。我已经决定到巴基斯坦的哥哥那里生小孩，我不能让第一个孩子在喀布尔出生，原因是塔利班禁止所有的女医生从医，禁止男医生给女性治病。

赫蒂彻坚持要同我一起去探望哈米德。快到监狱大门口的时候我紧张得不得了，对于他们会不会让我进去，我并不抱乐观态度。我站在几步之外的位置，让赫蒂彻去问狱卒能不能见哈米德。狱卒进去了，出来时多了上次那个朝我扔石头的男子。我没作声，赫蒂彻也没说话，提防着随时都会有石头飞过来。他盯着我看，然后命令道："走近一些，娘们儿。"

我慢慢地朝前面挪动了一下，暗地里对自己说，如果他还敢朝我扔石头，我就回敬他。

"把你的左手给我看看。"他命令我说。我什么都没说，也没伸手给他看，反而将双手藏到了面纱底下。在我看来，那人粗鄙不堪，一点儿阿富汗式的礼貌和风度都没有。

看我藏起了手，他笑了，说："我跟你说，不要再涂指甲油。如果涂了，你就不是穆斯林。"

透过面纱，我瞪了他一眼。他竟然敢说我不是穆斯林，而他自己却要对别人妻子的化妆评头论足。"你为什么要涂指甲油呢？告诉我。"他接着质问道。

我镇静地回答说："我们结婚才四个月。新娘子第一年化妆，穿漂亮的衣服既是习惯也是传统文化。作为一名阿富汗人，你难道连这个道理都不懂吗？"

他发出一阵带着嘲讽的喉音，露出一排黄牙。"我明白了。你想让我放了你丈夫吗？"

我不知道说什么才好，心里猜测他只不过是想取笑我罢了。我回答说："他犯了什么罪？他什么罪都没有。"

狱吏耸了耸肩，说："你回去，带一个男性亲戚过来。带一个男的来，要有财产证明。如果这个男的愿意以他的财产担保你丈夫被释放后不会离开喀布尔，那我就放了他。"

我没再说一句话，马上转身跑出大门，能跑多快就跑多快，赫蒂彻跟在我后面。我们不知道他说的是不是真的，但无论如何都要试一试。我们俩站在街上，你看我，我看你。这是一个男人主宰的世界，是一个疯狂的世界。我们都不知道该找谁，也不知道下一步该怎么办。我的兄弟都已经离开了喀布尔，而哈米德的家人几乎全部住在巴达赫尚省。

就在这时我想起来一个开店的表哥，于是，我们俩就沿着街道跑过去找他。到了店门口，我们已经累得上气不接下气，却失望地发现店门紧闭。我们俩当时只顾着激动，却忘了那天是星期五，正是祷告和休息的日子。

我不想给狱吏改变主意的机会，更不想失去拯救哈米德的良机。我们跑回到监狱，那个狱吏正坐在椅子上晒太阳，看起来很放松的样子，我心里松了一口气。

我不敢走近他，怕再惹恼了他。赫蒂彻于是走了过去，把情况讲给他听。他站了起来，没讲一句话就到监狱里边去了，好几分钟都没出来，但我感觉就像过了好几个小时。最后他出来了，身边多了哈米德和另一个更年轻的狱卒。他说："哈米德可以跟你们回去，这个塔利布也跟着去。如果你们带一封邻居或者朋友的担保书回来，我就会放了他。"

他命令一名塔利班司机开一辆海拉克斯皮卡送我们，我们全部上了车。我心里怕再生什么变故，不敢多看哈米德一眼，但偷偷侧过脸瞥了他一眼，发现他脸色白如蜡纸，人几近崩溃。

随行的年轻塔利布告诉我们说，他来自瓦尔达克。这人看起来友善，但是很年轻，我怀疑他在监狱里没什么权力，也没多大影响力，更担心邻居没有人愿意帮忙，那样的话他就会直接把哈米德带回去。等车子抵达马克洛里安后，夜幕开始降临。赫蒂彻记得我们邻居中有一户人家拥有一间房子，她跟这户人家不熟，但没有选择，只能硬着头皮找他们担保试一试。她去找这户邻居，哈米德、我带着年轻的塔利布到楼上我们自己的公寓里等候。等待的滋味很不好受，哈米德此刻正坐在自己的客厅，可我却不能跟他讲话，还要担心他随时被带回监狱。

这时，我头上依旧戴着遮蔽面纱，可我注意到，那个年轻的塔利布盯着我的脸看，试图读出我的心思。我一惊，赶紧低下了头。我想，他应该看到了我的悲伤与恐惧。他的母语是普什图语，但这会儿却用不太熟练的达里语跟我们说话。他知道我和哈米德说的就是这种语言。只听他说："不要担心，大姐，我也刚结婚不久，才20天，我能理解你的痛苦。即使你找不到担保人，今晚我也会让哈米德留下，明天再过来拿担保书。"

他竟然冒着被责罚的危险主动帮助我们，这真是我想都没想到的，也是令我震惊的一个善举。哈米德和我为此对他感激不尽。

我们都静静地坐着，等待赫蒂彻回来。

不久，我听到了公寓走廊里有男子的声音，出门一看，竟然来了六个男邻居，他们朝我微笑，还说，很高兴看到哈米德获得释放。每一个人都劝我不必担心，他们会集体为哈米德担保。我真是感激得一句话都说不出来，唯有以哭答谢。他们进了房间，一一和哈米德相拥。两个有房产的邻居签署了担保书。担保书上说，哈米德是一名工程师，他不会离开喀布尔，一旦塔利班要求他前往内政部，他一概不能爽约。如果违反上述约定，他们两人就会失去财产。这对邻居们来说是个非常大的风险，而我也再一次感受到，即使在战争时期，还是有一些人对另一些人能够如此慷慨。

我拿出一条最近刚刚刺绣好的花边手绢递给年轻的塔利布，权作送给他妻子的一份小礼物。他真诚地向我表示感谢。我真想知道，像他这么亲切善良的小伙子是怎么加入到塔利班的队伍中去的，他是如此的与众不同。

好像过了好久好久，邻居们才渐渐散去，我终于得以和丈夫单独相处了。他看上去就像个幽灵，赫蒂彻和我想逗他微笑，给他讲笑话。他笑了，笑得喘不过气来，于是就咳嗽。这一阵咳嗽真剧烈啊，根本没有停下来的意思。赫蒂彻和我面色严峻，交换了一下眼色，便心领神会——哈米德染上了肺结核。咳嗽得这么厉害意味着情况可能会更糟糕。

亲爱的舒拉和莎哈扎德：

在生活中，你们常常会遇到信心和力量尽失的时候。每每这个时候，你们只想放弃，不愿面对这个世界。但是，我亲爱的女儿们，放弃不是我们家的人应有的作为。

和我刚结婚不久，你们的父亲就被捕了，当时我也想放弃。要不是我当时有孕在身，感觉到莎哈扎德在我肚子里踢来踢去，我或许真的放弃了。但是，我明白，即将生下一个新生命意味着我要更加努力地生活。我还想起了我的母亲，也就是你们的外祖母。想象一下，如果我父亲死后她放弃了我；如果她选择了一条轻松的道路，改嫁给一个不想要我们的男人，或者把我们交给孤儿院，或者干脆不理我们，那么结局会怎样？她不这么做是因为一个女人从来都不知道该怎么放弃。

请你们再想象一下吧：如果当中央政府命令你们的外祖父修建阿坦加通道，他选择了放弃，那又会是怎样的结局？你们只需想一想，有多少人会命丧山崖。正是因为他没有放弃这项工程，这么多年来，他拯救了不知多少人的性命。

感谢真主安拉，我身上流淌着他们两人的血液。正是因为他们，我也才能做到从不言放弃。

而你们——我亲爱的女儿们，也要继承这一优良的传统。如果将来有一天，当恐惧占据了你们的心，使你们失去了斗志，那么请你们记住以下几句话：放弃不是我们的所作所为。我们奋斗！我们幸存！我们永存！

挚爱你们的妈妈

重归故里

1998 年

在监禁的那几个星期里，哈米德被打昏，戴上手铐脚镣，在风霜雨雪中受罚好几天，他染上了一种致命的疾病。为什么要如此对待他？没人说得出理由。他什么罪都没有，而他们就是以什么都没有控告他。不幸的是，在塔利班时代，像哈米德这样的事情并非个案，不知还有多少人也像他一样在塔利班的监狱里遭受同样的折磨。

1998 年，春天伊始，天气一天天转暖，冬天下的大雪此时融化得很快，又出了太阳，真是件喜事。这样的天气对哈米德也大有裨益，虽然他仍然病得厉害，咳嗽个不停。

这时我怀孕已经 7 个月，胎儿很活跃，在里面又踢又扭的，就像是在锻炼身体，而哈米德整晚不停地咳嗽，一阵接一阵，我想睡个安稳觉都不行。

哈米德病得厉害，根本没法工作，医生开的药也不见效。尽管天气越来越暖，可是喀布尔仍然令人压抑。在首都，塔利班处于绝对的统治地位。住在这里，我们整天提心吊胆，担心他们随时出现在家门口，把哈米德带回监狱。这不是他们会不会再来的问题，而是什么时候来的问题。

狱中的生活对哈米德的健康影响如此之大，以至再羁押一次就无异于给他判死刑。我们认为不逃离塔利班的统治不行了，而逃往巴基斯坦并不是个好选择。自从巴基斯坦间谍将拉巴尼总统会见哈米德的事情通报给塔利班，他已经成了他们的目标，如果再回到巴基斯坦，他就很可能会被跟踪。

虽然我们向塔利班做过保证不离开喀布尔，但我们依旧决定逃往巴达赫尚省。曾经签署过担保书的好邻居也支持我们的决定，劝我们在还有机会逃的时候赶紧离开。

马苏德和拉巴尼总统的军队仍然在北部边远地带安营扎寨，与塔利班对抗。即使是强大的苏联军队也没能击败巴达赫尚省的游击队，因此我们认为那里才是真正能够远离塔利班的安全地带，但我们也明白这样的路途险象环生。

哈米德的医生给他开了6个月的药量，我们带上药就出发了。一路上我们走过崎岖的道路，尤其蜿蜒的山中险道，就算塔利班的危险忽略不计，这也将是一次艰难的旅行。哈米德重病缠身，我有孕在身，让我们的这次行程更加险峻。之所以非这么做不可是因为我们想孤注一掷，此外别无他法。这个曾经被我视作天堂的安全城市如今成了个监狱，被一帮残酷成性的狱卒主宰着。

为了这次出门，我收拾一些行李，大多是结婚时收到的礼品和家人留下的纪念物。我想在箱子底下藏一些母亲生前的珍贵照片以及被害的穆基姆的遗照，可转念一想，万一塔利班发现了这些照片，一定会破坏殆尽，我不敢冒这个险。

赫蒂彻决定和孩子们留在喀布尔。我再三请求她跟我们一起走，但她就是坚守自己的立场。我认为她忠于死去的丈夫，也就是哈米德的哥哥——她要留下来将孩子抚养成人。我们已经成了亲密的好朋友，真舍不得丢下她一人，但我尊重她的决定。

要是我觉得还有一丝塔利班不来骚扰的可能，我或许会留下。但是，哈米德和我的时间不多了，迟早某一刻，塔利班的某个长官复查他们羁押过的人员名单，只要有一丝的怀疑，他们很有可能再次派一些狂热的年轻人来拘捕哈米德。他们的态度应该就是，“他肯定犯了什么错。我们拘捕他，施加酷刑，他就什么都招了”。很显然，如果你折磨一个人时间够长，他就什么都招了。如果不招，按照塔利班的逻辑，这些所谓的罪犯一定是在保守某一个可怕的秘密。

普通人即使犯了芝麻大小的所谓的过错也要被囚禁，在狱中的时候，哈米德曾经和一些出租车司机交谈，他们都是因为载了没人陪伴的女乘客而被捕的。最具讽刺意味的是，尽管司机会被关进监狱，可女乘客因为“引诱”司机，情况会更糟糕。塔利班的规定以及行动常常跟手里有枪的人一样随心所欲，反复无常。这就造成了一种人人自危的局面，大家都认为还是待在家里比较安全，出门的话一不小心就违法了。

这样的局面既恐怖又叫人气愤——他们以为自己在统治国家，实际上呢？他们是在糟蹋我们的国家，而且，还给所有的行为披上伊斯兰教的外衣，为平息民愤发明了一个万能的工具。你不喜欢我们对待妇女的方式？那你就不是伊斯兰教徒；你想听音乐？那你就不是伊斯兰教徒；你不赞同我们的司法制度？那你就不是伊斯兰教徒；你说我们为了自己的目的曲解《古兰经》？那你就不是伊斯兰教徒。这些文盲总是从二维角度看世界，就像回到了中世纪，而他们也正准备把我们这个国家引导到中世纪去。正因为他们的所作所为深深伤透了我们的心，所以我们才要逃离喀布尔。

一天早晨，远处的山头刚刚亮，我们就走上街，悄悄离开了这座城市。出租车每颠一下，弹簧就发出吱的一声。我们计划先往东开，沿着喀布尔河走到苏罗比。塔利班的影响范围也就到喀布尔以北几百公里处为止，超出这一范围，塔利班就靠近不了了。想要到达马苏德的势力范围，我们还需要穿越火线。这条线必须不会让我们有丧命之险，还不能引起塔利班的注意，否则就要被他们当作间谍来看待。

苏罗比是一个山谷中的小镇，四面环湖。湖泊早在 20 世纪 50 年代就开始向首都陆陆续续供应电力。从喀布尔到这个小镇的路途并不遥远，开车才 27 公里。不过，由于山谷是内战的重灾区，道路凶险得可怕（即使最能吃苦的阿富汗旅行者也会有此感受），到处是凹坑和弹坑。这就意味着车子大多数时候是后车贴着前车屁股，以步行的速度前进。在石子路另一侧的地底下埋了一个个地雷，过去 20 年间，整个阿富汗地底下埋了 1000 多万个地雷。直到今天还有人被这一邪恶的武器炸死或是致残，而大多数受害者是儿童。

车子开不好或者开得太累的司机偶尔会偏离路中央，有时倒也能幸免于难，但大多数时候，车子往往被炸得粉碎，腾起一团灰云和烧得通红的金属片。最大的地雷是用于摧毁 60 吨重的坦克的，所以，开着一辆 900 千克的轿车驶过这样的地雷阵就像一朵蒲公英在一台开着的喷气式发动机前。最悲惨的要数卖力的公交车司机，为抄近路遇到这样的地雷。很不幸，司机在这种情况下往往是第一个被炸死的。爆炸中，车轮被炸飞，整个车头被炸毁。惊恐万状、魂飞魄散的幸存者也将面临两难抉择：爆炸的火焰越来越烈，到底是在滚烫的车子的残骸中死去呢，还是跳出毁坏的车窗，在地雷阵中赌运气。通常只有一个选择，而这样的生死赌注并非人人都能赢。

去往苏罗比需要经过首都之外灰尘满天飞的平原和巴格拉米空军基地。如今，巴格拉米依然是美国在阿富汗的主要军事基地，当年它就已经是一个巨大的军事设施，曾被苏联当作空军指挥中心。

广袤的峡谷风光很快变成了陡峭多岩的险山，路也在狭窄的峡谷中绕来绕去。到了苏罗比，我们的车子直接往北驶向塔哈布。这段路更糟糕，该地区在喀布尔东北方向，距离喀布尔市区不过150公里，但却是当时游击队和苏联红军战斗最激烈的地方。道路遭到游击队的狂轰滥炸，被炸毁了其中的一部分，以阻止苏联红军前进。到达塔哈布之后，我惊讶地发现，许多简陋泥土房如今已经成了废墟，而许多人就住在瓦砾堆里，只要还有一处没倒，人们就随便安一个家。

哈米德和我非常担忧，到目前为止，经过塔利班的哨卡还没遇到任何问题。我们的下一站只会更加艰难，塔哈布是塔利班在这片山区的前沿阵地，到处都是军事设施和弹药库，里面装满了供给坦克和卡车的燃油，步枪、火炮、迫击炮、火箭炮所需的弹药。面容疲惫、胡子拉碴的年轻士兵站着放哨，越接近哨卡，车子就越多，排成一支长长的队伍。哈米德和我绷紧了神经：逃亡能否成功就在这一站。我们担心哈米德的名字出现在塔利班的监控名单上，而他在这里被发现，也一定会被抓捕回去。

车队长龙渐渐往前爬行，我看见许多紧张的男人和穿着蒙面长袍的妻子被命令下车打开行李让哨兵检查。狂热的年轻士兵头缠黑色头巾，用步枪翻看箱子和行李包中的物件，将打包得整整齐齐的衣服和珍贵的个人物品抛在地上。有一个士兵突然像发现新大陆似的激动地叫了出来，手里高举着一卷录影带，俨然一副拿着战利品的姿态，因为录影带是违禁物品。一名女子朝盒式录影带扑过去，而那个塔利布则把它拿到一边。那女子穿着蒙面长袍，但可以看得出还很年轻，我猜她刚结婚不久。遭到这样的不公平待遇，她又生气又气馁，而同时她也担心，自己的抗议只会招来更严重的后果。她的丈夫站在身后几步开外的地方，嘴里咕哝着要她停下。他并没有上前阻止妻子，因为他知道她这样做完全符合情理，而他既不能反抗塔利布，也不能被人看到对自己的妻子无动于衷。

持枪的那个塔利布用力推了下女人的胸部，在她乳房的轮廓下停留许久，乳房在蒙面长袍底下若隐若现。她一下子怔住了，性骚扰让她怒不可遏，于是就朝那个塔利布冲撞过去。他淫笑着，又摸了她一下，还用肩膀去撞她的下巴，将她撞倒在地。她愣愣地躺了一会儿，接着膝盖触地，双手撑地，爬了起来，可那个塔利布却将录影带扔到她身前，用脚跟践踏，将其踩得粉碎。那女子没说一个字，只是抬起头，好看清他狰狞的面目。他弯下腰，朝她奸笑，又一把抓起散落的录影带，一边往后退，一边让塑料碎片从指间滑落，看她有什么反应。接着，他转过脸朝着一棵树，将剩下的录影带碎片扔到了树枝上，带子缠住了树枝。那女人头往前倒，啜泣个不停。这时，她丈夫过去，弯腰将她拉了起来。塔利布那双黑色的眼睛流露出得意的神色，很显然，他为自己所谓的道德胜利高兴不已。树枝上挂满了类似的带子，在午间的阳光下闪烁，这样的游戏他们肯定是经常玩的。

这时我也想起了留在家里的照片，暗自庆幸当初没带上。我赶忙开始从车上卸行李，哈米德悄悄问其他人哪里可以租到马匹和向导。我们计划穿过狭窄的山道，从西南方向前往贾布尔塞拉杰，这个地方还不在塔利班的统治之下。我们打算从西边兜个圈子，翻过群山，绕过火线。这样就不用直接往北，虽然那条路线最短，但也最危险。

我们担心塔利布会拿走护照，撕得粉碎。等轮到我们过哨卡，荷枪实弹的士兵并没有多加注意。他们的同伙跟那女子玩的“游戏”似乎使他们心情大好，匆匆检查完我们的行李之后，就给我们放行了。排在我们后面不远处的一个女人就没有那么幸运了，很显然，她来自北部省份，因为她缠的是白色头巾，典型的阿富汗北部地区风俗。塔利布就因为她的装扮，用棍子和鞭子狠狠抽打她。

我本来并不怎么想骑马，但目睹了这一幕之后，恨不得马上摆脱这些可恶的没有人性的家伙，尽快到达远处相对安全的山中。哈米德好不容易租了一匹马，我真担心怀孕七个月的自己还能否上得了马背，在哈米德的帮助和我强烈的逃生本能之下，我顺利地上去了。哈米德在一旁走着，快要甩掉塔利班了，可我感觉怪怪的，我的生活仿佛进入了一个奇怪的平行世界。哈米德和我这样的一对年轻夫妻就是我心目中未来的阿富汗的形象：受过良好教育的年轻妻子，胸怀大志，有一个同样受过良好教育的丈夫，温文尔雅、才华超群、柔情蜜意。而在现实中，我却穿着蒙面长袍，骑在马背，由留着长发、胡子拉碴的丈夫牵着马，带着我翻山越岭。这样的塔利班思想禁锢着我的祖国，仿佛要将其带回到中世纪。

但是，即便恐惧，我依然有着强烈的乐观精神。塔利班并不代表着我所了解和热爱的阿富汗人民的精神。他们已经偏离了正道，是一场疾病，经历了多年的战争和疾苦，这场病久久没能痊愈。翻过一座座山，蹚过一条条溪流，通过一条条窄道，我的压抑感渐渐退去。每小心翼翼地迈进一步，我仿佛就轻松了许多，最后，经过几个小时的跋涉，我们终于抵达北方盟军的前线。

到达之后，并没有什么隆重的欢迎仪式。到了便是到了，那地方是个小镇，人们像往常一样各忙各的。我们的向导仿佛转身对我们说："看，我们到了。"

我们又叫了一辆轿车，载我们去贾布尔塞拉杰。车子只开了几个小时后就到达了目的地，但真的就像进入了另一个世界，市场一片繁华，顾客摩肩接踵。女人来来往往，跟男人随意交谈，根本没有塔利班那一套严格的监督体系，餐馆里的顾客爆满。哈米德和我住进了一家宾馆，这在喀布尔是根本不可能的事，在这里却是再正常不过了。

站在宾馆的门厅里，我想起了去年发生的一系列大事。塔利班高压政策下的生活大大改变了我，直到现在我还不知道究竟是怎么改变的。我不再是以前的那个我，自信心消失得无影无踪，每天的担惊受怕耗尽了我的体力。我静静地站在那里，就像一个温顺的塔利班妻子，而在过去，我一定忙着登记入住，查看房间，确保行李工搬进了所有的行李包。现在的我很被动，只会等着丈夫安排好一切。想到自己竟然发生了这么大的变化，我真的很伤悲。很小的时候我就有很强的组织能力，这是母亲生前一谈起我的童年就赞不绝口的优点。塔利班将那么一个自信、有决心的女孩变成了一个弱小、冷漠、胆怯、疲惫的女人，一个生活在蒙面长袍底下，将自己隐藏的女人。

我竟然不敢上前跟宾馆老板讲话，而他正挥舞着双手欢迎我们入住。我对男人的态度也发生了转变，觉得他们残忍，不值得信任，只会伺机剥削、利用女人，而我发生这样的转变竟然是打着伊斯兰教的名义完成的——尽管这样的伊斯兰教不是我所认识的教派。对两性的这种看法源自我内心的恐惧和怀疑，而不是出于我一直以来所相信的尊重。

我母亲生活在一个更保守的年代，但是她却拥有自由和权利，到了我这个时代，这两样东西居然都被剥夺了，生活在塔利班铁蹄之下的千千万万其他妇女也被剥夺了。母亲想什么时候回去见家人就什么时候去，父亲不在家，她还承担起管理家庭事务的重任，负责将他的奶牛赶到高山上的牧场放牧。是的，父亲打过母亲，如今看来，这是不对的，但在那个时代却是农村文化中再正常不过的事，但除了这一点，我知道父亲是完全尊重她的。塔利班对女人也是很暴力，但根本没有尊重可言。

我们上楼到房间去。房间是典型的阿富汗客房：空间不大，地板上铺了垫子。我那天的心情有点儿怪，脱离塔利班魔掌之后的自由心情勾起了内心深处长久以来压抑的情绪。哈米德心情很好，像个小孩似的在小房间里蹦来蹦去。我本来还以为在监狱的时候，冰冷的寒夜里，他的稚气早就被榨干了呢。他的热情极具感染力，后来连我也都放松了起来。我摘掉蒙面长袍，扔到房间的角落，一起被抛掉的还有我的烦恼。看着皱巴巴、脏兮兮的蒙面长袍堆到一边，我真想跳上去，将其踩进地板里去。

“戴上围巾吧，亲爱的，”哈米德说，“我们出去走走。”

听到这话，我感到无比的陌生，就像是他在怂恿我顽皮捣蛋，仿佛我们是调皮的孩子，在策划某些被禁止做的事。

也正是在这时我感到一阵狂喜。我可以那么做，我真的可以戴着围巾出去，像一对正常夫妻那样上街。我只需遮住头发，不用遮住脸。因为怀孕，我的肚子很大了，但时至今日，我还记得那天我高兴得双脚几乎不着地，蹦蹦跳跳像个十几岁的少女。

拂面的微风有如自由之吻。围巾遮住了所有的头发，衣服也中规中矩，完全符合伊斯兰教规，但是，没有了蒙面长袍，我突然觉得自己就像赤身裸体，非常不自然。我开始反思塔利班对伊斯兰教义的戕害是多么严重，这些人以真主安拉的名义行事，但他们却没有真正尊重这位神。他们非但不遵循《古兰经》的圣训，还将自己凌驾于圣训之上，以为他们自己才是道德审判官，可以断定孰是孰非，什么可做，什么不可做。他们绑架了伊斯兰教，腐蚀了伊斯兰教义，使其沦为满足他们私欲的工具。

第二天上午，我们乘坐公交车前往波勒霍姆里，即巴格兰省的首府。阿富汗公交车上的秩序非常混乱，哈米德和我爬上车后，等待其他乘客向亲戚朋友做最后的告别，或是与司机理论，或是往本已装载过度的车顶塞一件行李。车外，有一名街头小贩在兜售当地奶酪特产，那也是许多阿富汗人最喜欢的野炊食品。和大多数孕妇一样，我也很喜欢吃这种奶酪，于是就让哈米德去买。他真是个好丈夫，爽快地答应了我的请求。等他买回来后，车子刚好启动。他气喘吁吁，手里拿着一小块白色奶酪。我尝了尝，味道很淡，有嚼劲，与莫泽雷勒干酪无异。但是，很有骑士风度的他匆匆忙忙冲出去给妻子买奶酪的时候，竟然忘了买葡萄干——通常，这种奶酪配上葡萄干才能带出味儿来。尽管我很感激他，但多少有些失望。车子快要开了，根本没时间回去再买。我正要决定将就着吃的时候，被车窗上的一阵敲打吓住了。我转过脸，以为这一定是塔利班来威胁乘客了。但是，出乎意料的是，我遇上了一双慈祥的眼睛，是那个卖奶酪的老人。

“给你，妹子，”说完他便递给我一个小塑料袋，“你丈夫忘了买葡萄干。”

换成是塔利班，我们早就被当成罪犯，而在这里，我们遇到的是客气、礼貌和尊重。这是人类最普通的一个善举，不多不少，但它就是令人出乎意料地感动，我的双眼不禁流出了眼泪。

经历了这件事，我心情也好了许多，欣赏起了沿途的风景。山峰开始褪去雪夹克，斜坡上新长出了草儿和花儿。此情此景，让我看到了阿富汗的希望。无论塔利班是多么冷酷无情，我坚信，总有一天，它也会像雪一样融化。

在波勒霍姆里，我们投宿哈米德姑妈家。姑妈姑父曾经来我家商谈哈米德跟我的婚事，我非常喜欢他们。当然，我也清醒地知道，做个他们心目中满意的媳妇不容易。邻居们都知道哈米德家给了我两万美元的彩礼，这可不是一笔小数目。他们一定很想见见我，看看我值不值这个价。于我，这是个很高的期望，毕竟，几个月来我承受了不知多少压力，又奔波了好几个星期，再过几个星期就要生孩子，我不禁觉得很难达到他们的期望。

哈米德的姑妈人很好，她完全理解我的感受，还准备让我好好沐浴。所谓的沐浴，就是将一桶水放到火上烧热，然后拿来洗澡。经历了一番舟车劳顿之后，你筋疲力尽，汗水灰尘满身，这时，你用搪瓷瓢从一个盛得满满的水桶内舀出一瓢瓢烧得热乎乎的雪水，淋到头上来，那种感觉和在五星级酒店做豪华水疗的享受没差别！

一瓢瓢的热水浇下来，冲走了我长期以来在塔利班统治之下的压力、焦虑和污秽。几天之前，刚离开喀布尔的时候，他们甚至把我看得连狗都不如。此刻，每一瓢水下来，我仿佛渐渐恢复了人性，也捡回了自我价值，现在我唯一担心的是邻居们怎么看我。细心敏感的我也发现，塔利班的高压统治反而让我内心坚强了许多，而这一点也是我刚刚才意识到的。我不再是之前那个年轻天真的新娘，而是经受过激进主义暴政的妻子、跋涉过千山万水的孕妇、充满理想和希望的女人，终于在脚下发现了成熟的土壤。

然而，当我一出来，看到他们脸上的那副神情就知道，他们觉得哈米德的那两万美元花得真不值。他们甚至懒得掩饰弯起的眉毛和撅起的嘴唇，我还能想象得到他们回到自己家之后会怎么说我。

只剩下我们俩的时候，哈米德笑了。他轻轻地吻了吻我的前额，叫我不要在意他们说什么想什么，我们拥有彼此，这才是最重要的。

休息一晚之后，我们接着赶路往北方走。到了塔拉坎，我们不得不租一辆吉普车，因为冬雪化水之后形成洪水，冲毁了我们的下一站必经之路——启山的部分道路。从那里开始，我们要改乘货车回到巴达赫尚省的首府法扎巴德，这不是我希望听到的消息。坐货车在阿富汗是最基本的交通方式，通常是库奇族人（阿富汗的一支游牧民族）的专利。我让哈米德去找轿车，找了好久也没找到。

看到货车之后我真的一点儿都不想上去。再怎么说，我也是出身高贵，受过教育的都市女性，而那货车通常是用来载山羊的。那一天，车上堆满了一袋袋的大米。如果坐这辆车逃离喀布尔，我是一百个愿意，但此刻我已逃离他们的魔掌，自信心也开始恢复了，真的放不下这个面子。哈米德给我下了最后通牒：这是最后一辆开往法扎巴德的车子，如果再不走，就要滞留在启山。我没得选择，只能放下自尊，上了车。蒙面长袍我也穿了，为的是保暖，还可以挡灰尘。尽管有了这个做掩护，在接下来的 4 个小时里，我还是把头低下来，靠近大腿，生怕遇到熟人，认出我。我偶尔抬头看看风景，可是搭乘山羊货车担心被人看到的羞愧心理始终挥之不去，所以又赶紧把头低下来。

路，陡峭崎岖得出奇。就在我们往最危险的一段路卡拉克马爬坡的时候，车子突然失去了动力，停了下来。由于在下坡路段刹车过于频繁，刹车片发热，失灵了。这时货车开始倒退，往身后的河流倒去，我不得不抬起头来观望，我们的车子越来越快地朝湍急的雪水洪流滑去。这时，我脑子里闪过一幅画面：冰冷的雪水浸透蒙面长袍，很快将我拽入急流，撞上岩石。

我吓得闭上了双眼，手指深深插入米袋，以求保护。货车的轮胎向后滑，想往前爬上光滑的石子路面，却怎么也抓不上力，车上的乘客和司机随着车子蹦跳摇晃，发出阵阵尖叫。突然，车子在离岸边几米远的地方停住了。我转过头去看哈米德，他的手被我攥得快要骨折了。我们相视而笑，终于舒了一口气。司机按下喇叭，仿佛是在庆祝，乘客们欢呼“荣耀归给真主”。从货车下来之后，我双膝发软，但高兴的是又可以走路了，经历了生死边缘之后，什么尴尬都被抛到了九霄云外。

刹车出问题，再加上天色也暗了下来，所以车子哪里都不去了。因为快到法扎巴德，我再也不想回到货车上去，而是沿着河边的石子路走来走去，尽情地欣赏着风景。我已经逃离了塔利班的统治，不再有遭鞭打的威胁，也不用担心哈米德遭到迫害，如果我愿意，也可以不用穿蒙面长袍。那一晚，我们就在货车上过夜。我也不再担心被熟人看到，明天就可以到达法扎巴德。我在故乡的夜空下安然睡着了。

亲爱的舒拉和莎哈扎德：

还是个农村小姑娘的时候，我很渴望能上学。那时我觉得自己脏兮兮的，不讲卫生。衣服也不多，脚上总是穿着惠灵顿长靴，围着的红色大围巾，老是拖在地上，鼻子里还挂着鼻涕。

现在，看到你们姐妹俩穿着漂亮衣服，梳着时髦发型，我真的很开心。你们是在首都喀布尔长大的，是地地道道的城市女孩。如果你们看到我像你们这么大的时候的样子，一定会吓一跳。

我知道，在我带你们回到巴达赫尚省住的那段日子里，你们觉得很难适应，因为村里的孩子们和你们大不相同。

但是，女儿们呀，我不想让你们成为势利小人，或者看不起别人的人。我们来自穷苦的乡下地方，比这些衣衫褴褛的孩子们好不到哪里去。万一哪天形势不好，你们俩都有可能回到那里过穷苦日子呢。

请记住，如果你们需要回家，你们的家乡将永远张开双臂，随时欢迎你们回去。

挚爱你们的妈妈

两个女儿诞生

1998~2001 年

哈米德和我很快在法扎巴德安顿下来。能和家人亲戚团聚，我无比兴奋。我同父异母的姐姐们，全部嫁给了当地人，都留在了本省，许多同父异母的兄弟也都留下来躲避战争。多少年没见面了，如今再次相逢，喜悦之情溢于言表。我的姐姐甚至都不知道我已经结婚怀孕了。

法扎巴德再次成了我的避难所，就像童年的时候一样。当时，为躲避游击队员，我也是到这里逃难。我几乎都快忘了这是个漂亮迷人的城市：海拔高，空气清新，一条碧绿的河流从城中横穿而过。这里还有古老的集市，商店里出售的商品应有尽有。

我们租了一套三居室的房子，哈米德可以继续开展金融业务，他还在大学里兼职。我也可以好好休整，等待生产。和许多初为人母的女人一样，我也很紧张，不知道生孩子的时候会怎么样，只知道很痛。法扎巴德的医院卫生条件很差劲，所以我宁愿在家里生，也不想躺在肮脏的公共病房里，病床外形怪怪的，铺的垫子薄如纸片。

我的第一个女儿于 1998 年 7 月 8 日出生。那天我应邀到哈米德的一个亲戚家吃午饭，到了那里后，整个人非常不舒服，食物碰都没碰。下午 3 点钟，我回到家，到了晚上 10 点，小天使就诞生了。

生产过程短暂而艰难。接生的是一个女性医生朋友，没有给我采取任何止疼措施。在我们的文化里，大家都希望女人生的第一个孩子是儿子，可我并不在意婴儿的性别，只要健康就好。婴儿生下来之后，先被送去洗身子，包上襁褓。没有人告诉我孩子的性别是男是女。

接着，哈米德被允许进入产房。在伊斯兰教社会里，男人通常不能出现在接生现场。他来到床边，抚摸着我的头发，擦去我前额的汗水，轻声说："是个女儿，我们有女儿啦。"他一点儿都不介意我没给他生个儿子。婴儿 4.5 公斤重，完全符合标准，我们两口子乐得合不拢嘴。女儿跟哈米德一样，长着乌黑浓密的头发。

出生后的几天里，我跟所有其他初为人母的女性一样，拼命学习如何母乳喂养，如何度过一个个疲劳的无眠夜晚。为此，我还真费了不少心思。看着她微小的体型，我恳切地祷告，希望她所生活的世界、生活的阿富汗能够越来越好，不要像其他女人一样遭人歧视和厌恶。将她抱在怀里，贴着乳房，我能感觉到她就是我的整个世界，在这个世界里，什么都不重要，唯有她。我自己的穿着，外表，微不足道的自私欲望都算不了什么了。

我要和家人理论，让他们尽快允许我给孩子母乳喂养。在巴达赫尚省，孩子出生后满三天才可以开始母乳喂养，因为有这么一种观念，认为在最初的几天里，母乳中含有一些对婴儿不好的成分。由于我在大学里学过医学，知道母乳喂养的好处，其实在最初的几个小时内，母乳里所含的初乳是婴儿的免疫系统不可或缺的物质。

刚生下来的几个小时里，如果没有食物，婴儿就会变得虚弱、畏寒。如果母亲不直接给孩子喂奶，母亲就会增加感染乳腺炎等疾病的风险，甚至导致她将来不能如期产奶。这种不立即喂奶的观念也是导致我们省份产妇死亡率和婴儿死亡率居高不下的另一个原因。

为了给婴儿喂奶，我要跟姐姐们讲道理。她们想竭力阻止我，大声警告我说，如果这么早喂奶，就是在害婴儿。我则向她们解释说，这是为了婴儿好，可她们就是听不进去，带着谴责的眼神看我，好像我是个坏母亲。在她们眼里，传统和她们听到的所谓经验远比她们的妹妹在大学里学到的知识重要。

但是，在其他方面我的姐姐们待我很好，要我保持暖和，裹好毯子（虽然那时正值 7 月，太阳炙热），还给我煮最好吃的饭菜，好让我尽快恢复体力，还不让我做家务。有了宝宝我当然很开心，可是一想到死去的母亲，我心里泛起一阵苦楚。多么希望她还健在，看到自己的外孙女出生啊。那样，她就会知道另一个我来到了这个世上，另一个坚强的有决心的女人出生了。

生完女儿后的第六天，哈米德和我举办一场大型聚会庆祝。我们邀请了镇上一半的人来，播放起音乐，还拍了录像，婚礼时不被允许做的事我们这会儿全补上了。在某种程度上，这次聚会就是我们的婚礼，这纯粹是为了庆祝我们夫妻俩的恩爱和小家伙的诞生。

我决定再去教书，于是发出了广告，自称是一名英语老师，然后在镇中心租了间房子做学校。不到一个月，我就招收了 300 名女学生，有年轻女孩，有医生，有大学生，还有老师。为了弥补自己的教师培训时间不长这一缺点，我特地从国外订购音频视频资料。这些东西在法扎巴德从来没被使用过，我的学校也因此赢得了现代、专业的美誉。真是不敢相信自己的运气：收入不错，月入 600 美元，干的还是自己喜欢的事业。我还把婴儿带到课堂上去，学生看了喜欢得不得了，有些还跟我成了亲密的朋友。这是我人生有史以来第一次经历的真正意义上的独立。

我依然每天穿着蒙面长袍，奇怪的是现在并不介意穿。巴达赫尚省没有塔利班的硬性规定，也没有法律强迫我一定要穿。然而，这里的大多数女人都穿，而且我的学生也穿。为了学校的名誉考虑，我决定还是穿，因为受人尊敬对我至关重要。我想，现在我不介意穿蒙面长袍，只是因为这是我自己的选择，而不是其他人强迫我穿的。

本来这样的幸福生活完美无缺，但丈夫的健康却成了唯一的瑕疵。他喜欢在大学里当老师，然而，他因此吸了太多的粉笔灰，还进入了肺部，他如今咳嗽得更加厉害了。

莎哈扎德六个月大的时候，我的生活又经历了一次意外的转变。那种似曾相识的恶心感又来了——我再次怀孕了。这真叫我措手不及，因为我并不想这么快再生一个。学校的事业蒸蒸日上，我有朋友有自己想要的生活，真的没想过在这个节骨眼上再生一个孩子。

哈米德允许我把孩子流产掉。流产是非法的（即使在今天的阿富汗依然如此），但是，那个时候，医院里的医生愿意给孕妇流产。于是，我就去找医生，见到了流产用的各种吸气式机器。我害怕机器会造成体内器官的伤害，医生就建议我注射流产。我不知道药物里面包含了什么成分，但还是同意他们用针头注入我的手臂。

可他们还没注射完我就慌了。我临时改变了主意，跳了起来，大声说："不，不，我不能这么做。我想把孩子生下来。"

我以为注射的药物已经发挥作用了，双手紧紧捂着肚子，对里面的胎儿讲话，希望她能活下来，向她道歉。正如当年的母亲一样，我也不想要孩子，但转眼间却希望不管以什么样的方式都要将她保住。

当时哈米德正在家跟我的姐姐们论战。她们一听我要去流产，十分震惊。她们大声叫嚷，说我们违背了真主的旨意，违背了伊斯兰教义。她们说得对。如今我回过头来看看，不得不承认自己也后悔最初的决定，虽然在当时的情况下，我真的没办法一下子应付两个孩子。而哈米德是理解我的，所以他体谅我的难处，也就义无反顾支持了我。

从医院回来，姐姐还在我家，跟哈米德讨论。看到我没有把孩子流产掉，她们喜出望外，但同时对我有流产的念头很反感，几乎看都不看我。哈米德把我拥在怀中，轻声安慰我说什么都不要紧。我不知道他的做法对不对，但如今，我也知道，我们走到那一步也不是因为我那未出生的孩子的错。我的责任是做好她的母亲。

舒拉如今早就知道了这件事的来龙去脉，我的姐姐在她 6 岁时就把整个经过都跟她说了，有时候她就拿这件事来戏弄我。如果我把她惹生气了，或是叫她打扫自己的房间，她就双手叉腰，大胆地看着我，眼里泛着调皮的神情，说："妈妈，你曾经想把我流产掉，对吧？"当然，她很清楚，这么一说我就会满心愧疚，而她也就不用去打扫房间了。

接下来我要做的就是保胎，只是这个过程很辛苦。给莎哈扎德哺乳，已经让我疲倦，此外，我还得站着讲课，从早上八点一直上到下午五点。再则，塔利班势力越来越强大，正朝我们逼来，他们已经控制了启山这一与巴达赫尚省接壤的边界线，所有人都担心他们很快攻到法扎巴德来。如果他们真的攻进来，哈米德和我就决定逃往山上去，一直退回到父亲的老家库夫区。

塔利班一度打到离我们只有 25 公里的地方。我站在校外，听到熟悉的重型炮火声，看到城中的男子爬上卡车，志愿与游击队并肩，对抗塔利班。游击队效忠的是拉巴尼政府，我也希望哈米德去，但并没有叫他去。他是个老师，不是战士——他甚至连枪怎么使用都不知道。再者，他身体很虚弱，没有抗敌之力。那天，许多年轻小伙子上了卡车，进入战场之后就再也没有回来，但他们总算把塔利班挡在法扎巴德之外，还成功地将其击退。

就在这个时候，舒拉来到了这个世界，我生她整整花了三天时间。我姐姐的一名女医生朋友在场，哈米德在门外等候。这一次他想要个男孩。我已经生了个女儿，所以这次真的应该给他生个男孩才是。他的家人，我的家人，我们的邻居，乃至我们的文化都希望我生个男孩。

但是我并没有如他们所愿。我的第二个女儿舒拉大声尖叫着来到了这个世界，她体型很小，脸色红扑扑的，体重才 2.5 公斤，轻得有点危险。看到她，我想到了自己刚生下来时人们对我的看法。我被人描述成跟老鼠一样丑，舒拉也好不到哪里去。她皮肤有皱褶，没有头发，脸色红红的，还哭叫个不停。但是，看着她，我的内心充满无限的爱。那种爱是如此强烈，甚至都要撑破胸膛了。她是我的女儿，差点儿就不能出生，差点儿就要被我杀死，然而此时此刻，她却活生生地来到这个世界，哭叫着，看上去就跟当年的我一模一样。

我欣喜异常，但哈米德却没有。这是在阿富汗，即便是最开明，思想最前卫的男人也不能不受上千年的传统文化影响。按照这个传统，我没有给他生下儿子是作为妻子的最大失败。这一次，各种闲言碎语和冷嘲热讽传到了他耳朵。我想，应该是某人跟他开玩笑，说那两万美元花得不值。或许这么多年来，他听到这样针对自己的玩笑太多了，已经深深伤到他的心。

整整过了9个小时他始终没有来房间看我。我靠在枕头上，抱着舒拉，一直在等他，就是想不明白他会去哪里。舒拉那么小，躺在襁褓中几乎看不见，我连抱都抱不好。

哈米德最终还是来了，那时舒拉正在我旁边的小摇篮里睡觉，他看都没看我。莎哈扎德生下来的时候，他激动得冲进房间，抚摸着我的头发和脸颊，还怀着强烈的好奇心看着孩子。这一次，他再也没有对我说一些甜言蜜语，也不再讲一些安慰的话。他生气的脸色说明了一切。他朝摇篮看去，最后总算朝熟睡的女儿挤出一丝微笑。舒拉是阿富汗另一个“可怜的女孩”。

接下来的几个星期，我发现自己很难原谅哈米德在舒拉出生的那天对我们母女俩的态度。我知道他只是装作跟其他阿富汗男人一样，但我内心还是不希望他真的表现出那副样子。一直以来他总是很支持我，还常常以勇敢直面闲言碎语和家族制为骄傲。或许我对他期望得太多，但不管怎样我还是感到失望至极。他的咳嗽吵得我和孩子整晚都不得入睡，于是我就带着女儿搬到了另一个房间，而这也标志着我们俩在肉体方面的关系基本上结束了。

生气归生气，但我心里也明白，哈米德仍然是个很了不起的慈祥的父亲。他深爱两个女儿，从来不掩饰自己对她们俩的喜爱之情。如果说他还因为我没有给他生儿子而生气，但他从来不会在女儿面前显露出来，至少在这点上我是诚心感激他的。

那时候，他几乎没精力教书了，他把每周的课时缩减到两节，剩下的时间他就待在家里照顾莎哈扎德。他给她唱歌、玩游戏、扮各种角色，还允许她把自己扮成一名新娘，让她在头发上放彩带。这些美好的回忆莎哈扎德至今还记得清清楚楚。

哈米德是我的一切，也是一个非常了不起的阿富汗男人。在许多方面，他都走在时代前列，我们是深深相爱之后才结婚的。但是，我猜测，随着多年的朝夕相处，加上监狱生活的磨难，疾病的折磨，我们似乎朝相反的方向越走越远。不经意的亲密、笑声、共处一室的欢乐、交换眼神时的默契等都渐渐消失了，我相信，这或许是全世界所有夫妻不得不面对的时间流逝所带来的残酷现实，无论他们是哪个国家的人，也无论他们是谁。我们忘记了应该花一点儿时间来倾听配偶的心声。一听到难听的话就不耐烦，就暴跳如雷，不再愿意像过去那样花心思了解对方。然后，突然有一天，当我们醒来发现，我们的亲密和爱情已荡然无存。

舒拉这时也有6个月大了，我真担心她活不下来。她那么小巧，那么脆弱，我真害怕给她洗澡都有可能令她发烧。我还担心，当初为了流产而打的药物影响了她的发育，每每想到这里我的良心就受到深深的谴责。如果她活不了，我真的永远不能原谅自己。就像我母亲所经历的那样，从一开始对舒拉的排斥感让我感到亏欠她太多，只想在今后以更多的关怀来弥补。

渐渐地，她越长越强壮，身体也圆润了起来，变得更可爱更聪明了。如今，她已长成最慧黠、最大胆，有时也是最调皮的小女孩。从她身上我看到了父母和自己的影子，她有着我父亲的智慧、我母亲的机智和我的坚强。她也非常喜欢政治，常常说将来长大了要当阿富汗总统。真的很庆幸，她完全摆脱了所谓的“可怜的女孩”的形象。

舒拉出生几个星期之后，我有了个兼职的机会，是去一家小孤儿院做管理。我不打算那么快就工作，但哈米德在生病，我们需要钱。我把莎哈扎德留给她父亲照顾，把舒拉用围巾绑在身上。她会安静地躺在我怀里吃奶，在蒙面长袍底下藏得好好的。开会时我也这样带着她，人们根本看不出来她的存在。她从来不抱怨，也很少发出吵闹声。我猜她一定是觉得能活着就很不错了，能这么紧紧地依偎在妈妈的怀里更是舒服。我就这样带着她工作了 5 个月，直到她的体重开始变得太沉。我想，时至今日她那么有安全感，那么自信，也许跟我那几个月的养育方式有关。

舒拉和莎哈扎德渐渐长大，而哈米德却日渐衰弱。他的身体一日不如一日，以往英俊的脸也渐渐变黑，就像涂了一层半透明的黑色，眼里充满血丝，咳嗽个不停，现在还开始咯血了。

舒拉 3 个月大时，一家援助机构邀请我参加一支省级医疗调查队。这是一支由护士、医生和后勤人员组成的 60 人的队伍，要穿越 10 来个偏远地区，调查当地人民的医疗和营养需求。这是一次千载难逢的好机会，此类社区外展服务是我当年梦想成为医生时梦寐以求的工作。尽管刚生完孩子，家里还有一个病重的丈夫，但我还是答应了下来。哈米德理解我，也支持我去。

然而我差点儿去不成。对任何人而言，这都是一次极具考验的行程，更别说像我这样带着一个那么小的婴儿的母亲。一路上，很难找到干净的水和像样的洗涤设施，我们还要走过偏远的、人迹罕至的山间小道。这次行程的目的是调查伊斯玛仪派信徒社区——这些人都属于什叶派，是伊斯兰教第二大教派。在阿富汗，这些信徒主要居住在塔吉克斯坦边境。我们还会前往瓦罕走廊，在地图上，那是一块手指状的地方，连接着阿富汗和中国。那是19世纪大博弈时期，俄国和大英帝国争夺中亚控制权的产物，是英国狮和俄国熊军事竞争的缓冲地带。

尽管我心存犹豫，但其实很明白，如果不去，将会令我抱憾终身。好机会永远不会在最恰当的时刻来临，这就是生活的现实，而我坚信自己能在调查中真正起到作用。

车队起程后，我不禁想起了小时候母亲的年度旅行。每一次，她都要把父亲的奶牛赶到牧场放牧。她骄傲地骑在马背上，穿着蒙面长袍，带上仆人，驴，马，圆满完成例行放牧之旅。我还记得，那时我骑在马背上，在她的前面，面对巨大的群山，觉得自己异常渺小，但又仿佛举足轻重。走在崎岖的山路上做调查，当年的感觉不禁涌上我的心头，只不过，这一次马背上是我跟怀里的婴儿。这次行程将改变我的生活。我们拜访了该地区最偏远的一些地方，这些地方也许我这辈子永远不可能再去，正是目睹了这里的极端贫穷，我的政治觉醒渐渐明晰了起来——我要以此为业，改变他们的命运。

我们的调查是从1月份开始的。天气异常寒冷，当地的人们用动物刚排出的粪便给熟睡的婴儿保暖。他们最大的担心是孩子们被活活冻死，殊不知，粪便很容易造成疾病或感染，可见他们根本没有卫生观念。孩子们都是光着脚丫子在雪地里走来走去的，大多数人患有营养不良症。

到了夜间，我们就在村落领袖的家里吃饭过夜。领袖家的房子往往是村里最大的，一般会有自来水和蹲坑。所谓的蹲坑也就是在地上挖个又大又深的洞当厕所，这与我小时候居住的房子没什么差别，虽然调查队里的西方医生看了很诧异，可我却是如此熟悉。但是，除了村落领袖之外，村民们的生活贫穷水平是我从来未曾见的，即使在小时候也没见到过。我们经常看到一整户人挤在一座单间的房子里，一个角落养着牲畜，另一个角落是厕所。我说的厕所还不是指马桶，而仅仅是个角落，大便堆得老高，孩子们在周围爬来爬去。这样的场景是相当骇人的。我试着向这些家庭的家长解释如此差劲的卫生条件潜在的危险，我告诉他们在安全距离之外挖一个厕所，或许可以挽救孩子们的性命，但这帮没受过教育的村民完全不能接受，他们觉得这样降低了自己的身份。

我于是尝试另外一种方式："难道你不觉得你的穆斯林妻子在方便时应该保持她应有的尊严吗？"悲哀的是，女人在起居室角落里方便或在屋外大庭广众之下方便的不雅，远远不如男人的尊严重要，而男人所谓的不体面不过是给妻子建造一个厕所，保护她的隐私。看到这类事情终于让我明白了，为什么巴达赫尚省是世界上婴儿死亡率和产妇死亡率最高的地区。

达尔瓦兹是最贫穷的地区之一。那里的妇女告诉我说，凌晨四点钟她们就得冒着大雪出去喂家畜。有时候，积雪有一米多深，没有人给她们帮忙。回家后，她们还要在明火上烤面包，给全家人做饭。这样的劳动远远不止是枯燥乏味的家务活，这分明就是繁重的体力活。男人也很辛苦，早上六点就下地，不到天黑不回家，为的就是在夏天多种点儿粮食，好积蓄家人和家畜冬天里的口粮。这些活生生的例子昭示出边缘人穷苦到了怎样的地步。看到他们遭遇的痛苦，我猛然醒悟：自己是谁，从哪里来，我的职业该如何定位。

我们还去过一个叫喀喇喷赤的地方，是一个伊斯玛仪派信徒社区。我们被邀请到当地领袖的家中吃饭过夜。我与他素不相识，但他却和我一见如故，让我有点尴尬。等他道出过分热情的原因之后，我的同事们都笑了。原来他认识我父亲。后来，我们坐下来畅聊。他讲起了我父亲的故事，称赞他工作努力，富有奉献精神，竭尽所能帮助穷人。他微笑着跟我说："库菲小姐，见到您有如见到了您父亲。"

这是第一次有人将我跟父亲相提并论，我自豪得涨红了脸。坐在那里，我被老人、医生，以及其他想来和我说话的村民团团围住。我仿佛乘着时光隧道，回到了过去——那时，母亲掌管着整个厨房，仆人和哥哥们站成一排，将热腾腾的米饭和菜肴传递到父亲会见客人的那个神秘的房间里。童年的我是多么渴望能到那个房间里瞧一瞧啊，想看看里面的情况，听听大家的讨论。

那一刻，我意识到神秘的面纱终于揭开了，父亲的那些神秘会议其实就像我刚才与大家的会面一样。那些客人应该也就是援助工人、医生、工程师、当地长老，他们在里面边吃边谈。有多少个夜晚，父亲就这么坐着，跟大家吃饭，讨论造福人民的发展计划和工程？母亲为这些客人做了多少顿类似的饭菜？那一晚，我几乎没怎么听进去他们的谈话，而是沉浸在自己的思绪中，为自己终于了解了父亲生命中如此重要的一部分而暗自激动不已。

第二天早上我们离开的时候，那人送了我一头绵羊给舒拉当礼物。瓦罕绵羊身材短小肥胖，肉质鲜嫩，非常有名。与我同行的其他阿富汗人羡慕极了，便揶揄他说："我们的绵羊呢？为什么你偏偏只给库菲小姐一人呢？”

男人笑了笑说：“这是给库菲小姐父亲的礼物。有他的女儿和外孙女光临寒舍，又看到他女儿也像他一样为人民谋福祉，实属本人荣幸。”听到这番话，我感到非常骄傲。

我们又走访了好几个区，又碰到了许多认识我父亲的乡亲，这使我更加了解我家族的政治地位。我只是被雇来当医疗调查队的翻译，算不上高级职位，但人们一听到我的名字就以为是代表父亲的，以为库菲家族回到巴达赫尚省的社区里搞竞选动员了。

村民出来找我亲自谈话，提出问题让我帮助解决。我向他们解释，调查队不是我组织的，我只不过是个低级的辅助角色罢了。但他们的热情不减，依旧跟我聊一些与调查毫不相干的话题，什么工资问题、土地争端啦，等等。这真的让我有点儿胆怯，一下子不知如何应对是好，但也使我更加清晰地看到了人生的目的，强化了我投身政治的决心和归属感。就在彼时彼地，在父亲的政治遗产和母亲的个人价值观的影响下，看着怀里的宝宝，我下定决心想要成为一名政治家。不，“想要”还不恰当，应该是我“必须”成为政治家，我就是为这个角色而生的。

调查总共花了 6 个星期。当时莎哈扎德才 18 个月大，不在家的日子里我无比想念她。哈米德非常乐意照顾她，因为我知道，在他内心，他也明白自己时日不多了。短短的几个星期能够和心爱的大女儿亲密相处，对他来说弥足珍贵。

调查结束后，我回到孤儿院继续工作，这进一步促使我投身政治。孤儿院有 120 名学生，男生女生各 60 名。每个学生都有故事，每一个故事都那么凄惨。有些孩子父母双亡，但并不是所有人都是孤儿。有些孩子的母亲还健在，但改嫁之后，继父不要他们；有些孩子家里养不活他们，所以才被送到孤儿院。这样的故事听多了之后真令人心碎，我希望能够将每一个孩子都带回自己家里。头三个月，我一个个孩子问过来，了解他们的背景，将他们的个人资料分门别类录入数据库。

尽管孩子们的身世悲惨，孤儿院却是个欢乐的地方。工作的时候，我会带上两个女儿，舒拉在头巾底下很安静，莎哈扎德跟孩子们玩得很开心。如今，有些孩子与我至今还偶尔有联系。好几个孩子已经上了大学，我还会尽我所能去帮助他们。有些孩子到喀布尔学习，我就租房子给他们住。他们没有父母，无依无靠，我见了就想帮上一把。我钱不多，帮助他们时经济上也常常捉襟见肘，但我就是想这么做，就是心甘情愿地去帮助他们。

几个月之后，我的生活发生了很大的转变。联合国在当地设立了联合国儿童基金会办事处。我递交了申请，结果获得了一份名为儿童保护干事的工作。办事处很小，我担任第二负责人。给联合国办事是我职业生涯中极为重要的一大步。这份工作并不好做，我需要与在战争中失去家园或流离失所的儿童和成人打交道。

我的部分工作职责是与青年和民间团体联系。其中一个团体名叫巴达赫尚女性志愿者协会，我在业余时间志愿为该协会工作，主要是筹集资金，协助安排小额贷款给创办小企业的女性。我还参与国际妇女节庆祝活动策划小组，他们计划每年 3 月 8 日搞庆祝。至今还有很多国家没有庆祝国际妇女节的习惯，阿富汗当然也还没有普及，但在巴达赫尚省，这个节日已经被公认为一大盛事。这一天，我们到农村给女性朋友赠送礼物，并组织一场“年度母亲”大赛，以期通过这样的方式增强农村女性的自豪感。

在法扎巴德，我们还举办过一场大型活动。那是1999年的一天，我在那里做了第一场公开演讲。在演讲中，我讲述了内战时期喀布尔女性和普通百姓的遭遇。我畅所欲言，慷慨激昂，讲到了阿富汗女性的坚强与力量，讲到了在内战中，她们不畏暴行，即使眼看着丈夫儿子残忍地遇害，自己遭到强奸和折磨，也没有失去坚强和自尊。我把她们称作“不可阻挡的阿富汗女性”。

塔利班几乎控制了阿富汗的其他所有地区，但仍然没有攻占巴达赫尚省，那里依然是拉巴尼政府的天下。由于拉巴尼曾经和游击队联合，许多人认为我的演讲过分指责了游击队。那段时期，人们还不想批评游击队——事实上，时至今日人们依然如此，是他们将我们从苏联人手中拯救出来，所以抨击他们就被视作不爱国，甚至是叛国。就赶走苏联侵略者而言，我当然是崇拜游击队的，但不可否认的是，在之后的几年中，他们也对平民百姓犯下了许多野蛮的罪行，包括对我自己的家人。

当我讲到这些的时候，有不少政府官员面露愠色，惊讶得说不出话。但后来，许多普通百姓，包括教师、医生和社区志愿者，纷纷来到我面前，称赞我的演讲相当精彩。我终于找到了自己的表达方式，找到了自己的位置。

哈米德身体越来越虚弱。为了保住他的性命，不让他走上那条必然之路，我几乎花光了所有的积蓄，试图用最新的医疗手段来治疗他。我的姐姐劝我不要再浪费钱了，叫我接受现实。但他是我深爱的男人，正如他入狱后我不能坐视不管一样，现在我也不能眼睁睁看着他病死。他是那么支持我的事业，那么高兴地看到我取得成功，将他救活是我理应做的分内事。

自从舒拉出生后，我们就不再有肉体接触，但在某种程度上我们的爱回来了。我想，他一定是因为在我生了第二个女儿时那样对我而感到愧疚，所以就更加拼命地工作，以此来证明他完全支持我。每当我晚上回到家，他总是关切地问这问那，劝我跟他分享工作上的难题和忧愁。这些年他承受了很大的精神痛苦。追求我多年后，他终于说服我的兄长们，将我娶回家，可是还没几年就病入膏肓。有一次，他满怀悲伤，握着我的手说，他的人生就像是在吃一道菜，这道菜他梦想了好多年，每天都想吃，却只能在想象中闻一闻，尝一尝。而当这道菜终于端到他面前时，却发现没办法吃，没有调羹，没有刀叉。他所能做的，只是眼睁睁地看着。

我的工作内容包括去巴基斯坦的伊斯兰堡开会。先乘飞机到阿富汗南部的贾拉拉巴德，接着穿过多尔汗边境，也就是上次哈米德、我，还有哥哥他们坐车经过的边境地带。那一次，在拉合尔虽然只停留了短暂的一个星期，但我们过得相当幸福。回去之后，哈米德第三次被捕，也是最后一次。我喜欢去巴基斯坦，因为可以给哈米德买好多药。但是，贾拉拉巴德受塔利班控制，是个恐怖之地。我不想一下飞机就见到塔利班，也厌恶当我给他们看联合国工作人员证件时对我那种大喊大叫的方式。经过他们身旁，走向等候在那里的联合国车子时，我能感受到那恶狠狠的目光。尽管有联合国人员的保护，塔利班奈何不了我，但他们的模样还是叫我害怕。每每这时我就不停地重复一些话来使自己镇静："你现在是联合国工作人员，你想工作，你想发表意见，他们奈何不了你。"

有一天，我正要登上飞往贾拉拉巴德的飞机时被阿富汗安检人员拦住了。他们告诉我说，接到拉巴尼政府官员的通知，他们怀疑我丈夫是一名塔利班分子，我也是一名构成安全威胁的人士。我听了莫名其妙，立刻勃然大怒："非常感谢你们。我的丈夫因为在巴基斯坦跟拉巴尼见了一次面，被塔利班关了整整三个月，而你们现在却告诉我说他是一名叛国贼？"后来我才发现，原来有人（我不知道到底是谁）故意向情报处提供假信息。这件事也提醒了我，到处都潜藏着敌人，而且在阿富汗这样的国家，闲言碎语是可以置人于死地的。

巴达赫尚省是阿富汗唯一一个女性可以工作的地区，我则是阿富汗唯一一个为联合国工作的女人。这是件很高调的事，当然会招致一定的危险。差不多所有法扎巴德的人都知道我是谁，是干什么的。许多人喜欢我，很高兴有联合国的介入；然而另一些人就憎恨我，他们总是不断地捏造关于我的丑闻，传播闲言碎语。就连我的顶头上司也难以接受有一个女性副手，他经常叫我把办公室的门关上，这样一来，有男性客人来访时就看不到我了。

我们家附近有一所清真寺。一个星期五的下午，有个毛拉在寺里布道，说的是女性为国际机构工作的事。他说这是明令禁止的，丈夫也不该允许妻子这么做。他的观点是女性不该跟非伊斯兰教徒一道工作，而且任何因此而来的收入也是不被允许的。

可怜的哈米德当时正在院子里和莎哈扎德玩耍，恰好听到了这次讲道。他告诉我说，他哈哈大笑，然后就进了屋，因为实在听不下去。他的妻子是省内唯一一个为国际组织工作的女性，显然那个毛拉影射的就是我。他在家照顾女儿，而我却出去工作，我们还要听别人的声讨，这是多么可笑的事。当然，如今这样的角色互换比以往更常见，不但在西方国家，就连阿富汗的许多现代年轻男人也开始分担起养育子女的责任，而且，出于经济需要，许多家庭的丈夫和妻子都出去工作。但在那个年代，我们真的是独一无二。听了这个毛拉的话，我心里大为不快。或许对他来说，让整个社区的人反对一家人是容易的，但当着我丈夫的面指责我的“错误行为”就没那么简单了。

具有讽刺意味的是，几年之后我当上了议员，这个身兼宗教老师的毛拉跑来求我帮忙。他被解雇了，想让我到教育部替他说情。当初他在宣教中反对我的时候，根本没想到会有需要我帮忙的一天。但是，经过这几年，即使像他那样的人也开始意识到女性在政府部门和社会中发挥着举足轻重的作用。最后，我帮了他的忙，2010年，我再次参加竞选时，他是我的一个支持者呢。女性在公共部门和政府部门中工作的重要性还在于，这有助于逐步改变人们的观念。

联合国是工作的好地方，在那段困难时期，它对我的帮助颇多，有时我可以带上孩子们和哈米德前往巴基斯坦。有一次我还带哈米德去了伊斯兰堡最著名的医院——希法医院，接受新药治疗，费用高昂，每个月 500 美元。我坚持了 6 个月，但过后薪水再也不够支付费用了。

尽管如此，我仍然不愿面对哈米德即将病死的事实，2001 年时，他还很年轻，才 35 岁。

北方盟军和塔利班之间的交战差不多停了，有谣言说联合国安理会即将承认塔利班为阿富汗的合法政府，这样的前景是许多阿富汗人无法接受的。看样子，世界上的某些人无法与我们就某些看法达成一致，也没看清塔利班所构成的威胁。2001 年春，马苏德代表拉巴尼政府前往欧洲访问，并受到时任欧盟委员会主席尼古拉·方丹的邀请向欧洲议会做演讲。

他通过演讲警告欧洲国家，塔利班势力兴起是个威胁，基地组织将向西方国家发起大规模的袭击。在他短短的欧洲之行中，他还去了巴黎和布鲁塞尔，分别跟欧盟安全政策高级代表哈维尔·索拉纳和比利时外长路易·米歇尔举行会谈。他带去了许多阿富汗民众的希望，从收音机里我们得知，他在那里深受欢迎，我们听了也相当受鼓舞。他传达的消息简单明了：塔利班是基地组织战士的包庇集团，无论对阿富汗还是整个世界都是一支不断崛起的威胁力量。在一份致美国总统乔治·W·布什的私人信件里，马苏德警告说："如果你们不帮助我们，这些恐怖分子很快就会袭击美国和欧洲。"遗憾的是，西方的政治领袖没有及时听取他的警告。

那个时候，在我的朋友中弥漫着一股悲观的听任心态。看样子塔利班真的要赖着不走了，为了赶走苏联侵略者我们花了 14 年的时间，如今我们却要跟这股新的怪异伊斯兰教势力做斗争。如果联合国真的承认塔利班为合法政府，那就意味着拉巴尼政府在巴达赫尚省的统治是非法的。就我个人而言，这意味着我肯定要失业。

就在马苏德将军访问欧洲的时候，大量的外国代表团来巴达赫尚省会见拉巴尼。他刚从巴基斯坦回国，驻扎在法扎巴德。很明显，联合国正在积极活动，试图让塔利班和拉巴尼政府达成和解，并签订一些协议。

2001 年 9 月 9 日，秋日的阿富汗晴空朗照。我坐上一辆联合国专车，前往一个国内流离失所人员帐篷，看望孩子们的活动情况。这些孩子们的生活真的十分悲惨，住的帐篷里没有卫生设施，尽管如此他们并没有失去乐观精神，总能保持微笑。但我抵达的时候，他们却哭得泪流满面。一个年轻人告诉我真相。原来，新闻报道说马苏德遇害了。这个噩耗不啻一个晴天霹雳，我一阵眩晕，双膝软了下来。就像当年我听到母亲的死讯一样，仿佛天空上的一颗巨星陨落。阿富汗的英雄不会就这么死了，这是不可能的。

那天晚上，我们从英国广播电台里听到更多的详细内容。形势依旧混乱，到底马苏德将军死了还是严重受伤，尚不清楚。在接下来的几个星期和月份里，事件渐渐明晰起来。原来，两个阿拉伯极端主义分子假装是电视台的记者去采访一向做事谨慎的马苏德，采访过程中，他们引爆了藏在镜头里的炸弹。其中一个当场被炸死，另一个在逃跑过程中被马苏德的部下射杀。在爆炸中，马苏德严重受伤，在被直升机送往医院的途中不幸离世。法国巴黎警方和比利时警方之后拘捕审判了一系列与基地组织有关的北非男子，因为他们向杀手提供了伪造的证件和背景资料。由此可见，奥萨马·本·拉登早就准确地估计到，两天后他的恐怖网络向美国发起那场臭名昭著的袭击后，美国政府一定会求助于马苏德，让他协助抓捕自己。后来的事实也证明，北方盟军真的加入打击基地组织的行列，只是缺少了一个伟大的指挥官。

马苏德逝世的那天跟肯尼迪总统遇害那天的情景很相似。那一代的美国人经常说他们还记得听到总统遇害消息时的场景，对阿富汗人来说也是如此，就连当时才三岁的莎哈扎德也记得马苏德遇害那天的情景。

对许多人来说，马苏德是游击队的英雄，带领阿富汗人民赶走了入侵的苏联军队。他是一位娴熟的战略家，也是一名战无不胜的士兵。辉煌的战绩为他赢得了“潘杰希尔之狮”的美誉，但是，对许多饱尝战乱之苦的年轻一代人来说，包括我自己，他是在反抗塔利班的统治之后才成为英雄的。他是为数不多的公开反对极端主义危险的领袖之一，曾多次提醒人们引起注意。他还向全世界警告恐怖主义威胁，并为此献出了自己的生命。

直到今天，我依然不能理解为什么西方国家不理会他提出的伊斯兰恐怖主义对世界的威胁。他曾经警告世界上多个国家的领导人，如果不把恐怖主义扼杀在阿富汗，那么下一步他们就会跨越边境，来到他国。他曾试着解释说自己是一名虔诚的穆斯林，但塔利班所宣扬的伊斯兰不是他所赞同的，也不能代表阿富汗的历史和文化。马苏德有五个孩子，四女一子，所有的女儿都接受过良好的教育，他还曾多次提及，他想以自己家的例子证明伊斯兰教并不阻止女性接受教育或从事工作。他深知，塔利班的所作所为是在给伊斯兰教抹黑，所以他要纠正这一点。

他对我的鼓舞至深，他的事迹教会了我：自由不是神赐予的，而是需要人们努力去争取。

他的逝世让我觉得阿富汗失去了所有的希望。

48 小时之后，马苏德关于伊斯兰恐怖主义的警告变成了赤裸裸的现实。纽约世贸中心双塔和弗吉尼亚州的五角大楼遭到三架飞机的撞击，每架飞机均被无名恐怖分子劫持，还有一架飞机在宾夕法尼亚州的一个田野里坠毁，40 名乘客和全体机组人员以及 4 名劫机犯全部遇难，而那天因为基地组织而遇难的总人数将近 3000 人。

全世界的人都没有及时听取警告，白白断送了那么多无辜的生命。

而更多的无辜生命（大多数在阿富汗和伊拉克），在之后所谓的反恐战争中丧生。

亲爱的舒拉和莎哈扎德：

世界上那么多人对阿富汗以及阿富汗文化有负面的看法，这叫我大为伤心。许多人认为阿富汗人不是恐怖分子就是宗教激进主义者。

他们之所以如此认为，是因为我们的国家经常成为世界战略性斗争的战场——能源争夺战、冷战、反恐战争。

但是，我们的国家有着悠久的历史、开明的思想和辉煌的文明。在这片国土上，我们的勇士修建了伟大的尖塔建筑，树立了宏伟的丰碑。这片国土甚至还张开双臂欢迎全世界各地的游客和其他宗教的信徒，有些教派还建立了他们自己的标志性建筑，例如巴米扬大佛。

在这片土地上，高山连绵不绝，天空一望无际，到处是碧绿的森林，蔚蓝的湖泊。在这里，人们热情好客，这是一个极其讲究荣誉、信念、传统、责任的国度。亲爱的女儿们，这是一个你们应该为之自豪的国度。

千万不要无视你们的传统，也不要为之道歉。你们是阿富汗人，请你们以此为骄傲。你们要以在世界面前恢复阿富汗的自豪感为己任。

这是我希望你们完成的一个伟大使命。完成了这个使命，你们的子子孙孙都将因此而感激你们。

挚爱你们的妈妈

走出黑暗

2001 年

2001 年 9 月 11 日，我正坐在书桌旁，突然一个同事跑进来，手里拿着收音机。听到纽约世贸双塔遭到袭击，我们无比震惊。

一想到那么多人被困在其中，我顿时泪流满面。阿富汗没有摩天大楼，我也从来没见过直入云霄的建筑物，只能凭想象去感受人们被困在熊熊燃烧的大楼里的恐怖场面。

我有生以来第一次强烈感受到阿富汗与世界另一端的密切关系。对我来说，整件事就像一块拼板玩具，是多年拼凑累积的结果。这一次，就像某人在某个地方放下了最后一块拼板。于是，整个世界都震惊了。

面对惨痛的现实，我想，现在世界各国的领导人至少知道马苏德当初的警告是正确的了吧？

我没料到的是世人对此事的反应如此迅速。或许有些阿富汗人不同意我的观点，但我个人认为，美国确实应该派出地面部队清剿塔利班。

工作的时候，邮件如潮水般涌来，警告在阿富汗工作的外国联合国职员离开阿富汗，所有当地职员待在主要办公室，不要在国内旅行。我的上司来自另外一个省份，他已经回去和家人团聚了，只留下我一个人处理办公室事务。

那是一段相当艰难的时期，因为我们正在全省范围内进行免疫接种工作，还准备发放新学期的教科书。整整两个月，只有我们办公室坚持给孩子接种疫苗，坚持开放学校。这时，我依旧是阿富汗唯一的一名联合国儿童基金会女性工作人员。

美国立即着手调查“9.11”事件的元凶，并很快锁定劫机犯，追查到恐怖活动与基地组织有关。华盛顿方面要求塔利班政府立即交出本·拉登，但遭到了拒绝。

2001年10月7日，世贸中心遇袭不满一个月，美国发起了“持久自由行动”，美国和英国的战机及巡航导弹开始在阿富汗大地上打击塔利班和基地组织目标。与此同时，北方盟军因为有了空中优势，开始往南朝喀布尔方向推进，但遗憾的是，他们最重要的将军已经不在了。

西方国家希望迅速利落地除掉塔利班，击毙或者活捉本·拉登及其副手艾曼·扎瓦赫里。

计划很简单：美英空军迅速摧毁塔利班军事力量，用新型炸弹炸平整座山，将基地战士消灭在藏身的山洞里。在普通群众的眼里，北方盟军和其他主要军事力量，当然主要是北部地区的力量，能将漏网之鱼消灭殆尽。

但有一些人对清剿工作的热情过了头。我们经常听到对塔利班分子施行的暴行，诸如囚犯被活活烧死之类的新闻。在一些塔利班统治的村庄里，人们突然变得勇敢起来，开始朝他们扔石头，迫使他们离开。

我知道，并非所有的塔利班都是坏蛋，一些低级官员就是为了生存才不得不给塔利班卖命。我不是曾经也得到过他们的帮助吗？比如说，曾经有一个塔利布邻居根本不认识我，却帮我将哈米德从狱中救出来；还有一个新婚不久的塔利布，是瓦尔达克人，为了能让哈米德在家过夜，毅然决定违背上司的命令。令我感到悲哀的是，这样的塔利布竟然也被杀死。但我也欣喜地看到塔利班的非法政权被摧毁，阿富汗历史上的黑暗时期马上就要走到尽头。

我并不介意美国和其他国家主导这场战争。许多阿富汗人不喜欢非穆斯林的帮助，认为他们是异教徒。我倒不这么觉得。相反，我从来就没认为塔利班是真正的阿富汗人，他们一直受到外国的控制。我记得，在喀布尔的时候，曾目睹维齐尔阿克巴卡恩社区被塔利班的客人——阿拉伯人、车臣人和巴基斯坦人夺走。听到这些人的口音，看到他们的妻子罩着黑色遮蔽面纱，我觉得喀布尔不再是阿富汗人的天下，却俨然成了一个阿拉伯城市，正如沙特的利雅得和卡塔尔的多哈。

塔利班最严重的暴行也与外国有着千丝万缕的联系。塔利班攻打喀布尔北部一个叫舒马里平原的地方时，手段如此残暴以至于那片土地后来被称为“燃烧的平原”。在一场战斗中，他们杀害了成千上万的男人，接着故意烧毁所有的树木和庄稼，烧不掉的就用推土机推平，埋在地下。这明显就是不给该地区的人留任何生存机会。烧毁庄稼和将其他夷为平地的手段在我看来与其说是阿富汗人的手段，倒不如说是阿拉伯国家惯用的手段，而且塔利班根本不会聪明到凭他们自己能想出这么毒辣的手段。烧毁一切之后，他们还挨家挨户强迫所有年轻女子和妇女出来。人们最后一次看到这些女人的时候，她们正被驱赶到卡车和轿车上去。当地人怀疑她们被运送到巴基斯坦、沙特阿拉伯、卡塔尔当妓女，有些被阿拉伯士兵强占为妻。没有人能够证实这些猜测是否真实，但类似的事情我见得实在太多了，不相信也不行。

所以，当看到非阿富汗军事力量参与到打击塔利班的行动中来，我心里对他们表示感激，也非常高兴塔利班终于不能再统治我亲爱的祖国了，阿富汗的省份一个接一个地脱离塔利班的统治。托拉博拉曾经被认为是本·拉登的藏身地，那里的战斗持续了好几个星期，但突然就停了，塔利班也不见了。

折磨我丈夫，破坏我的幸福婚姻的士兵渐渐失势，而哈米德在与病魔的斗争中也节节败退。

身为阿富汗唯一一名联合国女性职员，我常常成为人们好奇的对象。记者不断地到我办公室里来，想从我这里套取素材。由于现在是我独自一人在负责办公室的运转，很难腾出时间应对他们。我们当时正在发起一项重返校园运动，让那些因为战争或者塔利班的统治而错过教育机会，又过了上学年龄的成千上万个男孩女孩重新回到校园学习。

联合国儿童基金会和其他几个机构合作，给孩子们提供临时帐篷学校、文具和书本。这项工作很辛苦，但是，能保障这些孩子们接受教育对我来说便是莫大的回报。

除了这项运动之外，我还动员工作人员在全省范围内进行骨髓灰质炎疫苗接种，工作量之大可想而知。我常常忙到晚上，这大大影响了我的家庭生活。哈米德重病缠身，正需要我。我也想多陪陪他，可我又想为国家做这项重要的工作。通常，哈米德都表示支持理解，无论我工作到多晚都不介意，但现在，他知道自己时日无多，对我一心扑在工作上多少有些不满。我也是左右为难，徒增不少压力。

有时候，我真的是从一个会议小跑着去参加另一个会议，连饭都来不及吃。我仍然穿着蒙面长袍，即便会见外国官员和援助人员也是如此。有一天，省长建议我把蒙面长袍拿掉。他说，这些人需要看我的表情，以便于交流，这之后我就不再穿蒙面长袍工作。

那段时期工作很辛苦，但收获也很大，尤其是我的领导能力和贯彻执行能力得到了很大的提升，取得了当地和国际方面的同事的信任后，我也被赋予更大的责任，得到了更多的信任。我知道自己没有选错职业。

塔利班倒台后的那段时间，阿富汗完全变了副模样。喀布尔的空气中弥漫着一股乐观的情绪，你几乎都能明显地感觉出来。一夜之间，成百上千的难民回到家乡。过去几年里，在不同时间点——包括苏联入侵时期、残暴的内战时期，以及严苛的塔利班统治时期，相继逃难在外的阿富汗人都觉得阿富汗安全了，于是也就都回来了。在海外的阿富汗投资商发了财之后也纷纷回国创办了新的企业、开设旅馆、办起银行，甚至还修建了高尔夫球场和滑雪场。

当然，阿富汗的经济还没复苏，大多数人的生活还处于悲惨的贫穷境地。在所有的大城市中，基本的能源供应，比如电力供应，均遭到了破坏，而且很少有人能喝到干净的水，能使用卫生设施。许多回国的人们发现家园被毁，房子被别人占据。在国家回归正常的过程中，失业人员到处都是，食品短缺也相当严重。总体上国家还是一片混乱，然而，这是长期以来第一次在混乱的形势下出现了一股乐观情绪。

联合国办事处迅速扩大，全球各地的资金不断涌来，工作人员马不停蹄地把这些资金分配到最需要的地方去。

我想多陪陪哈米德，于是请了一个月的假，去了喀布尔。我打算重新注册去上喀布尔大学，以便继续医科学习。塔利班曾经禁止女性接受高等教育，我是被迫中断学业的。去注册的时候，我被告知，因为隔的时间太久，已经没法继续念了。但事实上，我失去这个重新就读的机会是因为我在面试时带上了舒拉。招生负责人很明确地告诉我说，他不赞成母亲出来上学。没被录取我很难过，但心里有了更重要的牵挂，哈米德现在几乎每隔一个小时就咯血。

我又带他去了巴基斯坦，还是找那个每月给他开500美元药物的医生。他说，由于哈米德没有持续用药，他的肺结核已经发展到用药无效的地步。再高明的医生都已经无力回天，于是建议我们去伊朗试一试那里的一项新疗法。我把钱交给哈米德，他就一个人去了，我回到了法扎巴德，继续做我的工作。哈米德在伊朗医院里住了四个月。其间，我们仅限于电话交流。每次通话，他的语气听上去都很乐观，而且他还说感觉好多了。

在法扎巴德，政府方面发生了一些变化。对妇女来说，前途呈现出前所未有的光明。哈米德·卡尔扎伊担任临时总统，直到正式选举开始。曾经遭到塔利班迫害的人权活动分子如今公开出来为打造更好的社会而努力。当然，巴达赫尚省不再是政府驻地，中央的权利中心已经搬回到了喀布尔。我突然觉得自己被孤立了，在首都之外，视野也变得狭窄了。于是，我递交申请，顺利争取到了在首都的一个联合国儿童基金会妇女儿童保护工作干事的职位。幸运的是，基金会提供日托服务，我可以带上两个孩子去上班。

通常，跨市搬家这样的事情主要由男人负责。但是，哈米德尽管回到了家，身体还是很虚弱，不能外出，这个重任就落到了我身上。我准备带上哈米德和两个女儿搬到喀布尔，我哥哥贾迈勒沙哈的两个妻子及其子女也将搬过来跟我们住。我请了一个下午的假到集市安排一辆卡车将行李和家具运到喀布尔。几个司机看了看我，疑惑地问："妹子，你丈夫呢？为什么不让他来办这些事啊？"我生气地回了他们一句："兄弟，你难道觉得女人连租车这样简单的事也做不成吗？为什么你们男人总是觉得我们女人没用呢？"

到了喀布尔，我们重新住进了哈米德在马克洛里安的公寓。那是2003年，我工作异常忙碌，但做得很开心。我成了联合国员工协会女性问题代表，出于工作原因，需要到阿富汗各地监督女性相关的项目情况。我记得有一次去的是坎大哈——塔利班意识形态的中心地带，到了那之后，我工作所在的那个社区的领导几乎不跟我说话。他们是保守的男子，也是塔利班的追随者。在短短的几个月内，他们眼睁睁地看着塔利班从当初的统治者沦为如今需要听从一名女性的命令。渐渐地，我将他们争取了过来。几天之后，我们工作时就像一直在一起合作的老同事般融洽。直到今天我还跟他们中的某些人保持联系，只要来喀布尔，他们就会来拜访我。我真真切切地认为，人只有亲身经历过某些事情之后才会改变自己的看法。对性别的观点可以改变，会改变，即使是最保守的人士也能做到。

哈米德从伊朗回来，在刚开始时我看到他情况大为改观，心情也为之一振。但是，没过几个星期，他又旧病复发，没走几米远就咯出一团团的血。见此情景，我的心都碎了。这种病有传染性，哈米德担心会传给孩子们。每次他开始咳嗽时，就用手绢捂住嘴巴，命令女儿们到别的房间去。我们的公寓在五楼，也就意味着他只能在家待着，因为上下楼对他来说实在太困难了。我们很久没有肌肤之亲了，只要健康允许，他始终是名好丈夫。疾病没有损坏他的大脑，他依然有着出色的解决问题的能力。每次我在工作上遇到难题，或者不知道如何实施一项新的工程，他就帮着出谋划策，或者至少也能倾听我的意见。即便在这样的情况下，他依然是我最大的慰藉。

再过几个星期之后，他需要做一次复查，于是我们飞往卡拉奇的阿加汗大学医院，那是当地最现代的医院之一。他病得连走路都走不动，我只好用轮椅把他推进病房。这时的他瘦骨嶙峋，头发灰白，有一个护士甚至以为他是我父亲。我坐在他床边，陪他过了一夜，就像我曾经在母亲临死前几天陪伴她那样。第二天上午，医生把报告给了我们。一切为时已晚，他的肺与其说是个重要器官，倒不如说更像牛皮鞋跟。医生给开的药很重，副作用害得他浑身不适，还有强烈的呕吐感。他用微弱的声音告诉我说不想再吃药了。

那时正值夏天，明媚的阳光似乎让哈米德精神略微一振。药物使他呕吐，但并不影响胃口，他的饥饿感也恢复了，饮食也变得正常起来，脸色渐渐恢复到原来的状态。我向联合国儿童基金会请了一个星期的假，只想陪他度过剩下的分分秒秒。那天是星期三，我决定为他准备一碗鸡汤。之前那个晚上他没睡好，人很疲劳。我想让他自己喝鸡汤，可他几乎连拿调羹的力气都没有。那一晚，我的姐姐和他的姐姐都过来看他。

他跟她们聊天，我在一旁看他，发现他是如此英俊，如此精神，就好像疾病已经从他身上离去，突然恢复了昔日健康时的模样。“哈米德，我亲爱的，”我打趣道，“你在跟我开玩笑，不是吗？你没生病，你一定是在跟我开玩笑。要不然你怎么看起来这么精神呢？”他笑了，紧接着便剧烈咳嗽，后来又大口大口喘气。

我们把他背回房间。我转过脸去，生怕他看到我哭泣的模样。

天很晚了，我在另一个房间和姐姐们一起躺了下来，但心里总感觉不踏实，于是又回到哈米德的房间，在他身边躺下。我握着他的手，两人都哭了。回想起新婚的第一个星期我们是多么幸福，那时我们一起憧憬未来。我们要求的并不多，可是得到的却是悲伤和病痛。

女儿们也进来了。她们装扮成库奇族女孩，向父亲献歌，这是她们以孩子的方式鼓励我们。歌唱得很动听，却也叫人心碎。她们转动身子，在头顶旋动面纱，轻声唱着："我是一个库奇族女孩，请看我为你跳支舞。"歌曲结束，两个女儿让哈米德吻吻她们，可他因为担心传染就拒绝了女儿们的请求。

我仍然逼他吃东西，央求他："把这个桑葚吃了，再喝一点儿汤吧，就喝一汤匙。"求了半天，他也没吃一口，没喝一勺。我不再勉强他，不知不觉地睡着了，真的太累了。姐姐进来，让我到另一个房间休息。我不想离开哈米德，但他坚持要我去。他还开玩笑说："法齐娅，你的同伴监督人会把我照顾好的。她一定会保证我吃下食物和水果，还会保证让我呼吸顺畅。你快去休息一会儿，拜托。"

我依依不舍地走出去，到另一个房间和孩子们一起睡了下来，我将她们紧紧抱在怀里，心里在凄楚地想，要是没有了父爱，真不知道她们怎么活下去。大约一个小时之后，我听到一声尖叫。这一声尖叫我永远忘不了，那是我姐姐在喊哈米德的名字。我赶紧跑到哈米德的房间去，他就快不行了，艰难呼吸着最后几口气。

我惊恐地大声叫了出来："哈米德，不要。千万不要走。"听到我在哭，他费力地睁开眼看看我。我们四目相接，只对视了那么一秒，我的眼里满是泪水，他的眼神平静顺服。紧接着，他的双眼就闭上了。他就这么永远地走了……

亲爱的舒拉和莎哈扎德：

你们父亲去世的时候，舒拉刚好如我失去父亲时那么大。我多么希望命运不要发生在两代人身上，可这竟然成了现实。

你们父亲刚走的那几天里，我天天责备自己，让你们成了和我一样失去父亲疼爱的孩子。

我尝够了没有父亲的痛苦，深知对你们来说这样的日子有多艰难。今后你们不仅要承受没有父亲的痛苦，还要忍受没有兄弟之苦。

但，正如母亲曾经帮我找到勇气，用双倍的爱鼓励我一样，我也要学学她，为你们做到这一切。

你们只有我这么一个家长，但我要你们知道，我会用一百倍对父母的爱去爱你们。

要知道，你们的父亲如果能够看到你们长成这么漂亮的大姑娘，他一定会万分自豪。

当我听你们讲起未来，内心荡起无比的自豪。莎哈扎德想成为一名火箭科学家，舒拉想成为阿富汗总统。当然，这周你们或许还是这么想，下周你们说不定又改变主意了。但我知道，永远不变的是你们心中的目标。亲爱的孩子们，目标定得高是对的。要以星星为目标，那样的话，即使掉下来，你还能落到树梢上。如果你们定位不高，就只能看到树枝以下的部位。

我不能把父亲还给你们，但我可以给你们志向，正确的价值观。而这些恰恰是母亲所能给予女儿的最珍贵的礼物。

挚爱你们的妈妈

新的征程

2003 年

哈米德死于 2003 年 7 月，正是我们结婚的那个月份。

生活突然变得空荡荡的，没有了爱，没有了笑声。接下来的两年里，我在联合国的岗位上像一台高速运转的机器，精神上也很迷茫。除了照顾好两个女儿，我的生活毫无目标。我也从不参加社交活动，婚礼、晚会、野炊，过去我那么喜欢的活动如今竟激不起我一丝一毫的兴趣。我的日子天天都一个样，起床、上班、接女儿回家吃饭、跟她们玩耍、给她们洗澡、安顿她们上床睡觉，然后回到电脑前一直工作到午夜。

我是为女儿而活的，虽然很爱她们，但也希望能够从生活中得到更多的东西。我需要触摸到生命，再婚是想都不会想的。尽管亲戚们都建议我这么做，我却一点儿愿望都没有。哈米德是我唯一想嫁的人，至今仍是，再婚就是对他的背叛。如今，这么多年过去了，我的感受还一如当年他刚去世时那么强烈。

这时，政治成了我另一种意义上的丈夫。我的血液里流淌着政治，并且我也相信这是我的命运。真主让我为了某个目标而活，还有什么比改善穷苦人们的命运，给一个饱受战乱的国家带来骄傲的目标更伟大的呢？

2004 年，阿富汗举行了有史以来第一次民主选举。20 世纪 70 年代，我父亲还是一名议员的时候，查希尔国王就许诺引进更广泛的民主，当时还举行了地方议员民主选举。但是，这一民主进程先后因为苏联入侵和内战而不得不中止。如今，30 年过去了，这一进程又被提到日程上来，整个国家都为之欢呼雀跃。

自从 2001 年塔利班倒台后，哈米德·卡尔扎伊一直就任临时总统。这时他仍然是个广受欢迎的政治人物，在选举中大获全胜。人们曾担心，这样的大选必然遭到暴力阻挠，但结果却是进行得相对平静。

一个寒冷的秋日，街上人头攒动，黑压压的一片，蔚为壮观。成千上万的人们来到街上参加选举，在一些投票站，一大批穿着蓝色蒙面长袍的妇女从早上四点开始就排成一排，挨个儿投票。这是阿富汗历史上不同寻常的一刻，尽管我依旧沉浸在悲痛之中，这一重要性时刻带来的激动对我来说丝毫不减。这是自从哈米德去世后，我第一次有那么强烈的情感。

那个时候，卡尔扎伊总统承诺赋予妇女权利，打造一个文明社会。这些都是我深信的理念。初选胜利之后，他的态度发生了转变，将主要精力集中在安抚强硬分子身上，但那个时候他还是为阿富汗带来一股清新之风。可惜，在 2005 年取得的大胜利没能在 2009 年得以复制。尽管后来他赢得了选举，但有很多人指责他大肆造假。这也提醒了我，在阿富汗，在短短的四年里，什么都有可能变味。

2005年，阿富汗宣布实行议会选举，选出议员代表阿富汗国内不同的区和省份。我们库菲家族认为应该重整政治遗风，应该参与到新时代的政治中来。家族中至少要有个人参加选举，至于选谁做代表，大家议论纷纷。我哥哥纳迪尔·沙哈，即杜乐特妈妈（被我父亲休了的两个妻子中的一个）的儿子，想参加竞选。纳迪尔曾经是一名受人尊敬的游击战士指挥官，后来，他是我们众兄弟姐妹中第一个参与政治的，还在当地有政治头衔，他是巴达赫尚省库夫区的地区管理人员。他认为自己是代表家族参选的最佳人选，可以理解。

可我不同意，我认为自己才是最适合最有经验的人选。尽管我没有像纳迪尔一样有地区从政经历，可是，为联合国工作的几年教会了我很多。无论国内还是国际人士，我都有广泛的接触；我还有组织动员志愿者的经验，曾为地方服务过，还负责过好多项目。我相信自己可以成为一名好议员，但我不知道众兄长是否会答应我去参选。

我先是给哥哥米尔沙卡伊打了电话。小时候，他就是我父亲最喜欢的孩子之一。年纪很小就当选为社区领袖，父亲生前常常抱他上马背，让他坐在马鞍前面。那时，米尔沙卡伊就会以狂妄自豪的眼神从马背上往下看着我。当时我恨他，心里充满了嫉妒。我是多么希望自己也能骑到父亲的马背上去，但作为一个女儿，是永远不可能享受这样的待遇的。当我们渐渐长大后，米尔沙卡伊却成了我最坚定的支持者之一。在塔利班统治时代，我们俩生活在一起，经常搬来搬去，也是他最终敲定我跟哈米德的婚姻，是他出席我的婚礼现场，让我肆意表达离开娘家去夫家时的难以割舍的情感。

他从阿富汗流亡到巴基斯坦，后来又去了欧洲，和其中一个妻子在丹麦定居。但他一向和我很亲密，直到今天，我们每周都还会至少通一次电话。我对他讲明了情况，并告诉他为什么我才是参选议员的最佳人员。他耐心地听着，挂电话时向我承诺，会和其他人好好谈一谈。

家族内部分歧很大，争论了好几个星期，就像是在进行一场家族内部选举。意想不到的是，到了最后，大多数亲戚家人支持我参选，反而劝服纳迪尔退出。他们认为，家族里只能出一个人参选，如果两个人参选，就会互相竞争，导致家族内部不和谐。

真希望母亲能见证这一时刻。如果真能如此，我想她肯定不会相信这是真的。在童年时代，我父亲甚至从来都不跟女儿们直接讲话，也没有人给我们女孩子庆祝生日，由此可见，女孩的地位是多么卑贱。可如今，只差了一代人，我们竟然选出了一名女性作为家族政治领袖。

能够迅速接受社会改变的，我相信不只是我们一家。随着越来越多的女性为了经济需要外出工作，许多阿富汗家庭也经历了类似的过程。同样的情况也见于很多其他国家。一旦女性有了经济收入，她们也就获得了解放。我认为，一个国家性别观念的转变不能依赖于外部力量的逼迫，无论这种力量的意图是多么良好。外部力量强迫人们做出改变时，往往只会让他们的脚跟陷得更深。只有从国家内部开始，从家庭开始，改变才会取得真正的成功。我的经历就是个鲜活的例证。

好几个同父异母的哥哥认为我根本不可能赢得选举。我父亲娶的所有妻子中只有一个不是出于政治目的，通过这样的方式，他终于打造了一个地方性的政治联盟关系网。我的几个哥哥们认为，在战争和塔利班的统治下，这一关系网络瓦解得相当厉害，几乎没有人还记得我们库菲家族。我曾经借联合国工作之便到过好几个村庄，知道他们的这一论断是完全站不住脚的。我碰到的许多人依然记得父亲的大名，对我们家族的尊敬绝对还在。

此外，我对自己的关系网络也大有信心。和哈米德在法扎巴德生活的四年中，我曾经在妇女团体做过志愿者，给 400 多名学生教过英语，拜访过大量的国内流离失所难民营，建造卫生设施，创办学校。很多人都认识我，知道我做出的成绩。我的朋友当中有文明社会领袖、教师、医生、人权活动分子，这是新时期的阿富汗，我是其中的一员，我完全可以代表。尽管我才 29 岁，但我先后经历过苏联入侵、内战和塔利班的统治。

我关注的范围远远超出了性别和女性问题。男人和女人一样，同样饱受贫穷和文盲之苦。我想推行面向所有人的社会公平和教育，正视贫穷问题，消除贫穷根源。通过这些努力，带领阿富汗走出“中世纪”，使其在世界上占有一席之地。为实现这一目标而行动的人，是男是女并不要紧。我是母亲的女儿，她是千千万万个默默隐忍苦难的阿富汗女性的化身；我也是父亲的女儿，他是鞠躬尽瘁死而后已的政治家的典范。我的父母在我生命中的影响同等重要，正是他们俩引导我选择了这一崇高的职业。

我回到巴达赫尚省开始竞选。短短几天之内，我参加竞选的消息不胫而走。在法扎巴德市中心，我设立了一个办公室。当我接到成千上万的人（有男也有女）给我打的电话，志愿帮我竞选时，我的心情异常激动。年轻人想推动改革，他们认准我就是能够给国家带来变化的人，所以就选了我。我的办公室开始洋溢着活力和乐观。

竞选是相当吃力的事。我们时间不充裕，资金缺乏，而要跑的地方却很多很广。每天早上五点钟我就开始工作了，常常要坐五六个小时的车，奔波在尘土飞扬的公路上，赶在日落之前抵达偏僻的山村，第二天回到法扎巴德，第三天又要奔赴另一个小镇。

尽管竞选让我筋疲力尽，但我誓死一搏，我对自己受到的礼遇非常满意。其中一个村庄，几乎所有的妇女都出来迎接我，唱着歌，敲起了山羊皮铃鼓。她们一边唱歌，一边拍手，向我又是抛花，又是掷糖的。我相信一定能够赢得她们的选票，因为我说的都是与她们紧密相关的话题：死亡率、教育机会、儿童健康，等等。在巴达赫尚省的一些地方，妇女和男人一样辛苦，在地里从天亮忙到天黑，即便如此，她们依然被剥夺了财产权。假如她们的丈夫死去，房子的继承人是男性亲戚而不是妻子。在我看来，这是毫无道理的。

我了解这里的妇女，也非常崇拜她们。我现在的生活与她们的完全不同。我穿着最新的紧跟潮流的服装，用着先进的电脑，而她们双手肮脏，衣衫褴褛，从来没读过书。可是，我也是在她们这样的环境下长大的，我母亲的生活就是如此，所以我能理解她们日常生活中的磨难，也就多了几分尊重，从来没有以傲慢的姿态自居。我也知道，在西方国家，许多人认为她们默默无闻，是阿富汗无名的受害者，可我却不这么认为。事实上，她们是自豪、坚强、聪明、机智的女性。

让选民——尤其是年纪大一些的选民——信服我的观点相对来说更难。在另一个村庄，我要在一个清真寺内做演讲。清真寺是这个地方最大的建筑，也是唯一能够容纳大批人群的场所。那次演讲差点儿落空，因为一些老人不准我进寺。我只好坐在车内，当地支持我竞选的男男女女还为此事讨论不休，最终他们还是同意我进去。演讲开始时，因为紧张，我忘了说“奉至仁至慈的真主之名”，这是个很愚蠢的错误。我以为听众一定会对我不客气，但讲着讲着，我发现后排的几个老人竟然在哭。他们满脸皱纹，头发花白，戴着头巾，穿着传统的长外套，两行眼泪从脸颊上流了下来。演讲结束之后，他们说认识我父亲，听了我的演讲勾起了他们对我父亲的回忆，当年他的演讲中也充满激情和诚恳。听到这些老人的话，我心中一阵感动，差点儿落下泪来。

出门竞选演讲时，我不穿蒙面长袍，用眼神面对观众，方便与他们交流。但我确保穿着当地的衣服，得体保守。上身穿长长的蓬松外衣，下身穿宽松裤子。当年，我六岁的哥哥就是在这种衣服的庇护下逃过了杀手们的追杀。

随着竞选活动的深入，我的支持率也越来越高。在一个极其偏僻的叫作朱尔姆区的地方，我抵达的时候，发现有70多辆汽车在等候，选民无论年长年幼，手里都挥舞着阿富汗旗帜和我的竞选海报，令我激动万分。这不是我特别熟悉的选区，也不是我父亲曾经代表的区域，但他们依然支持我，因为他们是真的在乎这次选举。他们对民主进程怀有浓厚的兴趣，想通过选举当地的领袖来表达自己的心声。

批评人士常常指责美国把民主强加给阿富汗，认为在这个表面上落后的国家推进民主进程毫无意义。对此我强烈反对。美国确实支持阿富汗推行民主，但根本不是强迫。阿富汗本身就有几百年的民主传统，无论是在社区领袖的选举方面还是传统的长老在社区理事会内实行的地方问题投票制度，都可以看成是民主的体现。选举国家总统只不过是在这两个基础之上的进一步延伸。我深信，我所遇到的那些人，无论是文盲还是贫苦的人，都想抓住这么一个能够带来变革的机会。如果能够安全地选举自己的领袖，并且有这样的机会，谁不想参与呢？

开车绕着全省跑，看到海报和照片上的我在盯着自己，心里顿觉怪异。海报上有我的面孔，被贴到了汽车上，商店橱窗里，民众的家中。我开始感觉到一阵不安。如果我令这些人失望了怎么办？如果我失去了他们对我的信任怎么办？如果我没做到，也没能提供他们迫切需要的服务怎么办？

到了夜里，我深陷自我怀疑的痛苦中，担心自己即使这次赢了，但以后的几次选举失去了选民的信任怎么办？我不能失去他们的信任：男选民面露诚实友善，女选民用起茧的双手握着我的手说，我的奋斗就是她们的奋斗。

人们喜欢我仅仅是因为他们需要有个人来帮助他们，但是，能不能实现又是另外一回事；我不得不跟他们说清楚，我并不会变魔术，也不能立刻使他们变得富有。一名妇女问我是否可以向她保证，让她在喀布尔有免费的房子住，她真的以为我有这个本事。我只好向她解释说，这不是议员的工作，至少是不贪污腐败的议员所做不到的事。

在接下来的竞选中，我越来越激动。早上四点天就亮了，我也开始了一天的工作。大多数日子里，我都在午夜后入睡。每天的电话多达200多个，有问我问题的，有主动提出当志愿者的，我的整个竞选势头正猛。

我记得有一名男子曾给我打电话。他说，在他家里，无论是妻子还是母亲，都没有选票，因为他不允许她们参与，但这些女人一致劝他选我。他不了解我，也不知道我代表谁，于是就打电话来问。他是个很传统的人，尽管不允许妻子参加选举，但对她的意见很尊重，还不厌其烦地打电话来了解妻子喜欢的候选人的情况。他让我想起了父亲的某些特质。跟这名男子通话到最后，他许诺说到时一定选我，我希望以后他能允许他的妻子也参加选举。

而有些电话纯粹是恐吓。我曾经接到过好几个男子的电话，他们对我一无所知，却骂我是妓女，就因为我参加了竞选。有些人干脆就在电话里对我大声吼叫，喝令我回家，把政坛留给男人。还有一些说我是坏穆斯林，应该受到惩罚。我不想被这些电话破坏心情，但是，伤心仍在所难免。

在一个镇上，我们拜访了母亲的几个姐妹们的家。小时候我非常喜欢去这些姨母家。记得姨母们个个都很迷人，尤其是其中一个，脸上总是化着精致的妆。那时候她们的房子又热闹又温暖，姨母们对我又抱又亲，身上散发着好闻的香水味。如今房子一片死寂，只住了两个幸存的老太太，还有几个孩子和失去亲人的亲戚。寡妇和孤儿住在一起，这情景让人心碎。

有个名叫纳吉布拉的小男孩，约莫九岁，令我印象特别深刻。他有一双深褐色眼睛，甚是可爱，跟我哥哥穆基姆的眼睛很像。我问他是谁，后来得知是我母亲最喜欢的哥哥的孙子——那哥哥就是曾经得知我父亲打我母亲，骑马找上门来，准备带我母亲回娘家的那个。在战争中，他们全部遇难，只留下这个名叫纳吉布拉的小男孩。我不能把他留在这么一间悲伤的小屋内，于是把他带回来跟我住。如今，他已经长大，和莎哈扎德、舒拉、我一起住在喀布尔。

他现在还在上学，成绩优异，跟女儿们相处得很融洽，在家里是我的好帮手。

选举开始前 36 小时我还有两个区没去。这是两个方向相反的地方，每个地方都要五小时的车程。按照选举规则，竞选活动必须在投票开始前 24 小时停止。我不知道如何是好，但最终两个区都去了。在其中的一个区里，我发现，领导当地竞选运动的是里扎公公，即沙赫纳兹（我父亲的第七个，也是最后一个妻子）的父亲，又是我同父异母的兄弟恩内亚特的母亲。此后的几年中，里扎公公一如既往地支持我，帮助我。战争中，老人失去了大部分的孩子，包括沙赫纳兹。这时，他年岁已高，但依然神采奕奕，还坚持跟着我们到处走动。我们在他家里吃饭过夜，这又是一个证明我们大家族系统强大的鲜活例子。

我最害怕去也最想去的区还是老家库夫。自从四岁起我就没再回去过。在那里的最后一天是母亲抱着我和几个姐姐，因为遭到枪手的追杀，被迫沿着河岸逃命。一踏上这片故土，恐惧和失落感顿时从心底再次泛起。车子在险峻的道路上颠簸，经过我父亲当年被游击队员杀害的高原时，一股巨大的悲痛朝我袭来。这是我家庭诞生的地方，也是被彻底毁灭的地方。

到达村里的时候，我几乎紧张得无法呼吸。车子在主干道上行驶，蜿蜒迂回，我没有在其他地方停留，径直来到了老屋。当年，父亲就是在这条道上带领迎亲的队伍娶了那么多妻子的。战争带来的满目疮痍清晰可见。小时候我们玩耍的水井如今快枯干了，曾经，清冽的泉水汩汩流淌，如今只剩下一滴滴浑水；我母亲当年引以为豪的花园和果园现在已是荒凉破败。当时，花园里一年四季颜色变幻无穷：春天，满园绿色，青翠欲滴；夏天，长满粉红色浆果和花朵；秋天，又大又红的南瓜和胡椒分外抢眼；冬天，大片大片的褐色坚果和紫色蔬菜。如今，这一切都消失不见，唯有枯树上的几个枝杈戳向天空，就像被扭曲了的骷髅。

呼利大宅还屹立着，勉强没有倒下。整个西厢房，包括客房，都已经被毁。院子中央的大梨树只剩个树桩，那是战争时期被一枚火箭弹击中导致的后果。这棵树承载了太多太多的故事。我淘气时，为了躲避母亲的责备，曾经到树上躲藏；父亲曾经在这里藏过武器；我姐姐和嫂子也曾被绑在这棵树上，遭到企图偷走我父亲武器的游击队员的鞭打。

父亲的巴黎套房还在，墙上色彩鲜艳的壁画依旧清晰可见。这个房间是父亲和母亲同床共枕的卧室，是孕育我的地方，是母亲在父亲入殓前为其擦洗那丢了半个头盖骨尸体的地方。我伸出手去触摸那冰冷的泥浆墙，试图摸出上面的纹路。墙上的壁画是父亲的骄傲。在他眼里，这些画就如法国凡尔赛宫里的壁画——也只有他认为，这些画甚至比宫廷里的壁画还要精美。

后来，我终于鼓起勇气走进厨房，这里是当年母亲的天下。我们曾经铺开垫子打地铺过夜，母亲给我和其他孩子讲遥远国度的国王和王后的故事，也正是在这里，母亲为宴会和招待会准备了无数次的食物。在这里，透过墙上的高窗，我们看到了雨雪纷飞，日出日落。曾经，我以为透过窗子看到的便是整个世界。

我深吸一口气，走了进去，腿几乎不听使唤了。我仿佛看到母亲弯下腰，手拿一个长柄勺在锅里搅拌大米，仿佛闻到了肉香，感受到了房间正中面包炉上的明火传来的热度。有那么一刻，我似乎回到了四岁那年，她就在我身边。我能感觉到她，然后她不见了，只留下我一人。只有我，成年后的法齐娅，站在这个不再能够看到整个世界的房间。现在，我意识到它有多么小了：这只不过是个小房间，上面有一扇小窗，透过小窗，只能看到仅有的几座山，根本不能看到整个世界。

我在厨房里坐了好久，透过窗户看着天色渐渐进入黄昏，一轮新月被群星环绕，夜空渐渐明亮起来。此刻无人打扰，他们知道我需要跟母亲静静交流。

接下来我要好好缅怀父亲。我从后门离开呼利大宅，爬上安葬他的山峰。他的墓地视线极佳，可以360度俯瞰他自己的天堂。我在坟边跪下来祷告，然后坐下来，开始与他对话。我向父亲讨教指引和智慧，帮我走这条政治之路。我想，他一定很惊讶，继承家族政治使命的是女儿而不是儿子，但我向他承诺，不会让他和泉下的灵魂失望。

这时天色已经一片漆黑，温度也骤然下降。母亲的一位好朋友——曾经在我家做过仆人——来叫我下山。她一边哭泣，一边悲伤地对着父亲的坟墓摇头，说自己无时无刻不在怀念我的父母。她说，母亲生前慈悲善良，从不嫌贫爱富，父亲尽管令人生畏，但一心为了朋友和邻居谋福祉，即使牺牲个人利益也在所不惜。

她抚摸着我的脸颊，凝视着我双眼，说："法齐娅，宝贝，你一定能够赢得这次选举，获得议会中的席位。你不会让他们失望的，你能行。"

这句话不仅仅是对我能力的肯定，更像是一个命令。库菲政治家族将要再次崛起。

亲爱的舒拉和莎哈扎德：

政治一直是我们家族的核心，它影响并决定了我们整整几代人的生活，有时候甚至左右了我们的嫁娶。

我也一直热爱政治，但从来没想过有一天它会成为我的职业。我的梦想是成为一名医生，救死扶伤。

我目睹过政治害死了父亲。正是这个主要原因，我才不想从政。

但我似乎没有别的选择，我注定要与政治打交道。从某种程度上说，从你们的父亲被捕之日起，我就开始了自己的个人政治生涯。他被拘后，我不能也不愿意在家干坐着，无所事事。我被迫去动用人脉资源，从大局着手，积极营救。

我讨厌人们让我待在幕后，不去抢男人们的所谓的风头。如果都那样，我们有什么出路呢？什么都没有。

我受过教育，内心深处有自己的呼声，于是就决心去帮助哈米德。

正是这个呼声和拯救那些受苦受难人们的强烈愿望多年来

一直激励我在政治道路上奋勇前行。

我曾经令你们的父亲失望过，或许这也是我决心从政的一个更大的动力。作为一名议员，我在工作中尽量帮忙解决每一个不公正问题，但愿以此弥补我自始至终没能做到的一件事，那就是，拯救他的生命。

挚爱你们的妈妈

在男人世界里的艰难竞争

2005 年

选举当天到处洋溢着欢乐。我的姐姐们帮我动员女性选民，安排车子往返接送到投票站。我们之所以这么做，不仅仅是希望她们投票给我，也是希望能够保证有选票的妇女能够真正有机会用好这个权利，无论她们最终选的人是谁。我的姐姐们都穿着蒙面长袍，所以公交车上的女选民认不出她们是谁。这样，她们就可以做个大概的统计——有多少妇女打算投我的票。等车子在投票站靠稳，我的姐姐们跑进办公室，兴奋地对我说，车上几乎所有的女选民都打算投我一票。

听了她们的话之后我就知道这次一定会赢，但心里依然很紧张。这是在阿富汗，什么事情都有可能发生，我也担心随时有可能遭到暗杀。之前就遭到好几次威胁，车子底下被安放了炸弹。但在某种程度上，我更担心的是赢得选举当上议员之后的事。我担心自己不知该如何达到选民的期望，如何应对这么大的压力。

投票站早上六点整正式开放。其中一个姐姐特地租了一辆车，雇了个司机，尽可能多地去几个投票站，检查有无作弊。在阿富汗，几乎没有哪次选举没作弊的。她到了第一个投票站就给我打电话，在电话中，她几乎是在大声尖叫：“法齐娅，这里的情况有点儿不对劲。选举工作人员没有保持中立，他们支持某个候选人。他们向选民指定人选。”

我给选举委员会的相关工作人员打了电话，让他们派一些监督人员过去。委员会中的一名西方工作人员前往检查，后来给我回话说一切正常。可以预料，没有谁敢在一名外国人面前公开作弊。

接着我又接到了一个电话，反映在另一个选区发生了同样的情况。其中一名候选人的兄弟是当地的警长，于是就命令所有警察投他的票。我的竞选办公室立即采取行动，我们叫来了所有认识的记者——包括英国广播公司、阿富汗地方电台，任何我们能想到的媒体人士。我们要把他们作弊的消息传遍天下，这是唯一能够阻止作弊的方式。

我的同父异母哥哥纳迪尔之前曾经想自己参加选举，并强烈反对我参选，他并不是因为在家庭内部选举失败而生气，而是他认为参加竞选根本不关女性的事。如果有另一个兄弟决定参选，那么他一定会挺他。竞选活动刚开始，他就宣称每次看到海报上我的面孔就很愤怒，甚至恨不得一把扯下来。可如今，他的家庭忠诚感战胜了个人愤怒。他亲自驾车前往一些最偏远的投票站，监督投票。有些路段情况太差，车子根本无法通过，他就下车，徒步进入深山。他过去不想让我参选，但现在，既然我已经参选了，他就绝不允许自己的妹妹因为对手作弊而落选。为此我打心底里感激他。

到了晚上，所有的投票箱被集中送往法扎巴德。这些箱子会锁上一夜，第二天开始计票。我的竞选活动志愿小组担心选举工作人员对投票箱做手脚，于是有三分之二的人决定在选举办公室门口守夜。他们没有毯子，就那样在寒风中过了一夜。我被这群年轻的志愿者们深深感动，深知他们是在为这个国家及其民主进程效劳。当你看到是一群年轻人在这么做，你就会尤为感动。

计票工作整整花了两个星期。从早期的迹象来看，尽管有人作弊，我还是能够赢得席位。

紧张感消除了，我终于可以安心睡上一觉。那一晚，我和朋友们正在吃饭，米尔沙卡伊从丹麦打来电话。他大声哭着，歇斯底里地号啕。原来，他的大儿子纳吉布当天下午溺水身亡。

我哥哥有两个妻子，和他在丹麦定居的是第二个，第一个选择留在阿富汗。纳吉布为第一个老婆所生，也是她和我哥哥唯一的孩子。他活泼友善，是我的竞选活动志愿小组的成员。竞选完毕的第二天上午，他和几个朋友出去野炊，并下水游泳。突然一阵湍流袭来，将他冲走了。我真的不敢相信自己的耳朵，为什么我家的喜事总是以悲剧和死亡来收场呢？

计票进行到了第一周的中期，我们意识到选举委员会里的一些人在作弊。有人发现他们拿走选我的票，不计入票数。我的一个支持者实际上目睹了这一过程，他非常愤怒，厉声对他们说："她是个女人，为了选举连性命都不顾。你们为什么不计算她的选票？我们是年轻一代，只希望让她来领导。"争论越来越激烈，最后连警察都被叫来了。幸运的是，警官严肃处理了此事，在他们的监督下，选举委员会对几个投票箱里的选票重新计票。才数了几个箱子，我的票数就增加了 300 多张。这一证据有力地证明他们作弊了。

计票结束后，我总共得到了 8000 张选票，比第二名整整多出 1000 张。因为是女候选人，我享受到了席位配额权利。这一制度确保预留两个席位分配给每个省份来的两名女候选人。我只需 1800 张票就可以满足配额要求。当然，从投票结果来看，无论有没有配额制度，我都能当选，这是非常令人振奋的。

我对这一配额制度持复杂的态度。一方面，在阿富汗这个男人主导的世界里，女性往往需要额外的支持才能步入政界，所以配额制度很重要；另一方面，我心存隐忧，担心这样的制度容易造成人们不把女性当一回事。我只想凭借实力，在公平公正的环境下赢得人们的选票。

当我接到赢得选举的正式消息时，便意识到政治完全改变了我的生活，从此我不再有隐私。上门拜访的人络绎不绝，要求我帮这帮那，从就业问题到看病问题，无所不有，压力还真不小。

没有丈夫可以依靠，这样的生活真的很辛苦。大多数男性议员有个贤内助可以帮忙处理日常事务，应对客人，大多数女议员都像我一样不是未婚就是守寡。可悲的是，这样的情况并非偶然——很少有阿富汗男人允许，或者说支持自己的妻子担任这么高的政治职位。

我真的很庆幸有这么一个支持我的丈夫。如果哈米德还在世的话，他一定会为我做任何事情，会帮助我做好议员角色。他是个少有的好丈夫。如今他永远地离开了我，我只好自己处理一切。孩子们有些不开心，因为现在我不能像以前那样每晚都安顿她们上床睡觉。我深感自责，内心伤痛，时常怀疑自己的决定是否正确。就像全世界其他上班的母亲一样，我也怀疑把自己的政治野心排在孩子们之上是否太自私。而每每这个时候，我就回想起了父亲。他难道不也是这样吗？为了工作，他抛下一群妻子和孩子，连续好几个星期不在家，难道就不会愧疚吗？这是我们必须付出的代价，如果我们真的是在为民众服务。只要一想到这么辛苦是为了让女儿们将来成长的国家变得更好，我的心里就会有莫大的安慰。

但谣言和诽谤很快满天飞。我这才意识到，一个女人在男人世界里竞争是多么艰难！我的竞争对手败给了我，心里不服气，抛出了一连串的诽谤，说我有个做生意的男朋友在迪拜资助我竞选，还说我在简历上夸大了成就，等等。但最令人心寒的谣言是，他居然声称我为了选举，跟哈米德离了婚，还向外界撒谎说他死了。根据这一恶毒的谣言推测，哈米德还活着，而且活得好好的，正隐居在一个山村里。

这时的我还没有从丧夫之痛中走出，却不料有人竟这样攻击我，我听了气得浑身发抖。这些人怎么敢传播如此恶毒的流言？还有比这更恶心的吗？不幸的是，遭到诽谤的不止我一个，大多数女政治家都遭受过类似的恶意诽谤。这样的流言不只是伤害一个人的感情，而且还相当危险。在阿富汗，一个女人的名声和名誉相当于她的一切，我的竞争对手显然明白这一点，他们才不管谣言是否真的会要我的命——我真不明白他们为什么要这么做。散布流言蜚语的人怎么就意识不到自己行为的后果呢？我认为，任意散播流言或者没有任何事实根据就对人说三道四既不符合伊斯兰教义，也是一种罪，行如此不义之事的人终将受到审判。

竞选刚结束的几个星期里是我疯狂调节的阶段。有些日子里，我一天要接待 500 多人。好几次，一些人不得不坐到走廊上，因为房间里实在是人满为患。他们都想知道我的政见，想知道我打算怎样施行这些政见。我只能坐下来，耐心地一个个给他们解释，重复一遍又一遍。很显然，我不能一直都这么下去。因此，几个星期后，我做事变得有条理了许多，还雇了助手负责预约。

2005 年，新的民主议会在经历了 30 多年的冲突之后终于再次启动。开幕式那天，我兴奋得不能自已。街上禁止一切交通，以防自杀炸弹破坏会议的正常进行。尽管如此，人们还是涌到街上去，挥舞着国旗，跳起了民族舞蹈。

一辆大巴过来接送全体女议员前往议会大厦，经过跳舞的市民身边时，我内心无比激动。当看到卡尔扎伊总统和马苏德的海报时，我不禁哭了，我真切地感受到了自己是新阿富汗的一分子。这个国家终于平息了暴力，迎来了和平。无论我现在付出多大的个人牺牲都是值得的，因为我们实现了和平。

我有生以来第一次感受到了自豪和成熟，也体味到了能够改变国家的喜悦。我有能力也有权力为改变这个国家尽一份儿力。我从来没有如此兴奋过，但我还是止不住地哭了。自从哈米德死后，我很少哭。这一路走来一路磨难：父亲遭到暗杀，兄长遇害，母亲去世，丈夫病死，房子遭洗劫。这么多年来，我流了那么多的泪水，以至于我认为自己已没泪水可流了。但就在议会开幕式当天，我足足哭了一整天，只不过，这次流的是欣慰幸福的泪水。

那是我第一次进入议会大厦。一想到将来要在这样的地方工作，我激动得无法言语。根据战后的阿富汗治理制度，国民议会是全国的立法机关，实行两院制，分别由下议院（即人民院）和上议院（即长老院）构成。我既是下议院68名女议员的一分子，也是上议院23名女议员中的一分子。下议院共有250名议员，直接由人民选举，任期五年，人数与各省人口成比例；为了保证妇女能够当选，实行每省两名女议员的配额制度。在上议院里，三分之一的议员由省理事会选举，任期四年；另外三分之一由各省的区理事会选举，任期三年，剩下的三分之一由总统任命。这里也有配额制度保证妇女的席位。最后还有高等法院，是阿富汗司法系统中的最高机关。最高法院的九名法官均由总统亲自任命，经议会批准，任期10年。法官必须年满40岁，且必须持有法学学位或者伊斯兰法理学学位，还必须为非任何政党人士。

我环顾了一下议会大厅，发现许多议员是前总统、前部长、省长、位高权重的游击队指挥官等，此刻和我这样的女议员同坐一室。前国王查希尔也在场，他曾在多年前承诺推行民主，我父亲还曾为之效劳过。如今他年事已高，流亡在欧洲，但在这么重要的历史时刻，他还是回国一趟参加盛会。

会上还奏起了国歌，全体人员起立。我看了看新当选的其他议员，通过他们我仿佛可以看到所有阿富汗人的面貌。他们当中有裹着大头巾、穿着长袍的男士，有穿着光鲜西装、打了领带的知识分子，有年轻人，也有老人，有妇女，还有各个民族的代表。这就是我所理解的民主：拥有不同观点、文化信仰和人生经历的人们齐聚一堂，为了一个共同的目标一起奋斗。经历了多少流血牺牲，流过多少痛苦的泪水之后，看到这样的景象真是不胜快慰，而让我感到分外美好的便是成为这其中的一员。

国歌奏完之后又播放了好几首民歌，包括一首《这片土地是我的祖先》。那是我最喜爱的歌曲之一，恰如其分地总结了我对祖国的感情。歌词如下：

这是我们美丽的土地
这是我们热爱的土地
这片土地是我们的生命
这土地就是阿富汗

这国家是我们的生命
这国家是我们的信念
我们的孩子还在地上爬时就会这么说
这片土地是我们的爷爷
这片土地是我们的奶奶

这片土地于我们弥足珍贵
这土地就是阿富汗

为了河流，我愿意牺牲自己
为了沙漠，我愿意牺牲自己
为了小溪，我愿意牺牲自己

这是我们熟知的土地
它照亮了我们的心
这土地就是阿富汗
它照亮了我们的心
这土地就是阿富汗

这是我们美丽的土地
这是我们热爱的土地
这土地是我们的生命
这土地就是阿富汗

庄严的音乐和开幕仪式一结束，我们就进入了工作状态。我暗自发誓不能被人小看成“仅仅是个女人”，所以从第一天开始我就一些话题发表己见，很快为自己赢得了直言不讳和真才实干的好名声。我心里很明确，工作要做得专业，要跟每一个人都好好合作。许多男议员与女议员针锋相对，千方百计恫吓我们。每每我们发言时，他们嚷着叫着，对我们百般阻挠，甚至有人干脆走出会堂以示抗议。他们还鄙视那些支持我们的男议员。有一位男议员在一场关于教育的讨论中支持一位女议员的观点，结果就遭到他们的大声反驳。其他男议员也开始质问他，取笑他是个“女权主义者”——对一个阿富汗男人来说，这有如一项奇耻大辱。

我对这样的情形已经见怪不怪了。阿富汗议会的气氛很嘈杂，有时候近乎暴力。用力拽胡须这个动作表示对方冒犯了你，这种表达方式由来已久。有时候，你会看到很多人都在拽胡须。我知道，在这种情况下，你采取敌对态度或者大声回击都是无济于事的。所以，我常常试着去营造一种互相尊重的氛围。我会礼貌地倾听反对的观点，只要有可能就寻找共同点。民主就是为你自己的信念而斗争，但也包括学会在适当的时候做出妥协或坚决反对。

有时，我暗自发誓，千万不能丧失自己的原则和价值观。如果你总是随波逐流，那你会迷失，会忽略你自己的信念。我的价值观包括促进人权发展和性别平等，消除贫困，创造更多的受教育机会。我会永远坚持自己的这些信条。不幸的是，一些女议员根本适应不了烦琐的程序。我发现，直到今天还有一些女议员从来没在议会上说过一句话，这让我很痛心。

但有一些女议员却直率得过了头。有一个名叫玛拉莱·乔娅的年轻女议员在2007年的时候被停了职，在接受国家电视台的一次采访中，她将议会里的某些成员比喻为动物园里的动物或者棚屋里的牲畜。议员们纷纷投票，指责她违反了议会规定，侮辱议员同事，于是就将她投票出局。我欣赏玛拉莱的雄心和热情，但为她被停职出局而深感惋惜，我想大多数女议员也跟我一样为之惋惜。她的错误或许在于她性情暴躁，仅仅大声喊叫是不能在立法方面做出成就来的。政治是一种长跑游戏，聪明的政治家必须在这个游戏的规则内出牌。合作，偶尔让步，永远努力寻找共同点，有时候是推进立法变革的唯一途径。

议会组建的当天，所有新议员必须把手放在《古兰经》上，宣誓效忠国家。我们发誓忠于阿富汗，忠于人民。当我手按《古兰经》发誓的时候，深感作为一名议员所肩负的巨大责任。

虽然说出来很痛苦，但不得不说的是，现在阿富汗的腐败现象非常猖獗，如此看来，那天我的许多同事并非真心发誓。

第二天，领导职位选举辩论开始。这些职位包括议长、副议长、秘书，均为议会中非常重要的高级职位。我与很多其他议员结成了好朋友，比如塞布丽娜·萨基卜，她很幸运地成了议会中最年轻的议员。我告诉她说我有意竞选副议长职位，因为我觉得这样做没任何风险，而且，即使竞选失败了，有了这个参选过程也足以保证让最高立法机构的人听到女议员的心声。塞布丽娜大力支持，说如果我参加竞选，对所有的女议员都有好处，但她也提醒我，不一定会赢，而且还会遭到许多男议员的反对。她还担心我知名度不够，而且没有其他名人议员的支持。

我把参选副议长的想法跟家里人商量，他们也都劝我小心。纳迪尔在巴达赫尚省的库夫区当地区管理官员，曾经也想参加全国大选，他坚决反对我参选副议长。他说："法齐娅，一个女人当上议员已经够了，你野心不要太大。竞选副议长你必输无疑，这对我们家族的政治声誉不好。政治不只是你一个人的事，法齐娅，它关系到整个家族的政治传统。"

这些话像针一样刺耳，但我能理解他想要表达的意思。在阿富汗，传统意义上的政治就是赢得一场战争或者夺取权力，根本不是普通人借以表达诉求的手段。在过去，如果一个政治家庭的成员在竞选中失败，就会影响到这个家庭的声誉。可我就是想冒这个险。这对我来说是更大的挑战，是为了服务阿富汗人民而必须取胜的一场战斗。

最后，我把自己的想法跟舒拉和莎哈扎德商量，只有她们俩给了我最满意的答案。舒拉当时才六岁，莎哈扎德才七岁。舒拉很小的时候就表现出真正的政治才能，也很有竞选头脑。她说："我去学校召集100个学生，给他们发小国旗，然后我们去议会大厦让议员投你的票。"我亲吻了她，以表谢意。真奇怪，一个才六岁大的孩子竟然这么老练，她能有这么聪明的想法让我备感自豪。

莎哈扎德性格温和，思考周密，一看到这孩子就让我想起她的父亲。她抓住我的手，一脸认真地盯着我看了很久，说："妈妈，一定要有个女人在议会中担任高级职位。这个人非你莫属，因为在我眼里你是最棒的。我也知道，这样你陪我们的时间就更少了，工作也会更辛苦，但我们不介意。"我感动得想哭，哈米德如果还在世一定也会这么说。

我最终决定参加竞选。

议会大厦的走廊里，人们谈论的话题只有一个——究竟谁会参加副议长职位的选举。我的候选资格对许多议员来说就像个大笑话，尤其是那些在战争中或者非法勾当中获取暴利的议员，他们的冷嘲热讽只会更加坚定我赢取副议长职位的信念。稍微有些钱的议员开始拉选票了，在家里或者喀布尔最豪华的酒店举办晚会，邀请潜在的支持者参加。我没有闲钱用来搞这些活动，也是唯一一个没有组织拉票活动的候选人。投票的前一天晚上，我的姐姐帮我组织了一个小型的晚宴，设在一家不起眼的小酒店。酒店根本称不上气派，我的经济承受能力也只够这样的规格了。大约有 20 名议员到场，那晚气温在零摄氏度以下，酒店里面冷得都能看到嘴里呼出的白气。我让酒店经理弄个取暖的东西来，他拿了个非常廉价的破旧油加热器，一点燃就冒浓烟。食物冰冷，凝结成一块块，难吃极了。过了一会儿，客人几乎都看不见彼此了，因为加热器冒出的烟实在太大。我当时非常紧张，但还是尽量装作镇定，热情招待大家。

回到家，我又是摇头又是叹息，对姐姐说这次搞砸了。经过这么一次灾难性的社交活动，估计没有人会投我的票了。把客人招待好，当一个优雅的东道主是我们文化里相当重要的一部分，如果你没做好，人们对你的印象就会大打折扣。

孩子们都已经入睡，我爬上床，挨着她们躺下，但怎么也睡不着。第二天就要投票，所有候选人都必须在开始投票前做一次简短的演讲，于是我就起来写发言稿。我坐在那里，盯着白纸看了好几个小时，一直看到凌晨都没思路，不知道从何说起，说些什么。往常我喜欢写演讲稿，文思如泉涌，但这一次怎么也想不出来。我开始胡写一番，承诺做这做那，但想想又觉得不对，只好撕了又撕。

每个候选人的演讲务必简短，但我想写一些能够反映本人及本人价值观的内容，而要在短短的几句话里表达这么多重含义几乎是不可能的。曙光渐渐钻出夜空的云层，潜入我的房间。我已经写了三四次了，这时又读了一遍，仍然不满意，只好撕了稿子，打算到时临场发挥。我有信心，一旦站在了议员同事面前，我就知道该说什么了。

第二天上午，所有的候选人及其支持者在议会大厦的走廊里做着最后的努力，试图赢得更多的支持者。和我竞争副议长职位的还有另外十名候选人，除了我个个都是知名议员，有些还是很有权势的人物。上午十点，我一个竞选对手的工作人员跑来找我，提出条件说，如果我退出竞选就给我一大笔钱。我听了又震惊又厌恶，但并不激动。这些人怎么能用钱去赢如此重要的职位呢？他们以为我会被收买，太小看我了吧？

全体投票大会开始了。我坐在角落里，整理思绪，静观眼前的进展。如果不是心有所思，目睹这样的场面并参与其中真的是让人非常难激动的。接着，轮到我上台做自我介绍了。我来到讲台上，看到一些男议员不是以嘲笑的眼神就是愤怒的眼神看着我，但透过眼角的余光我看到了好朋友塞布丽娜在以微笑向我表示支持，这大大帮我缓解了紧张的情绪。

这是我首次向议员同事发表演讲，身体紧张得有点儿发抖，但我在竭力控制。突然我想到竞选议员时获得了8000张选票，我有什么理由紧张呢？

我沉着地环视了一下会场，自信心和自尊心陡增。接着我深吸一口气，开始做自我介绍。我说，我竞选这个职位是为了向大家证明阿富汗女性能够干成大事，担任高级职位；我将以国家利益为先，个人利益居后为使命；阿富汗现在千疮百孔，满目疮痍，亟须新的声音和新鲜血液来重建。我还说，尽管我才30岁，但不是新手，我有大量的专业从政经历。

接着，我还说自己多么热爱阿富汗及其文化，我的决心是打造一个更加美好的阿富汗。我像以往抒发心声时一样滔滔不绝，口若悬河，说得忘我，连他们什么时候开始鼓掌我都没察觉。接着，掌声越来越响亮。等我讲完了，发现好多议员，包括传统主义者、有权势者都在拍手，一时掌声雷动。许多议员还走到我跟前，盛赞我演讲中流露的真诚。一名来自昆都士省的普什图人，是我父亲的老朋友，走过来，轻轻地在我额头吻了吻，低声说我没有辱没父亲的名声。看到反响这么好，我第一次意识到自己很可能会赢得这个职位。计票开始后，我紧张得几乎不能呼吸。

最终，我大获全胜。这是阿富汗历史上第一次有女人—— 一个“可怜的女孩”，入选如此高级的政治职位。

这真是难以置信。我的脸泛着红光，像一朵绽放的花，有那么一刻我仿佛感觉自己在空中飞。突然，记者从四面八方冲上来将我团团围住，像连珠炮似的问了很多问题：你首先要解决女性的什么问题？你打算怎样推进变革？一个女人怎么能称职地履行这么高级别的职位？这是我的首次新闻发布会，真是令我战战兢兢，但我尽量回答得诚实明了。我不是那种不喜欢记者的议员，在阿富汗，很多记者做得很棒。他们与公众分享信息，敢于挑战权势，所以我一直对媒体怀有应有的尊重。

接下来的几天里，我几乎时刻都被媒体包围。没有人会料到一个女人能够取得这样的成就，我也成了阿富汗的一道新的亮丽风景线。我决定在每次采访中表明我不只是人们的一个好奇对象，而是一名实实在在的政治家，绝对称职。

接着，卡尔扎伊总统宣布内阁成员组成。唯一的女性内阁成员是马苏德·贾拉勒，曾经做过医生，她是唯一一名与哈米德·卡尔扎伊竞争总统职位的女性。虽然她竞选失败，得票很少，但卡尔扎伊任命她为妇女事务部长。一直到今天，女性还没有担任主要部门的部长级职位，这是令我尤为失望的一点。如果一个女人能够当妇女事务部部长，为什么她就不能当商务部部长，交通部部长呢？只要她具备相应的资历，她也完全可以担任其他高级职位。卡尔扎伊确实对另一名女性委以重任。2005 年 3 月 23 日，他任命广受尊敬的哈比巴·索拉比为巴米扬省省长，从此她成了阿富汗广受欢迎的著名政治人物。

所有职位的人员到位后，议会正式开始。这是又一历史性时刻，阿富汗电视台和全世界其他国家的电视台都进行了直播。由于议长不在场，由我来主持第一次全体大会。我看了一下会场，再次猛地意识到自己在主持一场由前总统、部长、游击队领袖等人参加的全国大会，但我内心一点儿都不紧张。辩论是我人生中的一大爱好，能够主持如此重要的辩论真的是千载难逢的机会，令我精神振作情绪高涨。

那一天会议进展相当顺利。大会结束后，很多男议员评价说，真想不到一个女人能够把会场秩序维持得如此出色。他们现在也认识到这不仅是阿富汗女性当选副议长，也是整个国家的一个重要的象征性时刻。

但嫉妒之心也随之而起。一些老议员，尤其是贪污腐败的议员，正日益失去权势和公众的支持，他们自己也意识到了这一点。这些老牌的政治家过去都是凭借枪和恫吓手段的，如今看到一名年轻女子的政治知名度和影响力不断提高，心里大为不悦。每次我在走廊里经过他们身边或者从讲台上走下时，都会听到他们小声嘀咕：“什么？一个女人在主持议会，而我们却要坐在这里看？不行，不能让她再这么下去。”

我并不理会这些人，而是集中精力兑现选民们当初选举时我向他们做出的承诺。比如，喀布尔至法扎巴德的公路还是一条尘土飞扬的泥土路，没有沥青，我开始到处游说，筹集资金，想建设一条连接巴达赫尚省和首都城市的像样的大公路。一次赴美国进行国事访问，我见到了乔治·W·布什总统及其夫人劳拉。我觉得劳拉平易近人、温柔亲切，非常喜欢她。她很关注民生问题——儿童权利、妇女权益、校园建设工程、人权，等等。看得出，身为母亲的她能够体会到发展中国家的妇女和儿童的悲惨遭遇。她向我提了许多关于阿富汗形势的问题，我简要地向她讲述一番，并告诉她美国能提供的帮助，她听得很认真，她的支持是对我莫大的鼓舞。

我还利用在美国访问的机会力图为这条道路的修建赢得更广泛的支持。美国大使说，尽管他们不能许下任何诺言，但他们会认真考虑我的请求。四个月之后，美国国际开发总署批准了这条道路的援建预算，我当时的那种兴奋真是无以言表。

如今这条道路已经竣工，大大改善了巴达赫尚省人民的生活。过去，从巴达赫尚到首都喀布尔至少也得三天，如今缩减到一天之内。沿途风光无限，在我眼里那是阿富汗最美的风景。一些巴达赫尚省的人们甚至称之为“法齐娅公路”。虽然我几经努力，位于阿坦加通道另一侧的公路还是没修好，但我绝不会放弃。完成父亲当年开创的伟业，是我义不容辞的责任。

最近几年，我会见了好几位国际著名的政治家，包括英国前首相托尼·布莱尔、戈登·布朗和现任首相戴维·卡梅伦。我还两次会见希拉里·克林顿，她是个非常有感染力的女性，具有无限的优雅和无上的权力。我还见过加拿大总理史蒂芬·哈珀和加拿大国防部长彼得·麦凯。

我没见过奥巴马总统，但希望能有这个机会，他在阿富汗也是个家喻户晓的人物。他成为美国的首任黑人总统，对我们来说是个极大的鼓舞。许多人还认为他会倾向于以谈判结束战争。他对外交政策和全球性问题都有着深刻的理解。

这几年来，我与一些外交官、援建工人、记者结成了好友，成为忠实的盟友。我深信，我们之间有许多东西值得互相学习，国家之间的合作更是不可或缺。长期以来，阿富汗一直是个走卒，任由国际大国摆布。我坚信，阿富汗总有一天能够成为一个在亚洲地区有实力的强国。从国家层面而言，我们必须学会从战略高度与同盟共事，要更勇敢地面对敌人。

我们一定不要成为令全世界都害怕的恐怖民族，也不必是全球都怜悯的苦难种族。阿富汗是个伟大的民族，也一定能够成为一个伟大的国家。这是我终其一生的抱负。我不确定真主赋予了我哪些使命，只知道必定有一个：或许是他希望我领导国家走出腐败和贫穷的深渊，或许是他只想让我做一个勤勤恳恳的议员，当称职的好母亲，养育好两个明星般灿烂的女儿。无论国家的前途命运如何，我个人的命运如何，我知道那都是真主的安排。

亲爱的爸爸：

你牺牲的时候我才四岁。在那短短的岁月里，你直接对我说话的时候仅有一次，而这唯一的一次还是让我走开。

我不知道，当你看到我今天所处的位置时你会有什么样的想法，但我真心希望你能为你最爱的妻子生的最小的女儿所取得的成就而自豪。

爸爸，虽然我不怎么了解你，但我却继承了你的许多优良品质。每当人们讲起你的故事，我常常为你的正直、坦率和勤奋而骄傲。即使在今天，你已去世多年，很多人依然深深记得你的这些品质。这于我是莫大的鼓舞。

我认为，一个人如果对自己都不诚实，那么何来对他人诚实？我知道，你的坦率和诚实令你在议会中与众不同。你总是坚信自己的理念，坚守自己的价值，坚持自己所代表的人们的决定。你的伟大之处正是因为拥有这些品质。

如今，我也像你一样成为了一名议员。我常常回忆起你，真想知道面对困难时，你会怎么处置。

一想到你，我便有了无畏的勇气和决心。30多年过去了，你依然是我和整个家族的榜样。

我继承的远不止是你的价值观，爸爸，我还继承了你的政治传统，一份我永不辜负的遗产。即便我知道，有一天，或许我也会像你一样因为工作而牺牲，但我也绝不会放弃这份珍贵的遗产。

但是，爸爸，我不希望会发生那样的情况。或许，真主保佑，真的不会发生。如果我能够大难不死，或许将来有一天可以当上总统。爸爸，你觉得这样好不好？但愿我的这个抱负能令在天堂的你喜笑颜开。

你的爱女法齐娅

后记：战乱之国的梦想

2010 年

让我先来跟大家分享一个故事吧。

两年前，我去巴达赫尚省的一个村子倾听民意，顺便调查一下我能为他们做什么。路途险阻，黄昏时分我们被困在一个村庄，没办法，只好在村里过夜。我们待的那户人家是村里最富有的家庭之一，而这个村却极端贫穷。户主带着我们前往他家，一路上村民们列队在道路两侧，热情迎接我们。跟村民们谈了一会儿，我们便来到了那户人家。

一名大约 30 来岁的漂亮女子出门迎接。她身穿褴褛的衣衫，头戴深红色海加布（穆斯林妇女戴的头套）。我跟她打招呼，她弯腰吻我的手。我很尴尬，因为没有为她做过什么，也没有为她的村子做过什么，她没必要这么做。我感到不安，所以就没让她吻我的手。她看起来不太高兴，还有点儿战战兢兢，但还是请我们进了客厅。房间又小又黑，过了好一会儿我的眼睛才适应。

等我双眼适应了屋内的光线后，发现那女人挺着个大肚子。

女人给我们斟了绿茶，拿出桑葚干和胡桃给大家吃。我问她共有几个孩子。她回答说有五个，每个都不超过七岁，现在又有七个月的身孕。我不禁为她担心起来：总感觉她好像哪里有点儿不对劲。就在这时她又出去，回来时端上一大盘阿富汗大米甜布丁，是她亲手做的。她张开一块布，把一大木碗的米饭放到了上面。

我就趁着吃饭这个机会和她攀谈起来，以便了解她的生活。我们先是从天气谈起。

我说："现在是夏天，你们村海拔这么高，所以即使是夏天也感觉冷，冬天这里一定冷得要命吧？"

那个羞涩的女人回答说："是啊，冬天我们这里的雪下得很大，我们都没办法出门。"

我问她："那你怎么办呢？有人帮你做家务吗？"

她回答说："没有人帮忙。我早上四点就起床扫雪，把马厩门前的雪打扫干净了，接着就给奶牛和其他家畜喂食，然后我准备面包圈，在炉子上烤圆盘饼，再接着打扫房子。"

"但是你的肚子这么大了，还要亲自做这么多家务活吗？"我问。

"是啊。"她回答。看到我露出惊讶的神色她也显得很惊讶。

我说，我看她脸色不大好，很为她担心。

她告诉我说她病得厉害，"我干了一整天的活儿，夜里疼得动弹不得"。

我问她为何不去看医生。她说这是不可能的，医院离得很远。我说，我代她向她丈夫说说，让他带她去。

她回答："如果丈夫带我去医院，我们就得卖掉一头山羊或者绵羊来支付治疗费，他根本不会答应的。再说了，我们怎么去医院呢？去医院要走三天的路，我们没驴也没马。"

我告诉她说，她的命比一头山羊或者绵羊珍贵。如果她身体好了，就可以照顾整个家庭，但如果她病了，就谁也照顾不了。

她摇了摇头，然后缓缓地挤出一个带着愁苦的微笑："如果我死了，丈夫就另娶他人，整家人可以喝山羊奶，吃绵羊肉。但如果我们没了一头山羊或绵羊，家人吃什么？这个家吃什么呢？"

我永远忘不了这个可怜的妇女，怀疑她如今是否尚在人世。孩子生了又生，伙食那么差，家务繁重，没办法就医——任何一项都足以要她的命。像她这样的妇女在阿富汗何止千千万万？典型的阿富汗妇女就是这样为了家庭的幸福而牺牲。就像这个勇敢、善良的女人，为了家里的其他人随时准备牺牲自己，但她得到什么回报呢？几乎没有。而丈夫往往还把山羊和绵羊看得比妻子的性命还重要。每当我想到这名妇女，眼泪就会刷刷地往外流。我会在心里暗暗发誓，一定要帮助像她这样的妇女。

我梦想着有一天，在阿富汗国土上的每个人都享有平等的权利；阿富汗的女孩子们有本领，有才能，有技术，她们享有一切受教育的权利，能够全面参与这个国家的政治和社会生活。

我还梦想有一天，民族文化上的分歧消失，各民族走向团结共荣。我也希望，决定我们历史和文化的伊斯兰教价值观不再遭到曲解和被恶意利用。阿富汗人民是全球恐怖主义的受害者，而阿富汗也不幸地成了恐怖分子的诞生地。我希望随着积极的外交政策和良好的表现，我们能够革新全世界人的观念。阿富汗历史上是一个贫穷国家，但我们拥有丰富的资源，有铜、金矿、翡翠、石油。我希望这些未开发的矿产财富将来被用来消除贫困，加强阿富汗在国际上的地位。

几个世纪以来，阿富汗民族见证了多次大规模的战争。但是，我们从来没有容忍他国侵犯，也从来没有被殖民化，被征服。19世纪，英国从阿富汗撤退，也标志着历史上众所周知的第一次阿富汗战争的结束，当晚，当地部落里的人们唱起了胜利之歌。其中一句歌词是这样的："如果你不知道我们的厉害，那到了战场上你就明白了。"这句歌词描述得相当到位。我们本质上是自豪而勇猛的战士，只要国家有需要就会站出来保卫家园，但需要指出的是，我们不会寻衅滋事。

全球化和全球机会的大门已经向世界上的许多国家敞开，当然也不该再向阿富汗关闭。我梦想着有那么一天，阿富汗摆脱了贫穷的镣铐，不再被贴上世界上产妇死亡率最高、婴儿死亡率最高的标签。大约有三分之一的阿富汗婴幼儿不到五岁就死了，我们的下一代有很多是因为贫穷、疾病和战争而死亡。我希望这种情况能够早点儿结束。自2001年塔利班倒台以来，上亿美元的援助资金流入阿富汗。我对这其中的每一分钱都心存感激，但不幸的是，很大一部分或被浪费，或不慎流入某些人的手中，诸如腐败的地方政治家或者唯利是图的承包公司。他们获利颇丰，但所修建的道路质量极差，建造的医院连像样的管道系统都没有。

尽管出发点是好的，但联合国和国际社会的一些决定产生了错综复杂的结果。2002年日内瓦的一次会议决定联合国将训练新成立的阿富汗国民军，德国负责警察系统建设，意大利负责司法体制建设，英国负责打击毒品犯罪，日本负责解除非法武装团体。这就是所谓的五大支柱法，其核心就是安全问题。但是，自从"持久自由行动"实施10多年来，阿富汗依旧不太平。

这个问题的很大一部分原因在于，长期以来，阿富汗的领导人似乎认为国家是他们个人的，想怎么来就怎么来。他们完全忘了还有整个国家的人民居住在这片国土上。这些人是活生生的人，善良的人，是有家庭，有事业，有孩子，有梦想，有未来的人。然而，阿富汗却被几个有权势的人统治得像封建时代的私人采邑。领导人的工作安排通常完全出自私心。就拿苏联来说，由于觊觎巴基斯坦的温水港，阿富汗挡住了他们的道路，所以他们就拿阿富汗当垫脚石以便满足其帝国野心，因为以政治目标的名义征服阿富汗又不大现实。

接着，游击队以民族主义为外衣统治着阿富汗，他们是解放国家的英雄。他们与苏联人进行不屈不挠的斗争，最终赶走了侵略者，这是阿富汗人民都深感骄傲的。但是，为了争夺个人权力，最终导致了内战的爆发，还差点儿毁了阿富汗，正是他们的内战和之后的混乱使得塔利班分子有了可乘之机。塔利班控制了局势之后，国家反而开始了大倒退，阿富汗回到了中世纪，伊斯兰教保守势力达到了顶峰，这无论在世界历史上还是伊斯兰历史上都是很罕见的。

没有人来关心普通阿富汗人的抱负、盼望和福祉，即使有，也很少。具有讽刺意味的是，或许苏联人是最接近这个目标的统治者。他们建立了医院和学校来改善民众的生活，但他们这么做是为了实现更大的战略目的，而不是真正为了阿富汗各族人民的福祉。

阿富汗的普通民众，无论是普什图人、塔吉克人、哈扎拉人、乌兹别克人、艾马克人，还是土库曼人或俾路支人，对国家都有自己的期望。但是，很不幸，长期以来，这些领导人为自己的利益服务，时至今日，在很大程度上依然如此。一般的阿富汗政治都是这样的：一旦掌权，他的公职和权力就成了个人的玩物，就可以用来给朋友和亲戚安排重要岗位，而这些人根本就不称职。他们利用权力受贿、侵占国家财产，中饱私囊，他们最后想到的才是所代表的人民的福祉和幸福。

在阿富汗的政治体制中裙带关系极为普遍，亲戚和朋友在阿富汗相当重要。但是，我们的政治家们还没意识到公共职位就是公共服务，而不是给最亲近的最要好的人安排关键职位——即使出于所谓的好心也不行。“我要找个值得信任的人，有谁比我的堂兄弟、侄子、世代之交更合适呢？”诸如此类的心态完全是错误的。这不是治理国家所应有的方式，而是导致更大的腐败的催化剂。这种凭关系上岗的人只对雇用他的人忠诚，他们做决策时只考虑到那个人的利益，根本不会把人民的利益放在眼里。责任心和透明度崩溃了，好政府应有的基本要素也被搁在了一边。

遗憾的是，尽管大多数阿富汗人对政府的管理制度不喜欢，可许多人还是对其默许。人们对政治领袖没多少期望，而且反对的声音往往可以用一份工作，一份合同甚至一笔现金收买。假如不能收买呢？那好，我们的国家的确是个危险之地。经常有说话耿直的人死在这里，而凶手很少得到应有的惩罚。世界媒体报道得够清楚了，有外国援建工人遭到绑架，虽然这样的事不多，但还是很不幸地发生了。这些人只是来帮我们的，可当我看到他们为我们自己的祖国而倒下的时候，我的心在滴血，而媒体没有提到的是阿富汗人被频频绑架的事实。每一个有钱的商人经常会遭到绑架被勒索赎金，即使小孩也不能幸免，因为绑匪企图索要他们父母的钱。大多数在塔利班倒台后回来的阿富汗商人因为这些原因又离开了，他们大多拥有双重国籍，不是去欧洲就是去美国，因此使得大量的人才和技术外流。

如果治理国家的人——在议会系统内工作的人，不以恰当的理由做恰当的事，那么这种情况就不会改变。我脑子里的恰当理由很清晰—— 一个人唯有真正想为公众服务的时候才可以担任公职。如果我们的政治家和政府官员都能这么思考，那么我们就没有什么不能成的。源源不断地涌入阿富汗的上亿美元的发展资金也能流向它应该去的地方；合同也会签给那些能够提供优质服务而不是大肆行贿的承包商；警察和军队也会忠于制服，忠于制服所代表的国家，而不是为腐败的上司卖命；地方官员也会勤勉诚实地收取税收和关税，并将其如实交给中央政府；中央政府反过来也会确保将这些钱花到各个部门和政治家们指定的工程上去，花得合理，花得有效；政治家们会听从选民的意见和诉求。

我并不想在政治上表现得那么天真。所有的政府都有问题，但好的政府有一套优良的改进机制，这就需要议会中的每个成员能够以诚实坦率的态度自由地调查呈报相关问题，也有赖于一个良好的司法制度。这个制度不受任何影响独立行动，有决心遏制任何腐败势力。还需要一支纪律严明的警力，这支警察队伍既有严惩小偷小摸的能力，也有敢于调查任何级别的刑事犯罪的决心，无论当事人是谁，有多大的权力。根据透明国际公布的全球贪腐印象指数报告中，阿富汗排在前三名，这真是一个令人震惊的统计数字。

那么，这样的政府该从何做起？我认为一个机制健全的政府必须从良好的议会反对制度开始，唯有产生了听从民意并代表民众、诚实正直行事的政治意愿，阿富汗的状况才能得到改善。这是我个人的观点，但也是经过和成千上万的普通人交流之后形成的观点。许多阿富汗人已经失去了希望，有没有一个诚实的政府对他们来说已经无所谓了，但他们真的应该得到更多。

30 年来，阿富汗受够了垃圾政治，所以这个国家的政治毛病从生。作为一个国家，我们在政治上营养不良，发展也因此受到了抑制。不过，这一现象正开始发生改变。我有好几名同事就能认真听取选民的意见，诚实正直地办事。正因如此，他们才赢得了人们的信任和尊重。

阿富汗的民主能否成功取决于两方面的因素。第一是教育。所有孩子，无论男孩女孩，均必须接受适当的、经济上可以承受得起的教育。这不仅是为他们的未来着想，也是为阿富汗的未来做出正确抉择而准备。第二个因素是安全。阿富汗必须构建一个法律和秩序体系，唯有如此，普通的阿富汗家庭才能在安全和平的环境中生活。当选举开始后，民众应该在选举的过程中和在得知选举结果是否算数的过程中都能获得一种安全感。阿富汗大多数人希望有选举领导人的权利，然而，他们还不知道自由公平的选举的意义。

如果一个真正民主的政府成立了，那么我希望随着时间的推移，政府的方方面面，包括安全保卫力量，将会成为稳定、自由和公正的社会的主心骨。这个问题就像是先有鸡还是先有蛋的问题。先有安全才有好政府还是先有好政府才带来安全？或许两者都对吧。

就在我写这本书时，世界几大国正在讨论从阿富汗撤军的事宜。在我看来，他们是计划在任务没完成，战争和冲突仍然在重创我们家园的时候撤出。这里的冲突随时有可能升级为国际性的大规模冲突。马苏德将军曾经向西方警告说，恐怖主义会蔓延至他们的国土，如今比以往任何时候的可能性都要大。除非我们国际上的朋友开始在更广泛的区域内采取措施解决塔利班问题，不然这个威胁依旧存在。

最近，有许多关于塔利班与政府和解或者被政府招安的谈判，这一进程主要由国际社会主导，目的是为了尽快撤出地面部队。但这样做是大错特错。这其实仅仅是个短视的处理方法，根本无法解决全球性问题，只是把问题搁在一边，一旦将来有一天它爆发，后果将更严重。

塔利班为自己辩护称，他们保守的伊斯兰思想是阿富汗需要的唯一的统治方式，仅仅凭他们自己就可以给这个国家带来稳定。但现实已经清楚地证明，他们的教育和医疗政策极大地压迫了至少一半的人口，而且他们对安全和公正的看法与大多数人的想法或期望大相径庭。民众需要被赋予政治表达的权利吗？我认为，在我所信奉的民主制度中，人人在政治上都有发言权。这正是题中要义：政治就是要谈判、理论、劝说。很难想象，在塔利班的议会里，他们会坐在像我一样的女议员身边共商国是。

塔利班一直费尽心思采取各种手段想谋杀我。其实不只是我，他们还企图谋杀许许多多的阿富汗人，包括知识分子、记者、反对者等。塔利班像是理解民主、尊重民主的人吗？我实在怀疑。他们真的愿意与那些不认同其理想的人分享政权吗？他们愿意坐下来跟我们辩论，试图达成共识吗？他们会支持新的立法制度，支持由我和其他女议员提出的观点吗？答案均是否定的。国际社会竟然认为以上假设都是可能的，这未免太天真。这几年来，为了支持和促进阿富汗女性的整体进步，我们已经做了大量的工作，如果让塔利班势力重返政府，这些成果将全部化为乌有。

在喀布尔市中心开车，每当看到小女孩们穿着黑色的夏尔瓦克米兹学校制服，戴着白色头巾，我就会情不自禁地现出微笑。在过去10年里，成千上万的小女孩，包括我自己的两个女儿，获得了受教育的机会。这不仅为她们的未来开启了一扇大门，也能够改善她们未来家庭的经济，促进她们家人的身体健康。这反过来也能促进整个民族的发展和壮大。如果让塔利班回来执政，这些小女孩将只能被迫回到家里去，穿着蒙面长袍，生活在一系列古怪的法律规章之下，所享受的权利比狗还少，我们的民族又将坠入黑暗的深渊。允许出现这样的状况便是最大的背叛。

2010年10月，我再次当选副议长，开始了议会中的第二次任期。我没有让选民失望，而且，尽管欺诈行为盛行，我的一些竞争对手还在选举中作弊，但我的选票比第一次还要多。

我还欣喜地看到，我的姐姐甘迪古儿（家人称她为马里亚姆）也当选为女议员。当年游击队员来我家搜父亲的武器，母亲誓死不说，后来他们就毒打马里亚姆。她目不识丁，小时候没上过学。但是，结婚生子之后，她看到我接受教育后取得的成就，大受鼓舞。她也想为国家服务，想在有生之年干一番大事，于是就下决心自学。她开始去上夜校，学习电脑，几年后毕业了，还获得了大学文凭。她现在也像我一样，是个议员，也是库菲家族中刚刚步入政界的一名成员。我为她的成就深感骄傲，相信她一定能够在新的岗位上努力工作。

选举期间，针对我的威胁比以往更多了：枪手追踪我的车子，在我常走的路边埋放炸弹，威胁我，绑架我，诸如此类不一而足。就在选举的某一天，有两个人被拘。他们承认计划绑架我到另一个区，然后杀死我。他们中的一人与一名政治家有来往，是那名政治家的亲戚。这个亲戚马上被释放，而另一个至今还在坐牢。我不明白为什么那个人承认犯了罪却没有遭到控告，还得以释放。我只能说，直言不讳，仅仅依靠国家的安保力量是远远无法满足我的个人安全需要的。我常常分辨不清谁是暗杀我的潜在凶手，因为他们有可能穿着平民衣服，也可能穿着官方制服。好几次，在喀布尔，特工人员无缘无故示意我把车停到路边，对我进行恐吓。如今这已成了我日常生活的一部分。我不想说自己习惯了，没有人会习惯这样的威胁，但我已经学会忍受这样的遭遇。

像父亲一样，我可以自豪地说，我是一名以诚实正直著称的政治家，只要有需要，就敢于对难题直抒己见。我以实际行动证明有能力为人民服务，将资金拨到需要的地方去。当然，我所代表的人民仍然是世界上最贫穷的群体，还有许多工作等待我去完成。但我也知道，通过修路、建学校、创造就业机会、修建清真寺，我已经改善了他们的生活。最近我还倡议在偏远保守的村庄里修建一系列女性清真寺。这些清真寺是专供女性祷告的场所，没有哪个男人可以剥夺妻子每天出门到寺里敬拜真主一小时的权利。有时候，这是那些女人们唯一可以离开家门的机会。就此而言，我倡导修建的清真寺还可以让女性享受到其他服务。在清真寺这样的宗教中心，女性可以得到营养指导和卫生指导，甚至还可以上识字课程，仅一个这样的建筑就可以在一夜之间为贫穷的农村注入活力。

今天，我或许是阿富汗女政治家中最著名的一位。我深受民众的欢迎，无论是男公民还是女公民。阿富汗的公众首先是把我视作一名政治家，其次才是一个女人。这也是我十分自豪的一点。

我的支持者们建议我竞选总统，我不想撒谎说国家领导人不是我想干的职位。我当然愿意。在这世界上，有哪一个严肃的政治家会拒绝至高无上的职位呢？我相信自己有能力把它做好。但现实是，我觉得时机还不成熟。我倒是觉得阿富汗还没准备好接受一名女性担当此重任。当然，我希望将来有一天这种观念会改变。直到最近，没有人认为黑人可以当上美国总统，但事情恰恰就已经发生了。在其他伊斯兰国家里，好多女性当上了国家重要领导人。梅加瓦蒂·苏加诺在 2001~2004 年间担任印度尼西亚总统，卡莉达·齐亚是孟加拉国首位女总理。在我们的邻国巴基斯坦，贝娜齐尔·布托曾经也当过总理，并且，若不是因为遇害，差点儿就当上总统。我还想到小时候我崇拜的女政治英雄玛格丽特·撒切尔和英迪拉·甘地，她们的英名永远流传，不是因为她们是女性，而是她们身为领导人所做出的贡献和表现出的能力。我相信，有一天阿富汗也会出现如此伟大的女政治领袖。

在相当长的一段时期里，阿富汗的政治都是枪口下的政治。能执政的关键因素是谁的手下士兵多，或者谁的坦克先进，谁就能取得政权，跟事关国家前途的政策、计划和改革均无关。这种局面必须改变，但改变需要时间。一旦这样的改革开始萌芽、扎根、成长，经济也会随之好转。阿富汗稳定了，人民的机会才能不断地萌发出来。农民去市场的道路会变得更顺畅更安全，崭露头角的企业家可以开展进出口业务，成千上万旅居国外的阿富汗侨胞（其中许多人受过高等教育）也可以从中受益，如是，构建阿富汗美好未来的力量也就自然而然地呈现在了我们面前。

我并没有忽略摆在阿富汗面前的挑战，我们要克服的困难还有很多。阿富汗到处是腐败，充斥着宗教极端主义，还有许多人靠种植鸦片获取源源不断的财富。但是，几经数代人的努力，这片土地最终还是顽强地保存了下来，人民的力量和决心从来不曾失去。经历了这么多年的战争和压迫，我们实际上已经所剩无几，唯一的选择是重建。我相信，这也是大多数男女同胞们的真实想法。他们现在缺的是一个框架，另外还需要一个强大果断的领导集体。这一领导集体能够将一系列有关阿富汗的各种分歧意见凝结成一个有机整体，还需要一个能团结我们国内各个民族、带领人民走向成功的伟大领袖。

我亲爱的女儿们啊，如果我们能做到这一点，那么或许有一天你们的子子孙孙能够自由地生活在一个自豪、成功，以伊斯兰教为信仰的共和国里，在发达国家中占有一席之地。

这也是我此生的奋斗目标。

我想，就算我为此牺牲也是在所不辞。

我亲爱的女儿们啊，如果我真的因此而献身，那么我希望你们记住，本书中的每一个字均是为你们而写。我希望你们，需要你们，还有阿富汗所有的男孩女孩们，能够理解并学习我所做的斗争。如是，我的祖国梦将在你们身上得以传承。

如果塔利班没能杀死我呢？那好，舒拉，或许我会不断鞭策你，直到你做上阿富汗历史上第一位女总统。或许我们可以母女联手，打造一个强大的伊斯兰女性领导的新时代，给世界带来福祉。

我相信，当我写下这最后几个字的时候，我亲爱的母亲贝比简一定在天堂里朝我微笑。

鸣　谢

我对以下人员的帮助表示由衷的感谢：

感谢两个女儿的耐心，感谢她们给了我撰写本书的时间。

感谢内丁在合写、成书的过程中给予的大量帮助。

感谢埃尔莎在故事编写、撰写团队管理、本书编辑等方面给予了耐心帮助和支持。

感谢我的哥哥恩内亚特。他请了一个星期的假，陪伴内丁和我前往巴达赫尚省偏远山区，回忆我们小时候的故事。

感谢我所在地区的警卫人员，在我们整个团队走访村庄之际提供了全面的保护。

最后，还要感谢勇敢的司机卡卡·亚提姆。他载着我们在阿富汗最难行走的道路上连续开了两天两夜。

法齐娅·库菲是 BEHZ 创意产品社的支持者。该组织大力资助阿富汗偏远地区的扫盲计划。如需了解更多信息，敬请登录 www.fawziakoofi.org.

1. 我温柔的母亲贝比简（Bibi Jan）
2. 我的父亲瓦基勒·阿卜杜勒·拉赫曼（Wakil Abdul Rahman）

1 | 2

有家人陪伴的幸福少年时期。

父亲的房子，位于库夫区，它有一百多年的历史了！

我和哈米德婚礼仪式第一部分时穿的礼服，我选择了玫红色。闪亮的玫红色在塔利班的灰色统治里抗争出一丝亮丽。

“尼卡”之前的传统“海娜之夜”，哈米德在我手里撒上一些海娜粉。

哈米德是我的一切，他是个高大的阿富汗男子。

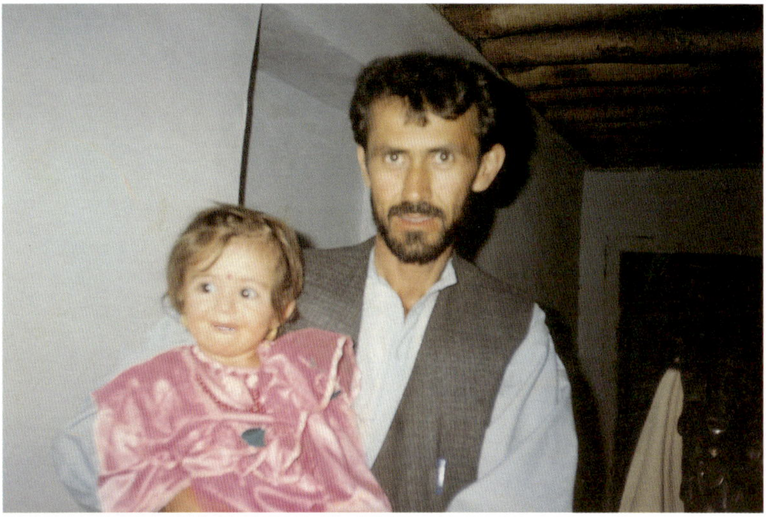

哈米德抱着女儿。

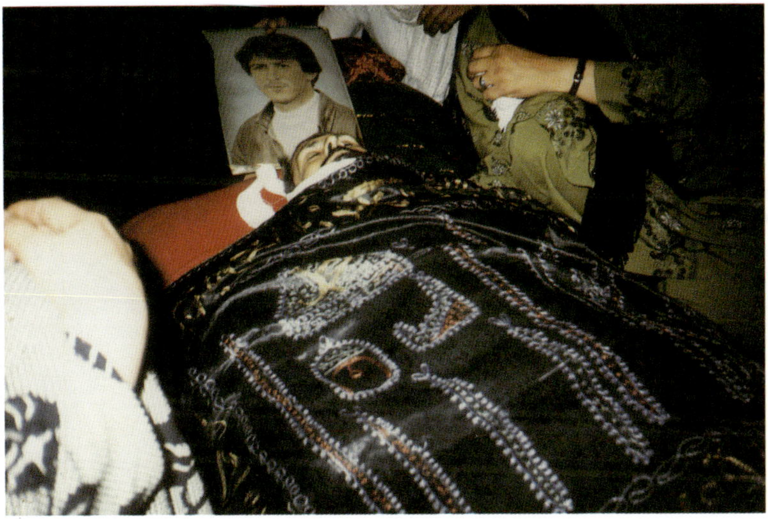

2003 年，哈米德人生的最后一场战役失败了，他输给了肺结核。

我的哥哥米尔沙卡伊一直是我最忠诚的支持者。这张是他生日时被孩子们包围的照片。

麦加朝圣。我的信仰帮助我成功经受住人生中最艰苦的各种考验。

我喜欢跟巴达赫尚省的工人一起在地里工作……以及跟游牧民族的库奇族人。

2010 年 9 月在巴达赫尚省一个农村做竞选演讲。

2010 年 9 月竞选时，跟巴达赫尚省农村的一些不识字的妇女进行交流。

2010 年，给孩子们发笔。

1. 跟加拿大总理史蒂芬·哈珀合影。我右边的是阿富汗议会最年轻的成员塞布丽娜·萨基卜。
2. 跟美国总统乔治·W. 布什和第一夫人劳拉合影。
3. 我右侧是美国国务卿康多莉扎·赖斯。
4. 跟英国首相托尼·布莱尔合影。

1 2
3 4

我的两个女儿舒拉和莎哈扎德，总是陪伴在我身边。
这张照片摄于我竞选时坐的飞机上。

1. 故乡的库夫河。
2. 家庭的温馨时刻。

1 | 2

1. 如今，人们认为我首先是一个政治家，其次才是一个女人。我为此感到非常骄傲。

2. 阿富汗挂衣服的传统壁柜。

1 | 2

* 依服阿琳琦椅介绍 *

法齐娅·库菲的人生经历有力地证明了教育的重要性。如今，她致力于为广大阿富汗妇女和儿童创造受教育的机会，改善他们的生活。作为代表巴达赫尚省的国会议员，她与该地区有直接的接触，深知当地人们的需求和能力。但是，当地政府的预算远远不能满足他们的需求。

依服阿琳琦椅销售所得的资金将直接用于阿富汗偏远地区的扫盲计划。通过法齐娅和可靠的地方机构，这些资金将会用得其所。订购椅子，你就是在支持阿富汗的扫盲计划，也是在支持法齐娅·库菲的工作。

* 依服阿琳琦椅的故事 *

自2002年以来，依服阿琳琦椅的设计人芭布丝·阿琳珂（Babs Alink）大部分时间都是在阿富汗工作和生活，并在该国偏远地区重建了成百上千间学校、诊所、房子、公共厕所。最近，她在喀布尔的非政府组织蓝山基金会担任高级艺术顾问。2010年初，法齐娅和芭布丝采用高密度山毛榉复合板纯手工制作，并融入槭树成分。为了适应现代材料加工，芭布丝对椅子重新进行设计，以便于批量生产。椅子造型酷似一本打开的书，象征着文明开化。重新设计之后的依服阿琳琦椅全部采用亚克力材料，现正接受预订。

* 依服阿琳琦椅的基本工作原理 *

椅子靠背上的垂直凹槽可供脊柱完全嵌入。椅背由两块板组成，板与板之间有倒圆边棱，可以对脊柱上的肌肉施加压力，并轻轻按摩，给整个背部带来放松舒适的感受。

椅子有两种摆放角度：一是主动式，即靠背接近直立，适用于在餐桌或者书桌边的就座；另一种是被动式，即椅子座底较低，靠背倾斜度更大，适宜于更加放松的坐姿（比如阅读）。

依服阿琳琦椅设计独特，是一件兼具美观和实用功能的艺术品。

如欲订购，请发送邮件至 contact@evalink.com

或寄信至 P.O.Box74665，Vancouver，B.C.V6K4P，CANADA

1. 依服阿琳珂椅被动式模型图。
2. 依服阿琳珂椅主动式模型图。

1 | 2